一路向阳

杨岩萍 著

中国海洋大学出版社

·青岛·

图书在版编目(CIP)数据

一路向阳 / 杨岩萍著. —青岛：中国海洋大学出版社，2024.6. —ISBN 978-7-5670-3874-5

Ⅰ. I267

中国国家版本馆 CIP 数据核字第 2024VR6829 号

出版发行	中国海洋大学出版社		
社　　址	青岛市香港东路 23 号	**邮政编码**	266071
出 版 人	刘文菁		
网　　址	http://pub.ouc.edu.cn		
电子信箱	youyuanchun67@163.com		
订购电话	0532-82032573(传真)		
责任编辑	由元春	**电　　话**	0532-85902495
印　　制	青岛中苑金融安全印刷有限公司		
版　　次	2024 年 6 月第 1 版		
印　　次	2024 年 6 月第 1 次印刷		
成品尺寸	170 mm×230 mm		
印　　张	14.25		
字　　数	250 千		
印　　数	1—1000		
定　　价	66.00 元		

发现印装质量问题,请致电 0532-85662115,由印刷厂负责调换。

序
PREFACE

50 岁，本就是女性的多事之秋，两大疾病又同时突发来袭，使我陷入抑郁情绪达四年之久而不能自拔……

抑郁有多可怕？当抑郁来临，迷茫、焦虑、恐惧、失眠、孤独、无助，痛苦无法言表。直到某一天的某一刻，你遇到某件事，见到某个人，听到某句话，突然眼前一亮，心里有了光，开始从内心深处想改变、想自疗、想自救。

自疗自救的方法因人而异，要根据自己的爱好、过往经历、知识储备和梦想"开方子"。我给自己开的"处方"是开一家有动、有静、有故事的温暖的咖啡屋。2021 年 8 月 12 日，按照心中想要的样子，我的小店开张了。小小的咖啡屋就像是为我打开的一扇窗，暖风徐徐吹来，每天都会遇到不同的人、听到不同的故事，有缘和他们在飘着咖啡香的空间里一起回忆过往、憧憬未来、切磋技艺、读书学习、谈古论今，彼此倾诉和鼓励，收获颇丰。而现在的我已几乎没有时间再去过多关注身体的不适，不再为没有发生或想象中的事情焦虑和恐惧。每天除了家务和小店的正常营业，还有很多事要做，有很多书要读，有很多诗要学，有太多的未知想去探索。咖啡屋虽然是赔钱运转，但精神上却是稳赚不赔。疗效显著，一切都值得。

小店租期两年，一想到距离结束的那一天越来越近，心里全是不舍。

有一天，老公半开玩笑地对我说："等你不开店了，没事干闲下来了，会不会又犯病呀？我看你朋友圈里的文字写得还有点意思，你可以考虑一下根据你的经历写本书呀！"想起一些微信好友在我发的朋友圈中留言说："很喜欢看你写的小文章，以后写本书吧！"别说，我还真信了。

所以，我立即又给自己开了一个"处方"：从现在开始，到 2024 年老公正式退休的时候，我要写成一本书，这本书的名字就叫《一路向阳》。

　　这个"处方"对于别人来说可能只是一句玩笑话或是一种鼓励,但我觉得它很适合我。写书不为取悦别人,更不为证明自己,而是自己跟自己对话聊天,写出自己的内心所想,既转移了注意力,又能抒发情怀,期间还需要不断地看书学习提高自己,是一举多得的事情,这个"方子"好。

　　2023年1月17日周二,老爸住院治疗了半个月,刚刚出院回家。今天大姑姐去陪老爸,老公在家休整。午饭后,我和老公闲聊,我说:"人到了一定的年龄,就像现在的咱们,心态应该非常平和了,不论对啥事都能正面接受和对待了。"说到这里,我突然有一个冲动的想法,让老公看看我最近已经完成的章节。我激动不安地打开电脑,给老公讲解了我大概的框架、思路和已初步完成的章节。没想到老公看后立即对我表示了肯定,说我写的东西超出了他的预料,比他想象的写得好多了,并且说还有可能鼓励到相同境遇的人。我非常激动,一连问了他好几遍:"你说的是真心话吗?是真心话吗?"老公肯定地点头确认。

　　老公在我的人生中,一直是亦师亦友的存在,是除了父母最包容我并一直默默支持和鼓励我的人。他今天的简单回答和赞许,给了我莫大的动力和信心,我写的这些文字能在书里出现,那都是源于他今天的肯定。感谢老公不仅给了我"开处方"的灵感,更给了我"按时服药"的动力……

杨岩萍

2024年1月17日

目录
CONTENTS

妈妈给我起了个"三疯子"的外号

我在家排行老三,1966 年的处女座,哥哥大我 8 岁,姐姐大我 3 岁。哥哥是长子,是全家人的宝贝;姐姐长得漂亮又娴静、懂事,深得爸爸的宠爱;而我,因为从小就是好动、上蹿下跳、风风火火的男孩儿性格,所以在家里一直处于"散养"状态。

上小学之前,我都是跟姥姥住在一起,秋冬从农村到济南跟爸爸妈妈还有哥哥姐姐过大年,春夏跟着姥姥回德州市平原县的农村老家住半年。

每次从城里回到村里,我都是个干干净净、穿戴整齐、稍带些腼腆的城市来的小女孩,从打扮到行为,自然跟村里的小孩有所不同。一到姥姥家,院子里就涌来了许多年龄相仿的男孩女孩,彼此稍许的生分、扭捏过后,不会超过三天时间,我就已经跟他们村前村后玩成同样的"野孩子"模样了。在那里,我骨子里的天性得到了释放。

与村里的一群小伙伴一起,没日没夜地肆意玩耍,上树下河、摸鱼偷瓜、抽老牛、推铁环、摔泥巴、弹溜溜球、扇洋画......好像永远不知疲倦。

记得有一天下午,村里五六个小孩一起扇洋画,我那天发挥得特别好,一直在赢,直到把他们手里的洋画全部赢了过来。其中,一个个头比我高出很多的男孩急了,恼了,他非要让我把赢他的所有洋画还给他,我不答应。我说:"这些都是我赢的,你想要赖皮不行。"他看着我坚决的态度,忽然就开始动手推搡我,试图抢走我手里的洋画,其他小孩也跟着他一起朝我起哄。我知道我打不过他,站在那里愣了一会儿,回头就往姥姥家跑去。一进家门,见到姥姥,委屈地说道:"姥姥,姥姥,他们输不起,还想打我!"

姥姥把我搂在怀里,拍着我的头,问我是谁。然后随手抓起烧火棍,一溜小跑儿地往外奔去。

我的姥姥是个小脚女人,那时还很年轻,能吃苦,脾气大,但很讲道理。那天,姥姥手拿烧火棍,迈着一双小脚往外跑的背影,我至今都无法忘怀。

从小是姥姥把我带大的,姥姥最疼我。

当天晚上,村里的几个男女村民带着各自的孩子陆续来到姥姥家,孩子们躲在院子里不敢进来,他们的家长有的怀揣着几个鸡蛋,有的带着几片桃酥。在姥姥家那间有炕的屋子里,在煤油灯下,我看到他们被太阳晒得黑红黑红的脸上带着非常非常淳朴的笑容,直到现在我还能感受到他们的善良,还记得那些村民们的模样。

儿时的记忆很短暂,打打闹闹的日子稍纵即逝。

我的一年级是在济南铁路第二小学分校上的,我的第一位班主任老师是杨老师,她给我留下了不可磨灭的黑板情结,是我印象最深的一位可亲可敬的好老师。她高高的个头、胖胖的身材、皮肤很白、短发、戴着眼镜、爱出汗。济南的夏天热得出奇,当年的教室里也没有空调,没有风扇。我记得杨老师满脸的汗水,因为鼻梁太湿滑,架不住眼镜,她的眼镜不时地往下滑落,我经常想起她摘下眼镜用手绢擦拭着脸上和脖子上汗水的样子。杨老师很善良也很严厉,写了一手好看的粉笔字,直到现在,我还记得她在黑板上写字时的样子。

杨老师对我特别好。

刚入学时,我这样一个整天疯跑疯玩得不着家的农村"野孩子"一下子进入正规的学堂,感觉既新鲜又不适。跟班里的其他女孩相比,我的举止、打扮和那晒得黑红黑红的脸,显得有些格格不入。那时,经常能听到班里的同学说我是农村来的"野小子",每当听到他们这样说我时,我的心里就很不舒服,但又不知道怎么应对,不知不觉中,我的性格里多了些敏感、自卑和倔强。

现在想来,我的杨老师可能是感受到了我的敏感和自卑,她就用她的方式来鼓励我、锻炼我。那时,我们班有四个大组,她指定我做其中一个大组的组长,平时负责收发作业等事宜,放学时由我领队走出校园,还把我介绍给体育老师。体育老师也是一位女老师,姓刘,我记得很清楚,她留着自然微卷的短发,一双不大的眼睛很有神,瘦瘦的、黑黑的,很阳光健康的样子。她让我碎步跑两步,看着我碎步跑的动作,一直点着头。当天下午,我就接到了被招进校体育队的通知。

我现在仍然清楚地记得当时她们跟我说话时面带笑容和疼爱的模样,我知道这两位女老师是在以她们的方式爱护我、鼓励我,这么多年过去了,我也一直感动于两位老师的善良。

后来,上三年级的时候,我又被校武术队的老师招进了武术队。记得那年,我对劈叉、下腰、倒立、侧手翻等动作到了几乎痴迷的状态,吃饭都要劈着叉吃。回到家,我也是练功时的那身装扮,宽松裤、小白鞋,腰间的那条黑色练功带从不离身。记得妈妈经常吆喝我:"三儿,快把练功带解下来,你看看你那腰都细成什么样了!"

每到饭点,姐姐都是在家帮着妈妈做饭,可我还在和一群小伙伴楼上楼下、楼前楼后地疯跑着,那时经常能听到各家的家长喊孩子回家吃饭的大声呼唤。我妈妈也经常在二楼的公共阳台围墙边喊我。有一次,姐姐见妈妈喊了我好几次,也没看到我的身影,于是就出门找我。姐姐刚走出家门,一眼看到了正在往楼上张望的我,她故意吓唬我道:"杨岩萍快跑,咱妈生气了,拿着擀面杖下楼找你去了。"我一听,撒腿就跑。过了好一阵儿,我悄悄地溜回家后才知道,妈妈吃完饭,已经无可奈何地去睡午觉了。后来,一家人在一起再说起这件事,都会哈哈大笑一场!

也不知道从什么时候开始,妈妈见到我,不再叫我"三儿"了,改成叫我"三疯子"了。这么多年来,"三疯子"的外号一直就是我的专属,直到现在仿佛还能听到妈妈呼唤我"三疯子"的声音。我知道,其实从那个声音里传来的,都是妈妈发自内心的爱。

今天是妈妈的生日。如果妈妈还活着,她老人家今天应该87周岁了。我把这篇文章当作开篇之作,有其特殊的意义,是妈妈历经十月怀胎、一朝分娩之痛把我带到这个世界上来。她不仅给了我生命,给了我爱,给了我陪伴、安慰和鼓励,更为我树立了榜样,妈妈把她血液中一直流淌着的善良和坚强也传给了我。

　　妈妈，您的"三疯子"现在"疯"劲又上来了。目前，我正在写一本书，今天正试着写第一篇。您之前也有过写书的梦想，但没来得及实现。妈妈，希望您的"三疯子"能为您完成这个梦想。

2022 年 8 月 24 日

从小的梦想能实现吗？

小学四年级的时候，爸爸把我转到离家比较近的济铁一小。面对新的班级和那么多陌生的面孔，内心的紧张和敏感可能只有我自己能体会到。

记得第一天报到，班主任老师领着我从办公室往教室走。走上一个土坡，沿着学校的运动场跑道走了不远，就看到了几间平房教室。她说："一会儿到教室了，你做一下自我介绍，让同学们认识你，好吗？"我到现在依然能想起那时的紧张和心跳，但是距离教室门口越来越近，我没有思考的时间，也没有别的路可选择，只能被动地跟着老师往前走。

结果如我所料，对着教室里那么多双直勾勾地看着我的眼睛，尽管我故作端庄地自我介绍，但还是感觉到前排的同学紧紧地盯着我，有一个同学还不自觉地说了声"假小子"。

像我这样性格、打扮都像"假小子"的女孩儿，内心其实是非常敏感的。有时甚至只是别人看我时的一个眼神，就能在无形中触动我那敏感的自尊心。同时，我又会慢慢地在敏感中变得更倔强，朝着心里想象的美好去努力……

小学五年级快要放寒假的时候，班主任胡老师说："今年省重点中学招生要加考英语了，所以学校准备在咱们级部的每个班里选出成绩排名靠前的学生组成一个班，利用寒假时间补学英语。"当时在班里成绩处于中上游的我自认为根本没有多大希望进入这个班，其实那时也不太懂重点中学是什么概念，对自己的将来能有什么样的意义，当时只是想要进这个班，因为觉得那是一种荣耀。

当天放学后我没回家，而是去找了我们的数学老师宋老师。寒风中我一直默默地站在数学办公室门前的空地上等着,等着……

宋老师短发,高高的个子,外表看着有点严肃,但说起话来不急不躁,有条有理。她一直对我非常好,我也算是没有辜负她对我的严格要求和鼓励,在学校数学竞赛中取得过不错的名次。有一次竞赛我获得了第五名的成绩,学校颁奖的时候,我领到了一支天蓝色的钢笔。我记得很清楚,领完钢笔后,我回身朝台下的人群打了个少先队礼。

那天,我跟宋老师说了我想去英语班的想法,希望能得到她的帮助。聊着聊着天黑下来了,宋老师说要和我一起去我家。至今我还清楚地记得,那天宋老师穿着半长的黑色棉服,带着豆沙色的毛线围巾,一个黑色的布包挂在自行车的车把上,推着自行车,一直步行那么远把我送回家,跟我的爸爸妈妈见了面。宋老师能专程陪我回家,是我做梦都想不到的,她跟父母说了今天发生的事情和明年省重点学校招生的新规定。我也非常清楚地记得,爸爸妈妈当时既有对老师来访的感动和感谢,也表现出对省重点中学的似懂非懂。

现在想来,那时的父母所处的时代不像现在这样物资丰富,本来他们自己就是进城的第一代人,老人也都从农村跟过来,住房小,孩子又多,一大家人的吃穿用度就够他们操心劳神的了,根本没有精力关心孩子的学习和将来。我的父亲在很小的时候,从济南历城老家入伍当兵,后来从部队复员,分配到济南铁路车辆段工作,我印象中那时的铁路职工家庭对孩子的学习都不是特别关注。我们居住的铁路宿舍里的孩子特别多,比我大几岁的那些孩子几乎都穿着一身绿军装,我们这个年龄段的小孩也是楼前楼后、楼上楼下疯跑。

要说真正有学习气氛的家庭,我只记得是住在我们东边单元102户的朱玲一家。朱玲是我新转入学校的同班同学,她的学习成绩一直在班里名列前茅。她长得浓眉大眼,说普通话,有一个哥哥和一个弟弟,不知为什么,我喜欢每天早晨去她家等她吃早饭,然后一起上学,晚上没事也喜欢往她家跑,印象中他们兄妹经常各自窝在角落里读厚厚的书。我现在想起朱玲的时候有两个画面:一个是早上她不急不慢地喝着碗里的白粥;一个是她窝在棉被里手捧一本厚书在读。现在想来,转学后我对学习的兴趣以及学习成绩的提高应该是受益于朱玲家浓浓的学习氛围的影响。

　　宋老师去我家后没几天,班主任胡老师宣读了入选英语班的人名,很幸运里面有我的名字,我跟朱玲还是同班同学。更幸运的是,转过年来中考过后,等到各个重点中学宣布录取考生名单的时候,朱玲考入了实验中学,我也出乎很多人的意料,以优异的成绩被济南三中录取。宋老师最高兴,看着我微微点着头,眼神里带着赞许和温暖的光。

　　三年初中时光匆匆而过,升高中时,学校只保留了两个班的名额。我们班里学习优秀的人比比皆是,我的同桌刘庆太就是班里学习最好的学生之一,高中又考取了本校,后来成为名副其实的大学生。但我在这三年里没有管住自己,本应该继续大踏步跟上优秀同学的脚步,我却稀里糊涂地被迫出局,无奈选择了我家附近的济南三十七中,学习服装裁剪。

　　初中三年、高中两年的时间里,我们从少年逐渐成长起来。不论是在重点中学还是在职业高中,我现在的记忆里几乎都是友谊、想念、问候和相见时的快乐。这张照片是2021年10月25日我回济南时跟在两位高中同学身后拍的,那天晚上一起吃完烤肉串后,敏敏和兆明陪我到酒店办理住宿,约好第二天一早,他们带我去吃我心心念念的济南豆腐脑。

　　下面是我当时在回青的火车上发的一条朋友圈:

跟在敏敏和兆明的身后很温暖

　　"回到从小长大的济南西市场、北大槐树,如同进入梦境,一切没有了小时候记忆中的样子,居住多年的房子找不到了,真是翻天覆地的变化,但永远不变的是亲情和近四十年的同学情谊。感谢老同学放下家务和工作陪我入住酒店。烤肉串和豆腐脑还是小时候的味道……"

小时候住过的堤口路

街边的烤肉串,满满的家乡味道

那天晚上,敏敏连家也不回了,陪着我一直到第二天上午送我登上开往青岛的火车。敏敏是个特别大气、善良且非常有包容心和感恩心的女性,直到现在我俩都情同姊妹。兆明就是我们生活中的榜样,他是一位不惧任何困难、永远有所追求、话语不多但却时刻挂念着我们的哥哥。

两年后,18 岁的我成为济南服装四厂的一名正式女工。第一天上班报到,是爸爸骑着他那辆老旧的自行车一路驮着我,把我送到了踏入社会的第一站。30 多年后的今天再看那时的日子,感觉一切似乎都是冥冥之中的安排,但对当时的我来说,迷茫了好久好久。怎么转瞬之间我就上班了?怎么就当服装厂女工了?怎么离我的梦想越来越远了?

在稀里糊涂成为一名服装女工之前,记忆里一直有两个非常大的梦想:一个是当兵当警察;一个是去青岛安家。

去青岛安家的想法产生在我年龄很小的时候。大概在我上三年级时,爸爸和同事要一起去青岛出差,恰巧同行的两位叔叔都非常喜欢我,极力建议爸爸带上我一起去。那时我在济铁二小武术队练武术练得正起劲,每天扎着腰间的那条黑色弹性练功带。爸爸工作的办公楼前面有个篮球场地,工作之余很多叔叔都聚在那里打球,有时非常熟悉的叔叔见到我就招呼:"三儿,三儿,来!来!来!翻几个,翻几个跟头给他们看看,呵呵!"从小就如男孩般风风火火的我,每次遇到这样的场合丝毫不惧,大大方方地一溜前手翻过去,再一溜后手翻回来,带着些许得意的神态,欢快地蹦蹦跳跳离开。这两位同行的叔叔就招呼我表演过,最终爸爸还是同意带上了我。

这是我第一次离开自己熟悉的"一亩三分地",坐了 8 个多小时的绿皮火车,来到一座遥远的、陌生的城市。第一次吃海鲜,第一次看到大海,第一次看到那么精致的大街小巷和那么多别致的红顶建筑,还知道了教堂长什么样。

记得在火车站附近的一个多路口,爸爸和叔叔们说好要去一个地方,然后大人们都各自朝着自认为对的方向走去,可能都觉得其他人肯定会跟在自己身后,没有一个回头望一望的,就留我一个小孩站在原地,不知跟谁走好。当时的情景特别好笑,我使劲憋住不笑出声,安静地看着他们,直到他们各自回头看清状况后,一边笑着一边朝我站的位置快步走回,我才放肆地笑出了眼泪,哈哈哈!那个场景我现在依然记忆犹新,当时就想,以后我长大了,要来这里安家,到那时我领着你们,就不会走错路了。

当兵的梦想是因为我从小就一直觉得我是军人的女儿,爸爸和哥哥都是军人,记忆里有几个非常清晰的画面:一是爸爸穿着军装的照片,英俊威武。二是爸爸复员后在济南铁路车辆段武装部工作的时候,每次组织民兵射击打靶,我都闹着要去现场观看。有几次在叔叔们的帮助下,我体验到步枪实弹射击的震撼。我特别喜欢按动扳机后子弹中靶的那种成就感,叔叔们也都特别喜欢我,看我小小年纪一板一眼操作开枪的样子,都说希望我长大了也像爸爸一样参军,到时我肯定也会是个好兵。三是我上三年级的时候,10 岁左右,一天放学路上,看到一个穿着军装雄赳赳气昂昂行走着的军人,像极了我印象中的哥哥,我忍不住叫了他一声哥哥。他蓦然回首,呆愣片刻,露出欢笑,认出了我,然后用有力的大手牵着我一起朝爸爸单位走去,身边全是同学们投来的羡慕的眼光。我的哥哥特别帅,比我大八岁,他 14 岁时因画画特长被招兵入伍,那时我才六岁,所以他在我的印象里很模糊,只知道有个哥哥当兵去了。临入伍前家里的全家福照片上,那个穿军装的就是我哥哥。记忆中我俩至今最美好的牵手就在那一天的那一刻,我永远铭记。四是在北大槐树西市场住的时候,一个春节前夕,忽然一阵锣鼓声传来,出门一看,楼下站着一大帮人,敲锣打鼓好不热闹,原来是街道派来慰问军属的队伍,还送给我们家一个红色的木牌,上面写着"军属光荣"。

哥哥入伍前拍的全家福

可能是受家庭的影响,长大了入伍参军当女兵成了我的一个梦想。在那个年代,当女兵不仅是我的梦想,也是许多女孩们心中的梦想吧。

济南西市场、北大槐树是我从小长大的地方,留下了我太多太多的回忆。北大槐树街上有个派出所,我记忆里从来没有进去,但是知道那里面是为老百姓办户口本和抓坏人的地方,在那里经常能看到出出进进的警察,特别是当看到女警察扎着两个小短辫,穿着白色的上衣和蓝色的裤子,戴着军人一样的红领章、无沿的女式警帽,精神抖擞、阳光干练地推着自行车和我擦肩而过时,我都好生羡慕,回头一直看着她们走远……我心里想:将来如果能像她们那样该多好。

小时候还能让我时常驻足观望的是站在十字路口圆圆的指挥台上身着警察服、头戴大檐帽,神气地指挥车辆的年轻警察。那时候我对交警还没有概念,以为他们和那些派出所的警察都是一样的,没有什么区别,真正吸引我的可能就是那统一的警服、领子上的红领章、警帽上庄严的国徽和一个个年轻、有朝气、精神抖擞的身影。

济南服装四厂的三楼是裘皮车间,有七八十个工人,我印象里只有两个男工,其他都是女工。每天机器轰鸣,人声嘈杂。冬天还好过一些,夏天没有空调,只有几台零零散散的吊扇。在每人怀抱厚厚的裘皮一针一线缝制赶工期的时候，闷热的车间里好像空气都停止了流通，我能切身感受到汗水从毛孔里争先恐后地往外跑。车间里实行计件制，多劳多得。订单多的时候，每天在缝纫机和案板前要一直工作到深夜 2 点多，有时一个月能拿到 200 元工资。那时的 200 元钱可不是个小数目，我现在仍然清楚地记得妈妈深夜给我送饭时心疼的目光。

和我同组的有一个年龄很大快要退休的女工，我叫她老师。她留着短发，胖胖的身材，头戴白色工作帽，身穿白色大围裙，胳膊套在白色套袖里，全车间女工都是这样的装扮。一到开始干活，她就从案板下面拿出她的老花镜戴上，粗糙的右手中指上戴着铜顶针，大拇指和食指夹起一根三棱钢针，穿针引线，满身粘着裘毛。有时干活间隙偶尔跟她交流几句，她就停下手里的活计，把老花镜往下一拉，头稍低一下，从眼镜上方笑眯眯地看着我说话。我当时时常想，再过三十几年，我就会成为这位老师现在的样子。

我心中从小最大的理想，就是将来长大了当兵、当警察，全副武装、朝气勃勃、英姿飒爽的样子是我做梦都想要的。记得我还跟一起分到厂里的一个女同学说过我的理想，她说："想法是愣好呀，可咱们现在是正式工人了，都上班了，再当兵是不可能的事了。"我知道其实对我来说，当兵、当警察只是一个无法实现的梦而已。我经常问自己，从小的梦想能实现吗？

2022 年 9 月 4 日

梦开始的地方

入伍通知书

在服装四厂工作的那一年多的时间里，我虽然每天都在机械地忙碌着，但心里总有个念头，我不能一辈子就坐在缝纫机前与裘皮为伴，也有了文化的缺失感和只有一纸职业高中文凭的危机感，我得想办法改变自己的处境。想改变就得有知识、有文凭，于是我立刻去报了夜校，为考夜大做准备。

裘皮车间采用的是计件制。作为服装厂最年轻的一代女工，自己觉得不能比别人干得少，如果稍有懈怠，到月底公布件数时，不是挣钱多与少的事，是面子上挂不挂得住的事。所以订单多、赶工期的时候，我就加班加点干，不需要加班的时候，我就去夜校学习。这样的日子过了近一年，期间我也有很多次找爸爸说想去当兵的想法，可爸爸都是若有所思地看看我，从来没有帮我去找人打听招兵信息的意思。其实我心里也非常明白，不是爸爸不想帮我实现当兵的愿望，而是因为当时招兵大都不会从已就业的人群里招人。另外，爸爸妈妈都上年纪了，也不舍得我离开他们太远。那时，已经18岁的我是个大姑娘了，家里的粗活、细活，我都能担起来了。哥哥已经结婚自立门户，姐姐也快结婚了，爸妈是想把我留在他们身边吧。

记得有一次，忘了为什么，那几天心里特别烦躁，又跟爸爸提起让他找人打听招兵的事，看着爸爸那种不太关心我的样子，我十分生气。我从小就是男孩子性格，做什么事都风风火火的，家里也叫了我多少年"三疯子"的绰号了，那天我躲在和姥姥睡觉的那间狭小的屋子里，班也不上，绝食了。

前两天，我的意志力还是非常强大的，可到了第二天晚上就饿得躺不住了，姥姥和姐姐一直惦记着我，时不时拿点吃的东西偷偷塞给我，但我铁了心了就是不吃。第三天是个礼拜天，爸爸妈妈都在家休息，到中午的时候，小屋门缝里飘来阵阵香味，我闻到了，那是茄子肉丁打卤面的香味啊，可把我馋坏了。但是再怎么想吃，我也强忍着不主动出去，等呀等呀……过了一会儿，传来全家人围坐在一起出溜出溜吃面条的声音，还大声地说着好吃好吃，真香呀。但我还是忍着没出去。又过了一会儿，小屋的门开了，妈妈走近我，拍拍我的后背轻声对我说："三儿，还不快起来吃面条，你爸爸找他战友问了，说现在正好在招女兵，你快起来，跟你爸爸好好说说去。"

我一个鲤鱼打挺坐起来，冲出小屋，摇着爸爸的肩膀，问他是真的吗？是真的吗？爸爸看了我一眼，微微地点了点头，说："你先吃饭，吃完饭咱俩再说这个事。"到现在我还记得那顿饭是真香呀！至今这个茄子肉丁打卤面一直是我喜欢吃的食物，我得时不时地吃上一顿解解馋，每次吃都很香，但又总是缺少一点点那时候的味道。

赶紧吃完饭，爸爸一脸正式地跟我说："我找战友问了，他打听到正巧最近就有一批招兵名额，而且这次招的是山东省第一批女武警，机会难得，我战友已经给你报上名了，但是听说全省总共就招二十来个人，验兵挑选过程会非常严格，我觉得你能验上的可能性不是很大，这个你自己得有思想准备，到时你再这样不吃不喝，我和你妈也没办法了，你也只能自己饿着了。"我理解爸爸的意思，也懂得爸爸的顾虑。

没过多少天，爸爸陪我去集结地参加验兵的流程。大院里聚集了好多好多人，有部队首长模样的，还有很多年轻的军人跑前跑后，组织安排来应征的女孩及陪同的家人。我从来没见过这么大的场面，既兴奋又紧张，别人不问我问题，我绝不乱开口说话，处处小心谨慎地听从安排，一项一项参加面试和问答环节。幸运的是一切都顺利通过。到体检环节时，其他检查结果都非常好，只有扁桃体有炎症。当我知道了体检结果后，紧张地立马去找到一个当时在现场负责组织验兵的军人询问："扁桃体有炎症可能是最近这两天太着急上火导致的，像我这种情况是不是会被拒收？我该怎么办呀？"他说他也做不了决定，劝我道："不如你去找个正规大医院再做个检查，开个证明送过来或许能更好些。"

　　第二天一早，我骑着自行车赶往一个大医院做检查，一路上，我在心里给自己鼓劲，一定要努力，一定要加油，不论这次去医院开证明能不能改变昨天的体检结果，能不能起到作用，这一趟我都必须跑，再远再累也要自己去争取。到现在，我还清晰地记得那一路上我骑着自行车风风火火的样子。一身汗水的我赶到医院，挂号排队等候，轮到医生给我检查时，我带着哭腔把我验兵入伍的渴望和昨天体检的事情跟那个女医生说了，恳求她能否给我开个扁桃体检查一切正常的证明。可能是大部分炎症已经消了，我的扁桃体确实已经没问题了。然后我立马骑车赶往集结地，凭着记忆还真找到了那个招兵的办公室，把医生开的证明交给了当时负责招兵的军人。

　　现在再说起那天的过程看似很简单，但其实从家到医院，从医院再到武警总队，从总队再回到家，加起来总的里程，就算开车也得跑半天的时间。我清楚地记得那天当我把医院新开的证明送到招兵办公室后，推着自行车准备回家时，马路上自行车、公交车密密麻麻、来来往往，已经是下班高峰了。

　　接下来等待的那些天是最难熬的，因为那一年我已经 19 岁了，今生当兵的机会可能就只有这一次了，能做的都已经做了，该努力的也努力了，现在除了等待，我什么都做不了，只能在焦虑、期盼、食不知味中一天一天地消磨着时间。有时家里就我一个人的时候，我看着镜中的自己，禁不住地自言自语，双手合十拜拜东、拜拜西，也不知道拜谁管用，又不知不觉地哭出声来，眼泪止不住地往下流。那时家里没有电话，不像现在这样联络方便，只能每天晚上用心倾听爸爸下班后上楼的脚步声，进门后小心翼翼地接过他的包，看他脸上的表情，就知道还是没有结果。其实我心里也害怕有结果，害怕听到那个不好的结果。

　　1985 年的 11 月 11 日，晚上下班时间，我又听到爸爸熟悉的脚步声，于是赶紧开门接过包，像往常一样，爸爸的表情没有任何的不一样。晚上一家人围坐在一起开始吃饭，爸爸对姥姥说："给我也倒杯酒吧，今天我也想喝一杯。"往常爸爸在家吃饭很少喝酒，看着他端起酒杯一饮而尽时发出的滋滋声，我预感到会发生点什么事情，心里开始有些紧张。随着爸爸一声长长的吸气和叹息，他转头看向我，端详了我一会儿，然后微微点着头说："三儿，有福气啊！你当兵的愿望还真实现了。"说完这句话，右手慢慢地伸进怀里，把一张红彤彤的入伍通知书拿了出来,郑重地递到了我的手里。我终于等到了我的入伍通知书,手捧着久久不舍得放下,激动地泪如泉涌,抬头看着爸爸如释重负、眼含泪水但还微笑着的脸,我一头扑进爸爸的怀里,妈妈和姥姥也哭了……

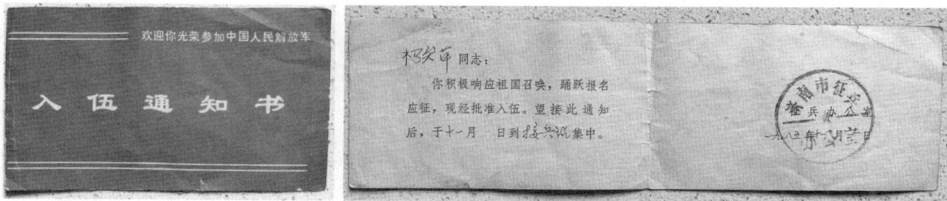

我的入伍通知书

后来我知道了,那次给我报上名的叔叔是当年不到 20 岁就和爸爸一起上过战场的战友,他听爸爸说了我非常渴望当兵的事,就答应尽力帮忙争取报上名,但他说验兵很严,谁也帮不了,能否验上就只能看我有没有这个福气了。我经常想象两个男孩从十六七岁就一起入伍,一起打仗,多年后又站在一起说着我想当兵的情景,我感受到的是真正的、浓浓的战友情谊。

我也体会到了爸爸在那段时间里对我能否验上兵的忐忑、焦虑和期盼的心情,他比我承担的还要多得多……

拿到入伍通知书的第二天,我兴致勃勃地去厂里办理辞职手续,厂里的领导对我说:"你父亲前几天来过厂里两次,为你当兵的事和我谈了很长时间,我被他说动了,才开出证明放你离职的。"

原来入伍通知书几天前正式签发后,爸爸就已经跟我厂里的领导开始沟通了,如果厂里不放,我也当不了兵。

爸爸就是这样一个人,一个脸上总是带着和善的笑容,说话不紧不慢且话语不多的人,他不愿意开口求人,但他看到我坚决的态度、对当兵的渴望和我身上的那股劲头后,他把所有的压力和对我的爱都放在他自己心里,一个人默默承受。昨天晚上的那杯酒和那声长长的叹息是他的一种释然吧,父亲对孩子的爱永远是如此的深沉。

距离那时已近 40 年的今天,我依然能清晰地记得那段坐卧不安等待结果的日子和爸爸那声长长的叹息。那时的我太年轻,不懂事,让爸爸为难成那个样子。

今天是一个特殊的日子。如果爸爸还在，今天是他老人家 90 岁的生日。

是爸爸的爱使我梦想成真，从此我成为一名光荣的中国人民武装警察部队的战士。

2022 年 10 月 18 日

新兵排

我的新兵排生活是在济南张庄机场度过的。

我记得那一批总共招收了 23 名女兵，来自山东各地，有不同的口音、不同的家境、不同的性格。入伍后，我眼前的世界是全新的。在济南生活了近 20 年，从来不知道济南的西北端有个叫张庄的地方，更不知道那里还有个大机场，也从没有想过我以后的人生和机场会结下不解之缘。

新兵排的训练生活虽然很苦，但非常适合我，是我喜欢的。因为已经工作过一年，所以在新兵排里，我的年龄是偏大的；一米六七的个头，在排里的身高也是偏高的；因为从小有在体育队、武术队训练过的功底，所以身体的协调性和基本功对于新兵训练的科目都是得心应手的；从小就跟着叔叔们去打靶场，练瞄准、扣扳机，所以举枪射击对于我也是熟悉的；还有在厂里高强度工作的经历和经常熬夜加班的历练，训练的苦对我而言不值一提。记得一位负责训练我们的孙排长，对我们要求特别严格，在训练场上，他从来没有单独纠正过我的动作，对我非常认可。踢正步、走队列、紧急集合、擒敌拳，一招一式英姿飒爽，每天都像有使不完的劲，因为我知道，这一切对于我来说得之不易，我必须得更加严格地要求自己，以优异的训练成绩圆满通过新兵排的考验。

我们那批女兵里面，有个女孩没有坚持到最后，中途离开了训练场，离开了新兵排。

终于到了训练结束的阶段，接下来面临的是分配去向的问题。那时，发生的一切对我来说都太快太急，脑子一直是蒙的，不知道哪里要人，也不知道要被怎样分配,更不知道还有被分到外地的可能。只记得有几天,一波一波生疏的面孔来到我们新兵排,时不时地组织一起见面座谈。过了几天,我接到了通知,没想到的是,我被分配到青岛流亭机场安全检查站了,和我同时分到青岛的还有另外两个女兵,一个是我济南的同乡,一个是青岛本地的女孩。

接到通知的那一瞬间,我的心里满是吃惊、意外、兴奋、憧憬与无法表达的喜悦,我三步并作两步跑到孙排长办公室给爸爸打电话,电话那边传来爸爸惊讶但不舍的话语。现在想来爸爸可能想的是以后父女之间有了8个多小时火车车程的距离,见面难了。而我那时想的是离我的梦想和那期盼已久的红瓦绿树、碧海蓝天越来越近了。那时的我真的太年轻,不懂得爸爸的心。

2023 年 2 月 18 日

青岛流亭机场　我的福地

落地青岛机场

　　1986 年 4 月 3 日,是我永远难忘的日子,这一天将满 20 岁的我从济南张庄机场背着背包乘坐肖特 360 飞机来到了我的第二故乡、我的福地——青岛流亭机场。那时的我不知道的是,生命里相依相伴的老公就在我落地流亭机场的半年前刚从济南张庄机场调回青岛流亭机场工作。后来我俩说起那些年的事,他说如果我们能早几年相识,他会让我少受些苦。

　　那时的流亭机场正在建设中。没有候机楼,只有一个由货运仓库临时改建的候机室,总共也容纳不了多少人。旅客必须要有县团级以上单位开的证明才能买票乘机,飞机架次也很少,就那几个固定的班次。那时的安全检查只有一个通道,是由我们武警负责监管的,我们三个女兵来流亭机场服役期间的任务就是参与执行安全检查工作,保证飞机和旅客的安全。

　　当时的安全检查站,除了后勤和监护中队的士兵外,其他的都是排级以上的军官,我们三个新兵都习惯称呼他们为参谋,其中的郝参谋就是近 40 年来我一直学习的榜样,那个善良可亲的、如姐姐般待我的郝姐。初识郝姐的时候,我 20 岁,郝姐也才 23 岁。郝姐待人真诚和善,满口地道的青岛话。她喜欢学英语,口语特别好。记得那时她报了英语自学考试,每当看到郝姐嘴唇上生了疮,就知道她又要考试了,哈哈!我到现在还有学习英语的热情,虽然断断续续、随学随忘,学习英语的兴趣和习惯就是当时跟着郝姐养成的,那时的我们都那么年轻。一转眼,现在的郝姐已经年满 60 了,我在写这段文字的时候,她早已退休,正在遥远的澳大利亚陪伴女儿和刚出生的外孙。我查了一下,澳大利亚的时间比北京时间早三个小时左右,那边这时候应该是下午的五点三十分,此时此刻,我的郝姐可能正忙着准备家人们的晚餐了吧。郝姐你知道我在想你吗?

1986年的流亭机场,工作和生活条件都很差,在距离停机坪不远的地方,有一个总面积不是很大的长条形旧平房,被改造成了十个左右的房间作为办公用房,东、西、南各有三个进出口,机场的机务、气象、值机、武警都挤在这个平房里办公。我们武警总共三间房,一间是站领导办公室、一间是值班室,另一间大一些的是我们十几个人的办公室。我的办公桌在办公室最靠近门口的位置,如果有谁在窄窄的走廊里稍大点儿声说句话,我就能听出他是哪个部门的人。听,有个极其温柔的女声传来,我听出那是气象部门刚就业的一个打扮特别时髦的女孩在说话,她就是我多年的好朋友、好姊妹——闻。那时的我们都各自忙碌,工作没有交集,虽然知道彼此的存在,却形同陌路。闻和我同龄,没想到那时候的陌路人,在往后岁月里,能和我再度结缘,成为惺惺相惜的好朋友。去年我的咖啡屋开张的时候,为了突出店里有狗的元素,她还为此亲手做画一幅。

朋友闻为我的酒咖小店画的雪纳瑞犬

那时,郝姐等青岛本地人或者是在青岛有家的参谋,在机场是没有宿舍的,每天会有一辆面包车负责接送他们上下班。我们这三个新兵和几个外地的参谋就住在原来的海军营房改建的候机室所在地的大院里。我们的伙房设在刘家台村一个独立的院子里,从我们宿舍去伙房得穿过海军的营区,步行一站公交车的距离,伙房去办公室得穿过一片庄稼地,这三个点形成一个三角形,那时的我每天就是在这三个点之间来回穿梭。

与我们一个院子里同住的还有机场其他部门的外地职工及家属。写到这里我不由得想起一个叫艳子的女孩,2022年的9月10

1986年,我刚到流亭机场的那个夏天,
爸爸来看我时在栈桥的合影

日我发的一个朋友圈,就是写的这个叫我阿姨的艳子:

1986年我当兵来到流亭机场和艳子初次相见,现在想来那时我真小,不到20岁,她那时更小,只是个几岁的小女孩。谁能想到,近40年后,居然在我的咖啡小店里,喝着我亲手做的咖啡,两代人一起回忆过往,享受当下时光。在我来的时候,青岛最初的机场安检和候机室已经成了历史,那时连同候机室后面的一个大院是机场里有关单位外地工作人员的"栖息地",我们的营房就在那个院子里。有缘和艳子的爸爸妈妈相识,现在想来,那时艳子的爸爸妈妈多年轻呀!艳子家做了啥好吃的东西,她的爸爸妈妈都想着把我叫到她家里一起吃,让我时常有种回到家的感觉。时过境迁,现在我已退休,而那个我眼中的小女孩艳子已经长大了,巧合的是,她现在和我住在同一个小区,成了邻居。虽然她不在这边常住,但她总是以她的方式时时提醒、关心着我。小时候我眼中的好女孩,现在依然是。缘!妙不可言……2022年中秋节快乐!

我和艳子一起喝的咖啡

　　现在回想往事,像是穿过时空岁月,近40年时光一闪而过,一切如同梦幻。那时候一张张年轻熟悉的面孔,很多已不知去向。现在只有郝姐、闻、艳子住在离我很近的地方,心和心之间靠得更是越来越近。从那时生活环境的艰苦到现在生活的富足优越,变化是天翻地覆的。那时的我在这个陌生的城市孤身一人,而现在的我在这座熟悉的城市有那么多真心待我的亲朋好友。

　　如果那时的我能够预知以后的进步、变化和现在我所拥有的一切美好,是不是就不会再有对未知的害怕、担忧和迷茫?我想是吧。但如果让我在两者之间做出选择,我仍然选择在未知中摸索前行,因为只有自己一步一步亲身经历失意的苦闷和收获的惊喜,一点一点品味生活的酸甜苦辣,才能更加珍惜和感恩现在所拥有的一切。

　　1986年的流亭机场航班很少,几乎没有夜航,我记得一周之内不是每天都有航班,工作量跟今日的机场不可同日而语。每到上勤的时刻,我心里就会涌现出一阵激动和快乐,认真整理一遍军容,戴上洗得干干净净的白手套,排着整齐的队伍精神抖擞地向安检现场行进。

　　武警的安检现场分两个房间,一进大门的房间是验证桌台和旅客等候、排队进行第一关检查的区域,身份验证好以后,拿着行李通过一个小门,就来到人身和行李检查的区域,安检的流程跟现在基本没什么区别,就是没有现在这么智能和便捷。安检完成后,乘客继续穿过前面的小门,就进入了一个只有几排座椅的候机室。每天除了工作,空闲的时候我就学习、锻炼,生活既简单又有规律。时间慢慢流逝,看似平静的生活也在悄悄地发生着变化……

　　我同行的两个战友陆续接到部队入学考试通知,一旦被录取,通过专业培训后就能转正成为干部,授少尉军衔。成为军官后,外地士兵才能有在当地结婚安家的资格。对于我来说,只有上学提干这一条路才能实现我在青岛安家的梦想。

　　济南的战友是去学医护专业,如果顺利的话,以后调回老家济南是顺理成章的事情,而我的理想是留在青岛。医护专业对于惧怕针头的我来说是不能接受的,所以当济南的战友接到录取通知书去报到的时候,我心里没有丝毫的羡慕和想法。

　　另一位青岛本地的战友比我小一岁,不久后也接到了考试通知,是黄岛轮训队英语专业,结业后还回流亭机场工作,考察期一过就会转正。很快她的录取通知书也发下来了。

　　那段时间我心里着实很焦虑,充满了无助感和失落感。不只是因为在青岛安家的事,还有一种要求进步的愿望,更时常梦想着哪一天我会突然给爸爸、妈妈、姥姥打回电话,兴奋地告诉他们:"你们的三儿考上军校了,提干了,哈哈!"而现实没有给我这样一个机会,眼泪又不争气地偷偷流了下来。离青岛的大海就一步之遥,可在那时这一步对于我来说太难逾越了。

2023 年 2 月 22 日

安家落户

　　接下来的一段日子,好像又回到了跟往常一样,每天按部就班地在三个点之间来回穿梭,偶尔请假去市里看看大海散散心。在海边,一个人孤独地坐上半天,独自承受苦闷。我的话越来越少了,轮休的时候一个人在宿舍里也没有意思,干脆去安检现场帮忙,一忙起来,一天很快也就过去了。

　　1987 年又有几个新兵来的时候,我也终于熬成了老兵,站领导还让我担任了班长的职务,这以后又陆陆续续来了三个女兵,女兵队伍不断壮大。我每天带领着女兵排着整齐的队伍出操、吃饭、上勤、回宿舍,一路上精神抖擞、英姿飒爽,成为当时流亭机场一道亮丽的风景线。

　　人多热闹,但琐碎的工作也随之多了起来,时间在不知不觉中悄然流逝,很快 1988 年了,我也成了一个名副其实的老班长了。

　　服役期满的事实慢慢来到了我的面前,虽然有万般的遗憾和不舍,我也不得不开始考虑退伍后的去向问题,那时也不懂退伍军人的安置去向是什么政策。当时的我只能一边做着准备复员回家的打算,一边认认真真地做着自己分内的各项工作。距离离开的日子越来越近,我很珍惜身穿军装的每一天。

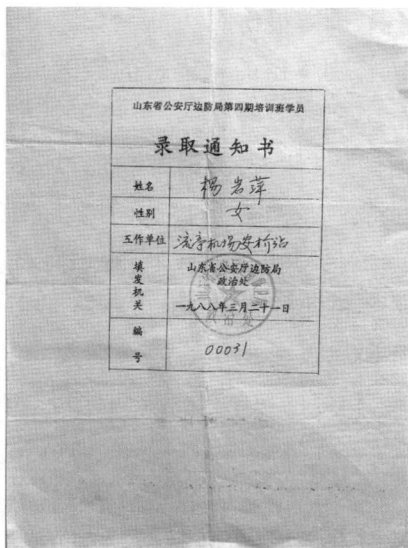

山东省公安厅边防局第四期培训班学员

录取通知书

姓名　杨志萍
性别　女
工作单位　流亭机场安检站
填发机关　山东省公安厅边防局
　　　　　政治处
　　　　　一九八八年三月三十一日
编号　00031

我的录取通知书

人生真的充满了太多神奇的事情，令我意想不到的是，有一天站领导突然通知我，让我抓紧准备一下，去黄岛轮训队英语班参加培训。我听后激动地半天回不过神来，真的不敢相信这是真的，脑子里想的就是我离大海越来越近了，赶紧把这个好消息告诉家里。后来，我知道了，是武警总队把济南、青岛、烟台机场三个面临退伍的优秀班长都一起保送入学了。接到入学通知书的那一天，我的心里真是乐开了花，捧在手里半天不舍得放下。

1988年4月1日，22岁的我背起书包重新起航，奔赴黄岛，开启了此生难忘的轮训队半军事化半学习的培训生活，坐到课桌旁，我仿佛又重新回到了学生时代。

我们那期是山东省公安厅边防局第四期培训班，总共三个男兵班和一个女兵班，女兵班有九名学员，我被轮训队的领导任命为女兵班班长。我们女兵班和一个男兵班学英语，另外两个班学的是韩语。

在轮训队，班长负责本班班务，全队的日常出操训练、开会集合、一日三餐的整队则是由我们四个班长各负责一周，轮流带队值班。

在黄岛轮训队学习的一年多时间里，除了充实快乐的学习、训练，让我记忆深刻的事情也很多，其中一个是韩语班的一个队员。记得有一天，不知为什么他好像失去了理智一样，情绪特别激动。韩语班在我们班的楼上，他楼上楼下地大喊大叫着，听到他来到我们班门口的脚步声，班里正在自习的几个同学都有些紧张，当他"咣"的一声推开我们的教室门时，同学们都睁大眼睛看向他。我站起来想要安抚一下他，还没开口，他竟朝我大声吆喝道："你想过来叨叨什么？"然后关门走了。我当时真的很无语、很无奈，更是被伤到了自尊。我们虽然是同期队员，但我和他之间几乎没有交流，我不明白这个同学为什么那样对我。当时才刚20岁出头的我正是最要强、最要面子的年龄,当时他对我的态度,直到现在我还记得,确实很伤人。

另一个记忆深刻的人是来自我特别崇拜、特别尊敬的韩语班的聂教员。聂教员来我们轮训队任职的时候,他还没有发军装,一身合体、板板正正的中山装更显出他的文雅和英俊。聂教员是朝鲜族,韩语、英语都精通,还多才多艺,与人相处时总带着一股绅士般的书生气。他虽然是教员,但实际看上去比我们这些学员也大不了几岁,现在才知道他只比我大四岁,那时他才26岁。因为我们是英语班,跟聂教员没有许多相处的机会,每当在队里巧遇,我都会非常礼貌地向他问好,聂教员也都回以友善的笑容。在队里,他是教员,我们是学生,所以总感觉他高高在上,和善的笑容里带着威严。如果放在现在,那时的聂教员在我心里的形象应该就是偶像了。从轮训队毕业后,我们各自忙碌,这一别就是35年,奇妙的是35年后的某一天,聂教员竟奇迹般地出现了我的咖啡小店里,我还能续写和聂教员之间的故事……

写到这里我想到一个事情,感觉很对不住聂教员的好心好意。年前,聂教员把我拉进了一个微信群里,这里面都是轮训队四期的学员,我看到一个熟悉的名字,误把他想成是那个伤过我的人了,所以在群里也一直不发言,心想刚被拉进来就自行退出不好。这样过了几天,临近春节的时候,我还是果断退出了。昨天在跟我们英语班的男兵班长聊天时才知道我把人名搞错了,在此只能对聂教员说声对不起了,您好心善意把我拉进黄岛轮训队战友群,我却悄悄溜了,真的不好意思。反正您经常带朋友来小店给我捧场,待今年春暖花开重新开业再相见之时,定当面赔礼,敬您一杯。

黄岛轮训队期间我还无意中爱上了往后生活中让我非常受益的一项运动——打乒乓球。那时黄岛和青岛之间没有隧道和桥梁,只有每天定时往来的客货轮渡,一艘船能装很多车和人,车停放在下面一层,乘客都在上面一层,每逢天气不好就会随时停运。我们的教员基本在市区住,每天需要坐轮渡上下班,轮渡偶尔停运的时候,就是我们自由活动的时间了。轮训队的四楼有个很大很大的会议活动室,里面有张乒乓球台,只要不上课,很多队员都喜欢在那里打球。个别男队员打得非常好,而我是第一次接触乒乓球,一开始球拍都不会拿,慢慢找到一些球感,再到后来逐渐敢跟人开局比赛,着实从中体会到乒乓球运动的魅力和快乐。在往后的生活里,打乒乓球已经成为一项我非常喜爱的运动。在轮训队学习的这项运动虽然没有经过正规培训,到现在我的球技也纯属"野路子",但却在以后的工作中为我带来过荣誉,也为我现在的咖啡小店的设计和经营带来灵感,使我终身受益。这些年来,我经常想起黄岛轮训队那间宽大的活动室和那张带给我无限快乐的乒乓球台。

1989 年 12 月 25 日,我结束了轮训队的集训,回到了流亭机场安全检查站。新的候机楼、新的办公楼、新的宿舍,一切对于我来说都是全新的开始。

这时的女兵队伍又壮大了不少,看到一个个年轻有朝气的身影,知道自己真的是个老兵了。回到站上等待提干时,又接到我们科李科长的通知,要求我在授衔命令下来之前,继续担任那些女兵的班长。

转过年来我 24 岁了,按规定转正前有半年的考察期。等待授衔转正的前两个月是我当兵以来最愉快、最放松的一段时光,不过也没有什么特别深的记忆。所以,人在过好日子的时候往往会感觉时间一晃而过,而过痛苦的或者不顺的日子时,常会感觉到度日如年。

我渐渐地发现身边的女兵里,不论是和我一样在等待提干的,还是青岛本地的,有几个有了恋爱对象,我对这个问题也越来越紧张了。那时 24 岁的我已经是大龄青年了,但是在人生地不熟的异地他乡,在这个远离城市的小小的流亭镇,要找到一位对我真心、我也愿意跟他牵手的人,不是件容易的事。每天看着她们和男友书信往来,眉飞色舞中带着甜蜜的笑容和幸福,我的内心也愈发着急。有时一个人晚上睡不着会想:今年提干了就能在本地找对象了,今年要是找不到,明年就 25 岁了,明年再遇不到,后年就 26 岁了……很快就成"老姑娘"了,我那小脚姥姥还盼望着看到我的下一代呢!

那段时间,每当看到家家户户的窗户和亮着的灯,我就会想,将来哪一扇窗会是属于我的?哪一盏灯是为我照亮回家的路的?越想越感觉大地越来越空旷了,流亭越看越小了,人也越来越少了。我能找到那个人吗?他长什么样?他现在在哪里?在干什么呢?

想不到的是 1990 年 5 月 5 日,那个人忽然就出现我的世界里,原来他就在离我不远处,与我们的办公室直线距离不到 50 米,在我们每天列队出勤的必经之路上。

这一天上午正准备出勤，我接到机场一个老乡的电话，说要给我介绍一个对象。电话中说他是基建科的，26岁，青岛本地人，还是正规院校毕业的大学生，就是个头不算高，胖乎乎的戴个眼镜，问我想不想见个面？我听后，心里直接就有了一个胖胖的、戴着黑框高度近视镜的、木讷的书呆子形象。那个年代，大学少、招生少，普通人很难考取，在我的印象里，能考上大学的都是这个形象，心里很排斥书呆子类型，但又觉得他是个大学生，想到自己眼下的处境，决定还是见上一面吧，现在看来，这个决定是我有生以来做过的最正确的决定。

正好当天下午都有时间，三人约在我老乡的宿舍见了面。一见面，看到的他小小的个头，有种似曾相识的感觉，我想起来了：他们部门办公室和机场门卫之间的位置，有个烧水炉和单独的洗澡间，我经常带着女兵过去找他们要钥匙借用洗澡间，当然，他曾经也爽快地借给过我们。到现在仍然难忘那次见面时他那礼貌的一笑，令我瞬间感觉到他散发出来的阳光、善良和浓浓的书生气，当然还有那副那时我们女兵都不喜欢的大大的近视眼镜。见过面后，彼此都没有回绝，便约定好了再见面的时间。

记得第一次我俩单独约会是在第一海水浴场，中午就在海边的一个小店里吃饭，点好菜后他问我喝点什么饮料？我说喝啤酒，他丝毫没有犹豫，爽快地让服务员拿来四瓶啤酒，我俩喝着、聊着……

看着他喝啤酒的神态，我心里一阵阵窃喜，感觉这一点他特别像我们家的人，哈哈！两人相处起来很自然，因为都在机场工作，有共同熟悉的人和事，所以彼此之间有很多话题可聊，没有过多陌生的感觉，在一起很愉快。

在那次约会之后，我主动提出周日要去他家里看看，我很想知道他家里的整体情况，爸妈和兄弟姊妹脾气性格如何，家庭成员之间关系怎样，家长能不能看好我。我觉得我是个外地人，父母姊妹都不在这边，非常希望能找个和睦的家庭，所以想通过家庭氛围确认他的人品。

巧合的是，接下来的周日，我爸爸的一位青岛水利局的朋友也极力约我去他家做客，说他老早就想把他的侄子介绍给我，侄子出差在外地，他们一大家子人想先看看我。我当时也有自己的小心思：今天中午定好了去见"大学生"的家长，要是彼此都看不好的话，我这边还能有个机会。能看出，当时24岁的我有多担心这个问题呀！

记得当时水利局就在中山路民航售票处旁边，爸爸的朋友家就在离他办公室很近的老舍公园附近。按照约定，那天我想先去市里爸爸的朋友家露个面，然后再到水清沟去他家。

周日一早，我跑到刘家台村的草莓地里采摘了两包新鲜的草莓，连着小竹筐一同放进一个红色带拉链的大帆布包里，坐上了去市里的班车。到那个叔叔家的时候，可把我惊了一大跳，他家老老少少一大群人挤满了屋子，都在等着我。有个老奶奶亲切地一直拉着我的手不放，现在我还记得他们一家人在一起的那种热闹温暖的画面。寒暄一阵之后，我推说还有别的事要去办，草莓也没顾得上往外拿，背着大红帆布包就紧走慢跑地赶往公交车站，到水清沟的时候已经中午了。

他家住的是青岛微电机厂单位的宿舍，在六楼。那天，他和爸爸、妈妈、弟弟在家，姐姐一家三口有事没过来，我第一次见到了我未来的公公婆婆和小叔子。

阿姨见到我露出满脸的笑容，她个头不高，很有气质，说话声音不大，不急不慢很温柔，一看到她我就感觉特别亲，想起了我的妈妈。现在想来，婆婆比我大30岁，那时也才55岁。我进门的时候，他的爸爸正在里间的书桌前写着东西，看到我，立刻把手头的纸笔往里一推，来到外间的沙发旁，招呼我坐下。弟弟也是文质彬彬的模样，非常友好地给我递来一杯水。弟弟比哥哥小十岁，当时还在附近的学校念初中。

他和阿姨在厨房里忙活着饭菜，叔叔陪我说着话。两个单人沙发中间是一个放水杯的小茶几，他坐在左边，我坐在右边。我是晚辈，又是第一次来拜访长辈，所以一直保持着认真听讲的礼貌姿势，没想到的是我这未来的公公一开口，知识、见识、口才都让我肃然起敬。我认真地听着，不住地点着头。他越聊越高兴，我越听越觉得长见识，只是我那一直保持着的礼貌姿势越来越支撑不住了，脖子也开始变得僵硬起来，还不好意思打断他，听到厨房里母子俩炒菜传来的炒勺和锅的碰撞声，闻到不时飘出来的香味，咽一下口水，忍不住偷偷地往那边瞟两眼，再瞟两眼……

　　终于坚持到了招呼我们吃饭的时候,借去洗手和帮着端盘子的间隙,我环顾了一圈,他家里总共有两个不大的房间。一进大门左手边有个很小的卫生间,前面正对着的是一个厨房,有沙发的这间房连带着一个小阳台,四口人住在这里,外面这间兼具客厅、餐厅与卧室的功能,是兄弟俩的卧室。那时人们的居住环境不像现在这么优越,基本情况都差不多。阿姨跟我的妈妈一样,都是节俭、利索、能干的女人,总是把简朴的家收拾得干干净净、一尘不染。

　　饭菜摆好后,叔叔拿出两瓶啤酒,礼貌地问我喝不喝。我几乎没做任何犹豫,脱口而出:"好,喝杯。"我看到阿姨有点吃惊地看着我,后来才知道婆婆娘家在青岛即墨农村,是比较传统的,家里来客人,女人都是不参加的,更别说喝酒了。所以,令我更加感动的是在后来的生活中,一家人聚在一起吃饭的时候,婆婆会很自然地对我说:"你们不先喝杯酒了?"我知道从我们第一次见面开始,她就对我无限接纳和包容。

　　他们一家人使我有了一种找到家的感觉,亲切、温暖、放松。在送我回单位的路上,还知道了那么有知识又健谈的叔叔是毕业于清华大学的高才生,阿姨是位高级经济师,我那还未曾谋面的大姐夫妻俩也都是优秀人才。

　　那次的相见,使我更加安心地跟他继续交往,往后也断然回绝了别人给我介绍对象的好意。

　　阿姨真正接纳我,把我当成一家人的时刻就发生在见面不久后的一天。我记得那天是工作日,我轮休请假去市里办事,办完事已是下午了,就直接去水清沟了。爬上六楼,敲门,家里没人,这个时间他们都还在上班。我就凭着印象打听着找到了弟弟的学校,还真找到了他,他给了我家里的钥匙。我先去了路口的菜市场,买了菜、肉和啤酒,回到家后就立刻开始忙活起来……

　　忙活到差不多的时候,我打开窗户往下看,正好看到叔叔和阿姨同时到楼下了,没等听到阿姨手里的钥匙声,我就打开了门,叔叔阿姨看到是我在家里,那吃惊和喜悦的表情我真的无法形容。特别是当他们进了家门,看到桌子上已摆好的菜:拌猪头肉、拌凉粉、辣炒蛤蜊、尖椒炒肉丝,厨房里还有饺子,那种惊喜的表情此时此刻还历历在目,他们没想到我还有这手艺,哈哈!当天晚上吃完饭,临回机场的时候,阿姨把家里的钥匙郑重地交给了我一把。就是那一天，阿姨从心里正式接纳了我，我也真正把这里当成了自己的家。

那时，我还没有正式授衔提干，还是个普通士兵，所以我俩的恋爱不敢让别人知道，是偷偷进行的。记得有一天午休时间，我和战友来到机场大门外的一个西瓜摊前，准备买两个西瓜，恰巧遇见他和他的同事也在那里，当时，我俩都装作不认识。只见他挑好了一个西瓜，付了钱后，悄悄地朝我递了一个眼色，示意我拿着那个西瓜走就行，现在想来，那场景仿佛就发生在昨天，哈哈！

他过生日的那天，是在流亭镇的一个路边店，悄悄邀请了他的两个非常要好的同事。直到现在，其中一位同事何哥还常常提起那次生日聚会。

还有一次，我和战友路过他办公室门前时遇到了他。我的一个战友悄悄地指着他对我们说："就那个基建科戴眼镜的，昨天足球比赛时一个漂亮的头球进门了，刚准备欢呼庆祝呢，忽然发现他踢到自己球门里了，哈哈哈！"我听着也笑出声来，可他们都不知道，那个他就是我的男朋友呀！

后来我转正了，也敢公开我们的关系了，和战友说起之前的一些事，我们再一次哈哈一笑。

当时部队有个规定，没有成家的外地军官不能在外私自留宿，晚上有回驻地的时间要求。那时交通也不方便，每次星期天去他家一趟，除去来回路上的时间，在家的时间少之又少。阿姨看我们总是匆匆忙忙太辛苦了，提出了让我俩登记的想法，并在小阳台给我安置了一个单人折叠床。巧合的是，那期间正好叔叔去济南出差，和我的爸爸妈妈会了面。我俩的爸爸还一起同游了大明湖。

叔叔回来后就跟阿姨

我俩的爸爸同游大明湖

商量,建议我们去领结婚证。他约我星期天休息的时候去拍正式的结婚证照片,那个星期天是 1990 年 11 月 11 日。巧合的是,五年前的 11 月 11 日也是我非常难忘的日子,那天我拿到了我的入伍通知书;五年后的这天,在我梦想的城市,身边有了愿意给我一个家、一直不离不弃陪伴我到老的人。

在青岛我有家了,有了一扇属于我的窗,有了一盏专门为我亮着的灯,一切来得都是那么神奇。

2023 年 2 月 28 日

从女兵到女警

接下来,公公和婆婆又做了个决定。为了让我俩有个自己独立的小家,他们决定把公公单位刚分给他的位于辛家庄的房子简单收拾一下,他们过去住,把现在的家留给我俩做新房。

一切来得那么突然,转过年来的春天,我成了幸福的新娘。又过了一年的春天,我们有了可爱的儿子。而我也越来越融入老公生活的环境,也越来越感知到他的善良,他的幽默,他的阳光,他在运动场上的活力四射,他那书生气中带着些许的不拘小节的可爱模样,他跟那些亲如兄弟的"发小们"一起喝啤酒时的豪放劲头,完全不是我当初想象的那种书呆子形象。后来,我经常暗自庆幸,幸好当初没有错过跟他的那次见面,也幸好他是近视眼,眼神不太好,让他也看好了我。

后来,我问过他:"你当初怎么看上我的?是不是你眼神不好?"他说:"你每天带着女兵的队伍,精神抖擞地从我办公室门前经过,看上去很美、很飒!"

我说:"那你是不是主动找的我老乡,给咱俩介绍见面的呀?"

他笑而不语,哈哈!

此时已非彼时,此时的我不再是孤孤单单的一个人,不再是那个对家里只报喜不报忧的三儿,也不再是那个遇事只能自己一个人偷偷哭泣的小女孩。我不仅有了自己的小家,有了可以依靠的臂膀,还有了一大家子的亲人、朋友。

婆婆家的微电机厂宿舍，是我在青岛的第一个家。33年弹指一挥间，现在说来感觉既遥远又仿佛清晰可见，那个熟悉的楼如今依然在，我常常想起楼门口那个卖散啤酒的小店和那冰凉凉的啤酒味道。

我在青岛的第一个家

休完产假准备上班的时候，婆婆为了帮我们照看孩子，毅然放下了工作，办理了提前退休手续，把我们接回辛家庄，住在了一起，后来又把水清沟的房子置换到了辛家庄小区。我跟婆婆住得很近，中间只有一条燕儿岛路。

1992年的上半年，我的生活发生了很大的变化，一是5月份我当妈妈了；二是当妈妈之前我转业了。

1986年4月3日我来青岛流亭机场的时候，机场安全检查站隶属武警部队建制，到1992年年初，青岛流亭机场安全检查站改由民航青岛航站管理。很多战友都离开了安检站，和郝姐的分别也是在这一年，她去边防分局工作一段时间后转业到了地方派出所工作直到退休。那一年是我授衔少尉的第三个年头，考虑到军人早晚得面临转业，老公又在机场工作，我就很自然地选择了转业，留在了民航青岛站，继续做安检工作。

那时我正挺着大肚子待产，跟所有的妈妈一样，每天心里充满着期待，期待跟孩子的见面，期待孩子要健健康康。另外，我还有一个期待就是等生完孩子，待他长大一点，我要去当警察。

那时机场的警察跟我们一样都属于民航青岛站管辖，当时的机场公安分局警员不多,女警只有两三个,每当看到她们,我心里就非常羡慕,特别是那个浓眉大眼、长相俊俏的骑偏三轮摩托车的女警,我发自内心地期待在将来的某一天,我也能穿上警服,骑上偏三轮摩托车,实现我多年来当警察的梦想。

　　转过年来,春暖花开,万物复苏,我的儿子也快满周岁了,我也越来越按捺不住想当警察的心。当时民航青岛站的领导是李站长,他是部队飞行员出身,曾经也是位军人。我老公是他的部下,虽然李站长对我不是很熟悉,但他知道我,说我像个假小子。有一天,我鼓足了勇气,直接去他办公室激动地提出了我想当警察的愿望。从李站长办公室出来,我直接去了窦书记办公室,表达了同样的心情。那时站领导们的办公室还在一进机场左手边的一个五层大楼里,记得当时机场的图书室、卫生室、托儿所还有很多其他科室都在那里。令我没想到的是,过了两三周,我的愿望真的实现了。慢慢地我才知道,我赶上了一个非常好的时机,那时机场公安正在有计划地扩编,准备要成立一些新的科室。

　　1993 年 4 月 26 日,当收到这一纸调令的时候,我那激动的心情又好似回到了 1985 年 11 月 11 日,捧在手里好久好久不舍得放下,我即将能穿上梦想中的一身警服,启动摩托车,我仿佛听到了摩托车的轰鸣声……

　　那一年我 27 岁,而今天的我已 57 岁,30 年前的自己是那么年轻啊。

　　1993 年的机场公安分局,还是在原来的老调度室里,一个北门进出的小楼,楼上楼下总共没有几间办公室,不过离候机楼和停车场很近。最开始的时候,我被安排在派出所跟着专业的警员学习,也参

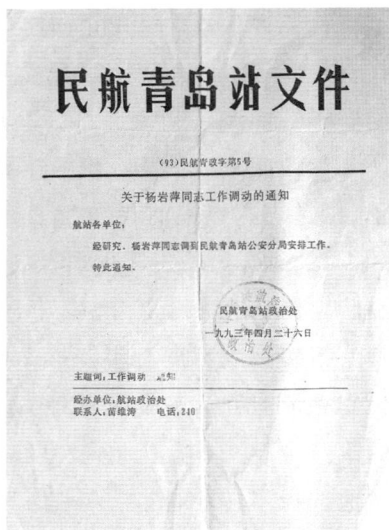

我的工作调动文件

与过几个小的治安事件的调查取证工作,期间接触的大都是机场范围内的人员。其中有一个开大头车的小个头男司机,我忘记他是因为什么事情

被调查,只记得被传唤到派出所时,他那紧张无助的表情,至今还记忆犹新。我给他倒了一杯水,他一口都没心思喝,后来事实证明他确实没问题。在我学车的时候,他还抽空开出大头车在机场废弃的跑道上,带我练了两回车。

不久后,我被分配到了预审科,也搬进了新建的、单独的机场公安分局的三层办公楼。

第一次带儿子来体验我的偏三轮摩托车

在这里,我终于有机会开偏三轮摩托车了,享受到了驾驶的乐趣。

在预审科工作,除了代表机场公安分局参加正常的安检现场值班外,就是负责办理案件,我印象中那时能到我们预审科的案件很少很少。有印象的一次是跟着科长去大山看守所提审一个在机场营运的出租车司机。我清楚地记得那是我人生中第一次去看守所提审嫌疑人,那个司机个头不高,胖乎乎的。看到他后悔莫及、痛哭流涕的样子,我心里也不是滋味,挺可怜他,他还恳求我能否给他找根烟抽,我去找了所里的警察,要了一支递给他,点着烟后,他深深地吸了一口。那一次我真切地知道了什么叫做"一念之差"和"后悔莫及"。

在预审科的那几年里,每当面对被审问的人,看到他们的表情,不论他是好人还是坏人,我心里都不舒服,有时好几天放在心里,不能忘怀。我越来越感觉到这个岗位非常不适合我,虽然平常案件不多,但怎么说也有较强的专业性,最终还是决定离开这个岗位,希望能调到机场交警大队工作。虽然那里不能像男警察那样亲临现场指挥交通,但也算是离我小时候看到的那个站在指挥台上的警察形象又近了一步吧。

既然心意已定,那就说干就干,我鼓足勇气,先去找了交警大队的领导张大队长,说明了我的想法,希望能考虑接收我,那天和张大队长见面的场景，我至今都难以忘怀，对他心存感激！我直接去了分局二楼，找局领导汇报了我的想法。没过多久，经局里开会决定，1998年的春天，我如愿调到了机场交警大队，圆了我当交警的梦想，穿上了崭新的交警制服。

记得刚转为交警的那年秋天，航站召开党代表大会，我作为机场公安分局派出的党员之一，参加了这次大会。那时，在机场大门入口的右手边，是我们机场的一个大会议室，也是那届航站党代会的会场，会场里坐满了机场各个部门派出的党代表。会议进行的最后一个事项，是要以无记名投票选出参加中国共产党民航华东管理局第一次代表大会的代表，名额总共没有几个，令我没想到的是，我竟被选上了，非常荣幸地和安检站一位党员代表跟着航站的领导们一起去上海参加了党代会。

记得在会议休会间隙，我们航站的李站长指着我向周边一起参会的其他航站的党代表介绍说："这是我们机场公安分局的小杨，值勤的时候，骑着辆偏三轮摩托车风风火火的，很威风，我经常说她就是个'假小子'，哈哈！"

在机场交警大队，我虽然是内勤，不像男同事那样整天风里雨里、严寒酷暑中站岗执勤、指挥交通，但也多次全副武装地去现场执行警卫任务，体验过当一名交通警察的辛苦和责任。

机场交警大队是我到公安分局后工作时间最长的一个部门，一直到2010年底。

人生总是在不断地进行着抉择。2010年年底，根据国家统一部署，流亭机场公安分局正式移交青岛市公安局直接管理，纳入公务员序列。

那时，我老公已经离开机场，交流到市里其他部门工作，儿子正在国外读书，我一心牵挂儿子，再加上那一年我马上就45周岁了，机场有个规定，女科级干部48岁可以内退，男科级干部52岁可以内退。认真思考过后，我做出了放弃公务员身份，继续留在机场，等待另行分配工作的选择。

当正式的文件下达后，面对着已经穿了17年的警服时，我的眼泪止不住地流了下来……

2023年3月3日

意外惊喜

人在不同的时段、不同的境遇下,往往会产生许多新的期待或者梦想。其实那段时间,我特别想去机场资产部工作,我对资产部的好感源于之前还在平房办公的机场物资设备处。记得那时有个瘦瘦的、高高的副处长,我去那里领过几次东西,每次看到他都是那么热情和善,那里的工作人员也是忙上忙下地帮忙搬拿物品。2010年的资产部已经是在机场办公楼里用电脑办公了,办公楼里进进出出的工作人员,给我的感觉就像写字楼里的白领,加上我之前的工作就是内勤,特别喜欢采购、发放物品,喜欢那种快乐忙碌的感觉,总想着如果能在那里再工作几年该有多好。

想归想,但我心里已然没有了原来那种迫切的期待。我深知我已经得到太多太多了,非常知足了。此时的我已经45岁了,还有两三年就内退了,我想自己对于电脑办公、资产采购工作也不熟悉,没有任何经验,估计也不会分配到那里工作。我当时虽然心里有想法,但却在很平静地等待分配,即便是被分到花房、食堂等单位,我也会欣然前往,好好完成自己最后一段工作旅程。

那次同我一起等待分配的还有一位同事——王科,他比我大两岁,也是一位当过兵的人,那时他好像刚刚调到机场分局,我俩还未曾见过面,他也选择留在机场。

2011年春节过后我得到通知,我和王科一同被分配到机场指挥中心监管科工作。报到的那一天,在机场办公楼三楼的人力资源办公室,我俩第一次会面。王科高高的个头,体型很好,说起话来细声慢气、温文尔雅,给人一种静静的、暖暖的邻家哥哥的感觉,我非常有幸能和王科的友情一直存续到现在。

机场指挥中心的现场监管科就在候机楼的一层,我记得有个小门直接通往停机坪。它的办公环境和部门同事对我来说完全都是陌生的,而监管运行的责任又非常重大,安全无小事,航空安全更是重中之重,面对全新、陌生且紧张的新工作,我心里时常会有种疑问,我能胜任这个新的岗位吗?

记得那时正是婆婆身体越来越不好的时候,后来婆婆去世了,公公又想自己搬回老房子住,需要收拾房子,安顿公公;接下来,在外地读书的儿子又需要我,无奈我开始了一段休假的日子……时间在忙忙碌碌中流逝,从外地回来后,我感觉到了身体的疲惫,心里一直期盼着内退的日子早点到来……

没想到过了不久,忽然有一天,接到人力资源部的电话,通知我下周一到机场资产部报到,还说我和王科都被调到资产部工作了。我当时真的不知道为什么,不敢相信这会是真的,太激动了,好一会儿才回过神来,立即给老公打了电话,他也以为我在跟他开玩笑,哈哈!

我清楚地记得我和王科的第二次见面约在了机场办公楼的人力资源办公室那层的电梯门厅,我俩见面后都有点抑制不住高兴的心情,在那里压低着声音交谈了好几分钟,能到资产部工作,我们都感觉特别激动。紧接着,我们被工作人员带到了一楼的资产部领导办公室,王科分到了管理科,我分到了采购科。当我走进采购科办公室的一瞬间,立刻眼前一亮,曾科、宋姐、亮子微笑着表示欢迎我的到来,我看到他们立刻有了一种亲切感,我的办公桌和桌上的电脑都已经干干净净地呈现在眼前,一切都是我想要的模样,内心立刻有了想投入工作的激情和冲动。那一天是 2011 年 7 月 11 日,星期一。

采购科的工作对我来说是以前从未接触过的,几乎所有的工作都离不开电脑,而我要负责的工作是整个机场所有部门劳保用品的采购、统计、汇总等,工作中都离不开对 Excel 表格的使用。

接下来,我开始了一段如饥似渴的学习时光。

我们曾科长是名牌大学毕业的高才生,电脑高手,我跟着他从 Excel 中最简单的制表格开始学起,晚上回到家也自己抽空研究,还利用中午休息时间向其他单位的一个精通电脑操作的年轻人请教,Excel 运用得越来越熟练。

我最初的工作是负责劳保用品的采购,后来领导又把服装的采购工作交给了我。

劳保和服装的采购,看似简单其实非常繁杂,需要极强的责任心。不同的部门,不同的岗位,不同的季节,需要配置不同的劳保用品和不同的服装式样。劳保需求的种类,从值班员工住宿需要的垫的、铺的、盖的、枕的,到不同岗位根据工作性质需要配置不同的用品。就拿劳保手套来说,就有白手套、线手套、棉手套、绝缘手套之分。服装种类更是分项繁多,我记得当时服装分行政类、窗口类、操作类和安保类四大类,不同类别还有不同季节的着装需求,大到棉服、西服套装、安保制服、长短袖衬衣,小到窗口岗位需要佩戴的头花、丝巾,每种物品的发放都有其各自的流程、环节,从统计、采购、收发到和财务对接,其中还有不同岗位的人员流动。我的工作量和责任心都融入每天电脑键盘的敲击声中。

本来到 2014 年年满 48 岁时便可以内退的计划,因机场这一规定的取消,退休时间被推迟到了我年满 55 岁的 2021 年。

在资产部工作的八年,是我整个工作经历中最快乐和感触最多的时光,同事之间十分友爱、和睦与温暖,直到现在我退休四年了,还彼此想念着,时常小聚一下。它对于我从小的梦想来说是意外惊喜。在这里,我真正经历了病痛的折磨、生死的体验和同事真切的关心和帮助。如果不是 2016 年突发疾病,不得已 2019 年选择提前退休,我会把这份快乐延长到正式退休的 2021 年,并且还能亲眼见证到新机场的搬迁……

2019 年 7 月 11 日,来到资产部整整八年的我正式接到了退休通知,那一瞬间,泪水控制不住地流淌……

当天有感而发,我发了这条朋友圈:

今天退休通告下达,此时此刻,内心颇有感触,以此小文告别我无比眷恋的机场和真心给予过我帮助的同事们,也告别我 35 年的工作旅程。19 岁只身来到青岛,是青岛机场给了我一切,更给了我一个幸福的家,我个人能力有限,但这些年来,我一直是怀着一颗敬畏之心来完成不同岗位的工作,向机场致敬!我当过服装厂工人、军人、警察、企业员工,经历过不同性质的单位和岗位,想说的是最让我感动、温暖和最留恋的是现在的机场资产部这个集体。八年前的今天,第一次和你们相识,开始共事,我渐渐感觉到虽然我们之前从事的行业不同、年龄不同、学历不同、性格不同,但是你们都是那么善良、友爱,整个团队和谐、温暖、团结。特别是 2016 年我做手术后,是你们的关心、鼓励、帮助和包容给了我莫大的温暖和勇气,点点滴滴,历历在目……

感动！感谢！真心感谢部领导的关心支持；谢谢曾科当年耐心传教我采购业务；谢谢牛师傅对我伸出的援助之手；谢谢现在与我肩并肩办公的、外表刚强内心柔软善良的亮子，其实 1998 年我参加球赛时，咱俩被无意中同框，你我的缘分就已经开始了，当时还不熟悉的你在背后给我助威吧，姐那次取得第一名。谢谢小纪帮我带老爷子到处见世面，你为姐做的我永远记在心里；谢谢对门审计部大光为我流的汗水，感觉你一直是我们的一员；谢谢善解人意、外柔内刚的燕子给予我的鼓励和帮助；谢谢林师傅、王科；谢谢才思敏捷、利落能干的云；谢谢心灵手巧、真性情的娜娜，谢谢文栋、照贺和实习生们；谢谢曾经在资产部和我一起工作过的你们。机场要感谢的人很多很多，我会把你们放在我内心最温暖的地方，以后在你们繁忙工作之余，如果能偶尔想起我，要知道我对你们心存感谢！祝愿你们永远快乐安好！祝愿我们青岛大机场平安、和谐、进步、发展！

流亭机场资产部的美好回忆

青岛流亭机场是我的福地。在这里我得到的太多太多，不仅拥有了一个家，还实现了我人生所有的职业梦想。我深知这一切的开始都源于我那个不善言谈、默默爱我、支持我的爸爸。每当想起爸爸，我就会想起他那高高的个头和英俊、慈祥的面容；会想起在他的左耳边因参加战斗被弹片击中而留下的长长的疤痕；会想起我当兵来青岛后回家看到他一次比一次衰老的模样；更会想起他被病痛折磨时望向我那无奈的眼神……

爸爸是 1994 年 8 月 8 日因脑出血离开我的，离开时还不到 62 岁。那一年我 28 岁，已经从部队转业，是刚刚实现警察梦想的第二年。记得在爸爸病重住院期间，正巧我的警服发下来了，我特意穿上警服去医院看望他，爸爸看到我身穿警服的样子，露出久违的笑容，对我说："我的三儿穿上警服的样子就是像样！"

得到爸爸去世的消息时，我正在驾校学习开车，我立刻给老公去了电话，我俩各自请好假，一路上泪水止不住地往下流，急急忙忙赶回济南看我亲爱的爸爸最后一面。

当年爸爸能把我送到部队，已经是尽心尽力了。所以我来到青岛后，十分清楚地知道，以后的发展，爸爸真是爱莫能助了。后来对家里报喜不报忧的那几年，对于当时只有 20 岁出头的我来说，想想也有种自豪感，还被自己的这种劲头所感动过……

送走爸爸的那天晚上，妈妈还安慰我说："你爸爸没有遭太多的罪，走得很安详，对你们几个孩子也都很放心，特别是你在外地遇到了一个这么好的人家，现在也都看到了你们的下一代，他很满意也很欣慰，只要你们都好好地生活，你爸爸会感知到的。"

照片中，这是爸爸第一次怀抱他远在异乡的小女儿的孩子时的留影，爸爸妈妈

我的爸爸妈妈抱着我的儿子

笑得是那么开心。

前几天我和老公回济南老家看望爸爸妈妈了,我手扶着爸爸妈妈的墓碑,默默地对他们说:"爸爸妈妈放心,您们给了我生命,爸爸又把我送到了梦想开始的地方,女儿托您们的福,一路走来所有的梦想都已实现,始终怀着一颗感恩的心。前几年虽然身体上出现了些问题,但现在57岁的我已不再惧怕,往后我一定会好好的,我会努力活成您们一直喜欢的样子,风风火火,勇往直前,无论到多大年纪,都会像个真正的战士,无所畏惧地继续踏上征程,去实现新的梦想。现在我正在做一件从未想过的事情,写一本书,刚完成了三万字左右,写一本书也曾是妈妈想做的事情。爸爸妈妈,您们的三儿,想完成这个梦想,您们觉得我能完成吗?"

我起身的那一刻,好像看到了爸爸微笑着向我点头和妈妈那坚定地望向我的目光。

2023 年 3 月 5 日

50 岁　病来如山倒

　　50 岁,是我非常非常不愿意回忆的时段和过往,本来想放到最后再写,但最近可能是因为打字,坐在电脑前的时间多了,我的颈椎又开始对我各种抗议和提醒:脖子疼,眼睛好像也有些睁不开,头晕,恶心,左腿时不时地还有酸胀的感觉。昨天一早在家里下楼梯时,因为脖子僵硬,低头有些困难,没有看脚下,一脚踩空,直接坐着滑下了楼梯。这些不舒服也间接影响到了我的心理,晚上难受得睡不着的时候,我总会不由自主地想起身体上的病痛带给我恐惧的那一年。

　　想必人们都更愿意回想快乐的过往,但有时又无法自控地想起那些令人心慌意乱的时刻,每当回首往事,总有种仿佛就发生在昨天的感觉,好像又亲身体会到了那时的恐惧、彷徨、无助和心跳的加速。

　　目前,我还有很多的人、很多的事、很多的生活感悟要写,但这些天因为身体带来的不适,使我好像又回到了那些苦不堪言的日子,有时人只有身临其境,才更能理解当时的心境。同时,身体上的不适也给我带来了一种紧迫感,自己的身体能支撑到我写完所有的内心感想吗? 所以,我给自己做了几点小规定:按时吃饭,限酒,保证睡眠,上床不带手机,每次操作电脑不能超过 2 小时,每天保证锻炼时长。身体是做事情、享受生活、完成梦想的根基,只有把身体调理好,才能协助我做好想做的事,支撑我完成想要实现的梦想。

　　今天开始写 2016 年的那一年。

　　2016 年五一国际劳动节,我们商量一起去杭州玩几天,25 年前的 5 月份,我们就是选择杭州作为结婚蜜月旅行的目的地,那时只有我跟老公两个人,而这一年,我们三人同行,儿子已是 24 岁高高大大的小伙子了。

　　五月份的天气不冷不热,是杭州最美的季节。

西湖我总共去过三次,第一次是结婚蜜月;第二次是陪妈妈去普陀山拜佛,还在西湖边上的小餐馆里喝过西湖啤酒;这是第三次。

我现在越来越理解那句话:永远不知道下一分钟会发生什么。

到杭州的第二天,我们一家三口正在苏堤上边走边欣赏着西湖的美景,陶醉在"暖风熏得游人醉"和"欲把西湖比西子"的美景之中,我忽然感觉到一阵阵的眩晕,这种感觉是之前从未有过的。当时,看着老公和儿子游兴正浓,没忍心打扰他们,自己也没有太在意,记得那一天出现过两三次同样的感觉。

接下来的时间,偶尔也会出现瞬间的眩晕,有时甚至会感到眼前的事物和地面在快速地震颤,这种感觉发生的时间很短,有时也就是两三秒钟的样子,也不影响出行和欣赏美景,只是自己会时不时地在心里瞎琢磨:我这是怎么了? 和更年期有关还是颈椎引起的? 还是……内心多多少少有些不安!

三天的时间很快过去,一家人难得一起外出,重游故地。现在想来那次杭州之行,我不仅留下了快乐和幸福的回忆,同时也留下了眩晕和震颤的记忆。

这一年是我来资产部工作的第五年,采购岗位因为工作性质的要求,不论大事小事几乎都离不开电脑。刚到资产部的时候,我一开始的主要工作是负责采购机场所有部门的劳保用品,对一个不论是采购业务还是电脑操作都是新手的我来说,首要任务就是要抓紧学习,于是我开始了长时间坐在电脑前的工作状态。

通过积极认真的学习,没过多长时间,我就能结合各个部门资产管理员汇总过来的数据进行制表、汇总、采购、发放、财务对接等一系列的采购流程,同时把所有的数据分类都做成了劳保物品发放档案。

保持一个姿势坐在电脑前的时间长了,几个月后我就感觉到了脖子带给我的不适感,那时的我只有四十五六岁,觉得自己还年轻,现在看来对身体的认知和保护确实欠缺太多太多了,所以往后身体不适带来的所有痛苦也只得自己去承受,怨不得任何人。那时我知道在电脑前每天总是保持一个姿势的话,长时间下来颈椎会不舒服,但不知道这些会使像我一样先天颈椎就发育不良的人出现更严重的病症,何况那时我根本不知道我的颈椎是天生畸形，也不知道颈椎病能把人折磨到如此地步，更不知道严重的脊髓型颈椎病会导致人丧失行走能力、瘫痪在床！

受颈椎病折磨最开始的那段时间，我实在难受得厉害，去医院看过，大夫只是对我说要注意不要长时间操作电脑，注意保暖，然后开了药，也没有做其他检查。

后来，随着领导又把机场所有部门的服装采购工作交给我，工作量越来越大，坐在电脑前的时间也越来越长，特别是到年底的时候，整个办公室不论谁脖子疼、头疼、发烧，都得忍着。一个萝卜一个坑，每个人的工作，别人谁也替代不了，我忽然想起2015年12月12日星期六我发的一个朋友圈：

年底煞账期，各种对账、入账、出账、结账……偌大的办公室，近20个同事一起协作办公而又各自忙碌，外加来办各种事的人员，场面壮观。熙熙攘攘、人声鼎沸、好不热闹。活多、时间紧，难免急躁，昨晚嗓子也开始冒烟地疼，一夜无眠，满脑子的账！今天好好休息调整身体！下周一继续"干账"！不能倒下，不然交不了账！同事们经常说的口头禅：一定要淡定！淡定！继续相互提醒！

一定要淡定，这句话出自我们曾科之口，他最初说这句话的时候，我们还在办公楼一楼办公，那时我们采购科、资产管理科、仓储科还各自都有办公室，后来资产部搬到了四楼，我们就都在同一个大长方形的办公室中办公了。我的办公桌在办公室的最西面，后面是墙，隔壁是资产部领导的办公室，我的左面是亮子的办公桌，再往左就是小纪的。我的办公桌右边是一个非常大的玻璃窗，在电脑前坐累了的时候，站起身来活动活动，往外看去，能看到机场候机楼和整个停车场，我和亮子所在的位置，一抬眼就能看清楚整个办公室。

从杭州回来后，表面好像一切如常，其实那种眩晕和震颤发生的频率越来越高，那种感觉一天当中无论走着还是坐着都会时不时地来那么一阵儿。慢慢地，看电脑的时间稍长一些，眼睛就会有酸疼感，还会一阵阵地抽动。我那时心里还没有太多的恐慌，因为我的颈椎一直不舒服，也经常有晕乎乎的感觉，听说更年期也会出现各种不同的症状。其实，那时没有恐慌的原因是我自己根本不了解颈椎病的严重性，更不知道另外一种从未听说过的疾病正在慢慢向我走来……

伴随着眩晕和震颤的感觉,我坚持到了6月5日,那是个星期天,记得那天公公来我们家,中午一起吃饭的时候,突然有几秒钟的时间,我看到眼前的食物都在持续颤动,我心里有些慌了。那天老公和我决定,不能再拖了,他立刻跟在医院工作的姐姐联系,过了一会儿,姐姐回信说让我6月8日到医院神经内科门诊就诊并同时办理住院。

这是我第二次住院,第一次住院还是24年前在青纺医院生儿子的时候,住的是38床。办理好住院手续后,我拿着住院所需要的日用品来到住院部的神经内科病区,记得当时边往护士站走,还边有兴致地想:这次会不会也是38床?等着护士办完一些简单的手续,我跟在她身后来到一个病房前,推开门,她转过头对我说:"你住38床。"哈哈,好巧!

入院后,首先做了一系列的常规检查,然后根据我的身体状况和我的表述,大夫建议我做脑部和颈椎的核磁共振检查。

那时我刚到50岁,剪着短短的头发,眩晕不发作的时候,依然还是走路带风、精神抖擞,即便是到各个科室做检查的时候也是如此。记得有一天,我拿着一张检查单去B超室的护士柜台准备做检查,值班的一个很漂亮的小护士接过我的检查单一看,左顾右盼了一下,然后问我:"病人在哪里呀?"

我说:"我就是。"

那个小护士露出惊讶的表情,说:"啊! 你有50岁了吗? 我还以为你是来陪伴病人的孩子呢!"

在医院那种环境里,听到这样的褒奖,感觉特别提精气神,我暗自窃喜。第二天,我还特意给那个漂亮的小护士送去了一枚印着机场Logo、带着小硬盘的钥匙链。

这些检查中很多项目之前也做过,不陌生,也没有什么不适的感受,但做核磁共振的时候,我心里还真是有种特别强烈的恐惧感。一开始,大家都在检查室外的走廊上或坐或站地等待着叫自己的名字,看着一个一个待检的人很有秩序地进出检查室,我也没有感到恐慌。但当轮到我的时候,我躺到那个窄窄的能活动的小床上,随着小床的移动,我慢慢地被输送进一个狭小的空间,还传来非常刺耳的滴答声,我瞬间体会到一种与世隔绝的恐惧感，心跳加速，同时好像忘记了怎样呼吸，体会到了窒息的滋味。我心里给自己打气鼓劲：现在这个狭小的空间里，没有别人能帮到你，外面还有那么多排队等候做检查的病人呢，大夫也不会把你遗忘在这里，放松放松，吸气，呼气……我终于慢慢地平静下来，耳边的噪声持续不断，好不容易感觉到小床开始往外移动。看到宽大明亮的空间，我瞬间释怀了，我当时真的有一种重见天日的感觉。

6 月 12 日那天，颈椎的核磁共振检查结果先出来了。主治大夫拿着我的检查结果单问我的手和脚麻不麻？我说不麻。又问我之前摔过跤吗？我说小的时候被汽车撞过头。接着他对我说："你的颈椎问题很严重，有先天原因，也有后期加重的原因，你要好好保护你的颈椎了，不然以后很麻烦，要做个大手术。"我听后心里也没有太多的担心和恐惧，因为之前除了脖子不舒服带来的一些症状外，手和脚从来没有麻的感觉，当时也没有仔细看检查结果单。

6 月 16 日早上，当我正开车往医院方向走着，接到病房大夫的电话，问我现在在哪里？什么时间能到医院？我对他说一会儿就到了，有什么事你现在就说吧，其实从他的语气里我就能听出肯定是查出什么问题来了。在我的坚持之下，大夫在电话里对我说："你脑部的磁共振检查结果出来了，你的右眼后面有个可疑动脉瘤，尺寸已经到了需要做手术的上限，今天下午就安排手术，不过你不用害怕，这个瘤不是癌，手术过后就没事了，你快过来吧。"

我听后稍做镇定，立刻给老公和我的大姑姐分别去了电话，然后直接赶往医院。

我到现在还清楚地记得，那天到了医院停好车，走到一楼电梯间看到一大群人在那里等电梯，还遇到了一个机场的熟人，打过招呼后我一句多余的话都没心思说，干脆不等电梯了，直接往楼梯间走去。我至今都能想起那时内心有多么纠结：又想快点到达那个楼层，早点见到大夫，了解病情；可又不想到那个楼层，不想去面对，不想进手术室，不想上手术台。但我知道后面没有一点退路，只能抬起沉重的双腿，一步一步往上爬……

见到大夫，才对这个脑动脉瘤有了初步的认识。大夫说我的右眼后面的动脉上鼓起来一个小包，这个小包在脑动脉瘤里已经算是比较大的了，它非常危险，如果破了，就是脑出血，现在准备从我的大腿动脉上插管先做个造影，确定后直接做栓塞手术，防止这个小包破口出血。

手术定在当天下午。记得那天需要家属签字，老公说有个重要的会，一结束就往医院赶。等待的时间心里很复杂，不知道见到他后，我会不会掉眼泪。我在忐忑中等呀等呀，终于见到他急匆匆地跑进病房，四目相对时，他那种无可奈何、心疼、安慰、鼓励的眼神，我现在都记得非常清楚。

去手术室之前，我在病房里打上吊瓶，插上尿管，躺在病床上被推着去手术室。到了手术室，又被抬上了手术台。第一步先在大腿的动脉上切口、插管、做造影检查，然后全麻，在右眼后面那个鼓起的动脉瘤上做栓塞手术。手术时，因为已是全麻状态，所以没有痛苦。整个手术过程中，只是在麻醉前顺着动脉往头上注射造影剂的时候，能感觉到好像有一股热流穿过，到达头部的时候，立刻觉得整个脸都被药剂影响得扭曲变形。

手术进行了两个多小时，回到病房苏醒过来的那八个小时才是最难熬的。按照要求，术后必须在床上仰躺八个小时，期间两条腿不能有丝毫的弯曲，身体只能仰面不能侧身，也就是要直挺挺地挺上八个小时。一开始的两三个小时还算好过，但越往后越难熬……我当时忽然有了一种感悟：什么是幸福？幸福其实很简单，对我来说，幸福就是能让我动动腿，侧侧身。

终于熬过了那漫长的八个小时，可以动腿、侧身、慢慢起床了。一个人在走廊里溜达溜达，总感觉右眼睁不开，胀胀的，走到卫生间一照镜子，右眼肿得很厉害，当时也没多想，以为是自己躺得时间太长了。

第二天一早，大姑姐来了，我俩就催促老公赶紧回单位，那时正是他工作最忙的时候。

第四天我得到通知，可以准备出院了。

出院前，为了表示对医务人员的感谢，我特意写了封感谢信，信中提到了我的主管大夫、护士、手术大夫以及手术室里那个特别温柔、漂亮的小护士。

医嘱说半年后还得来医院做个造影复查。那天出院，老公陪我走到电梯间时，正碰上给我做手术的大夫，他还问我："你的右眼怎么肿了？"我当时也没多想，依然认为是在床上躺久了导致的。其实后来才慢慢知道，这是因为手术做得不完美，在脑动脉瘤的边缘位置给我留下了一条窄窄的缝隙，就是因为这条裂缝使我现在的视觉出现了不可逆转的、越来越严重的错位。

回家静养了大概一周，随着右眼的肿胀逐渐消退，除了看东西好像有点不太对劲外，我似乎感觉身体又回到了从前的状态，心情也逐渐放松下来。

没想到接下来的一天，我忽然感觉左手麻麻的，当时也没有多想，以为是不小心压着了，缓缓就好了，可过了好一会儿，麻的感觉还没有消退。到了晚上，老公下班的时候，我的右手也开始一阵一阵发麻。想起那天大夫问我的手麻不麻、脚麻不麻的问题，我忽然意识到是不是颈椎引起的这些症状。晚上，我悄悄地找出了颈椎的核磁检查报告，看到了"脊髓变性"这四个字，马上打开手机上网搜索……结果真被吓到了，记得那一夜我辗转反侧，难以入眠。

网上说的脊髓变性是脊髓在椎管里受压被损伤后，引起身体上的一些应激反应，手麻、腿麻、局部疼痛、肌无力、走路不稳、脚下像踩棉花……随着病情的发展，最终会导致瘫痪。

好不容易熬到天亮，为了不让老公发现我的异样而担心我，我强打着精神，坚持着像往常一样洗漱，早餐后目送老公出门上班。但是，我的心里一直在纠结着网上对脊髓变性的解释，一阵阵无法控制的心慌意乱袭来，这种情绪又不断地提醒着我越来越关注自己身体上微妙的变化和不适的症状是否出现……

事实告诉我，令我越来越恐惧的症状开始逐渐加重……

双手开始不定时发麻，颈部僵硬疼痛，每当低头的时候会连带着整个后背的神经疼痛，左边肩窝处一团肌肉抱团成一个死结，限制了我的行动。有一天，我忽然感觉两个脚的无名指处于麻木状态，没有了痛感，随后两条腿也开始了更加明显的酸痛……更可怕的是几天后的一个夜里，好不容易进入一点浅睡眠状态，忽然醒来的时候，两只手竟没有了一丝一毫的知觉，完全处于麻木状态。我被吓得直接跳下床，心里还想着别惊动老公，影响他休息。我一个人悄悄地快速来到客厅，使劲抓握、甩动着双手，时间一分一秒地过去，知觉也逐渐找了回来，血液又有了流动，我提着的心稍有了点放松，但也更加恐惧了。我打开手机查找脊髓变性的信息，还真发现了一条，说一般的颈椎病引起的手麻只会表现在一只手上，而脊髓变性引起的手麻会表现在双手上；另外还看到一条说是脊髓变性会引起脚的无名指麻木，它预示着腿的神经已被干扰，整个病情在一点一点加重。刹那间，我的心又被揪紧了……

一个上午，等老公上班后，我自己开车带着颈椎的核磁影像去医院的骨科挂了个号，想再面对面咨询一下大夫。我记得特别清楚，那是一名比较年轻的男大夫，当他看到我的片子时差点儿喊出声来，除了个别的专业术语我记不住，大概的意思我听得很明白，他非常惊讶地对我说："啊！怎么回事？你的颈椎怎么是这样的呀？非常严重，以后再发展发展，得做个大手术，不是能不能治好的问题，有可能都下不了手术台。"他认真地说着，我迷茫地、紧张地听着……

他说完还要了我的电话号码，说他要找别的大夫一起研究研究，回头再联系我。我问他："我是不是会瘫痪？"他说："再发展下去的话……"那天我真的感觉特别无助和恐惧。

因为考虑到老公的工作到了关键时候，我担心会影响到他，所以不想跟他多说。另外，老公不是大夫，不懂医学，跟他说这些，只能徒增烦恼。那天开车回家的路上，我开到离家很近的一个停车场，停好车，给我在医院工作的大姑姐打了电话。听到姐姐声音的那一刻，我的眼泪瞬间流了出来，带着哭腔跟姐姐说明了刚才大夫对我说的话。姐姐一边安慰我一边表示会跟我一起想办法。

从医院回到家后，伴随着症状的时时来袭，低落恐惧的情绪越来越严重，不论感觉多么疲劳，晚上一躺下没有丝毫的睡意，两眼直愣愣地看着某一个点发呆。有时偶尔睡着了，又会被麻木到毫无知觉的双手惊醒，醒后悄悄起床活动，又是一夜无眠。

那段时间，每一个被麻木惊醒的寂静的夜里，我一个人悄悄地走到卫生间，看着镜子中的自己两眼无光、神情呆滞、恐惧无助，好像一下子苍老了许多，心里体会到了焦虑的滋味。

2023 年 3 月 28 日

抑郁时节雨纷纷

现在再回首那些抑郁、低落时期的日日夜夜，瞬间万般滋味涌上心头。

那四年多所经历的一切，只有自己最明白，明白的同时再去回想它，又感觉它如同梦一场，我不知道该如何去书写，也不知道从哪里着手写。

生活里，老公是离我最近的人，那个时段正是他工作最繁忙的时候，经常加班不回家，老爸的病情又逐渐加重。我们都是对机场充满无限情感的人，为了支持他的工作，为了不让他过多地担心我，除了几次抑制不住地发脾气，大多时候在他面前的我，看上去还是一个比较正常的人。到现在，他也只是记得我那时得过病，上过几次手术台，遭过罪、受过疼、烦躁过，但至今也不知道那时我都经历了什么，不知道我是怎样一步一步抑郁，又是怎样一天一天熬出来的。特别是最初开始焦虑、抑郁的那些日日夜夜……

如果生活发生了突然的改变，一般情况下，最初的两三个月是最为恐慌和煎熬的时段，就如同一颗被狂风暴雨袭击的异常无助的树苗，失去了它往日的俊秀和挺拔，开始慢慢地枯萎，变得无精打采。

窗外雨潺潺

伴随着一个又一个漫漫无眠的长夜，我的内心极度焦虑、恐惧，雨季如期而至，我的人生似乎也突然灰暗了下来。

青岛的雨季是在每年的六月底到九月初。往年的雨季是我最喜欢的季节，我喜欢听滴答滴答的雨声，喜欢在雨中漫步，喜欢看雨水落在地上汇成的水流，喜欢体会小雨中的微风，喜欢感受大雨中的电闪雷鸣，喜欢在雨天打开一瓶青岛啤酒，闻着酒香，静静地看着窗外的雨，那是我最享受的静思时刻。

如今的雨季再也没有了往日的诗意浪漫，没有了温度的雨顿感凄凉，哗啦哗啦的雨声更增加了我内心的压抑和伤感。在多少个难以入眠的雨夜，听着窗外的风声、雨声夹杂着雷鸣声，我的眼泪会不由自主地流下来。在多少个极度疲劳、困倦的夜里，好不容易入睡后又会忽然醒来，条件反射般紧张地伸抓双手，感受到手臂已没有丝毫的触觉，我立刻睡意全无，悄悄地起身离开卧室，一个人躲在角落里快速伸展、抓握、摔打，直到又感受到血液的流动。那时，脑子里想的全是"瘫痪"这两个字，内心的无助、焦虑和恐慌，注定又是一个无眠之夜。

对我来说，一切都来得太突然，没有丝毫的心理准备。从五月初第一次感觉到眼前物体的颤动，到知道了脑动脉瘤和脊髓变性这两个病症，不到两个月的时间，我从一个走路带风的人瞬间变成了一个将要面临瘫痪的病人。

我对脑动脉瘤没有特别的恐惧，因为它发现得早，及时做了手术。有的大夫说做完这次手术后，如果几个月后复查没问题的话，就不用管它了；也有的专家说，脑动脉瘤得需要隔段时间做造影检查，因为它会不断产生新的瘤，动脉瘤如果破裂出血就是脑出血，脑出血的抢救时间很短。真正令我恐惧和焦虑的不是脑动脉瘤会让我突然死亡，而是脊髓变性带来的瘫痪，瘫痪以后的生活是没有尊严的，更是会给别人带来太多麻烦，我不能过那样的日子。

白天和那些睡不着的夜里，耳边有个声音时时在说着：脊髓变性、手麻腿麻、踩棉花、瘫痪……我也多少次安慰自己："医学技术越来越进步，到真需要手术的时候，就是个小手术了，肯定不会发展到瘫痪的地步，不要为以后的事过于焦虑，要过好现在。"但是，我的手麻得越来越厉害，腿部的酸胀感越来越难以忍受，眼睛看东西也越来越不对劲，更可怕的是一夜一夜的无法入眠……所有的一切都时时刻刻在提示着我、刺激着我，每时每刻都无法释怀……

刚才看我的朋友圈，发现了下面两条仅相隔三天发的朋友圈：

一只羊、两只羊、三只羊……四五六只羊。羊羊羊……（2018年1月8日，03:11）

夜思，深切感受到有时触动你的神经比触动你的灵魂更加让人彻夜难眠。好好爱护你的脖子。（2018 年 1 月 11 日，04:23）

从 2016 年 6 月份到 2020 年 10 月份整整四年多的时间，是我人生的雨季。在这四年里，我感受不到阳光，闻不到花香，听不到鸟鸣，看不到树枝又有了新芽，眼前的世界一片雾蒙蒙，心里是挥之不去的阴雨连绵。其实雨还是原来我喜欢的雨，雨没变，是我的心境变了。

我现在特别理解为什么有那么多的文人才子喜欢通过雨来抒发他们当时的感受。

我理解了苏东坡早年调任杭州通判，在西湖饮酒游赏时所做的"水光潋滟晴方好，山色空蒙雨亦奇"的诗句。那时才 30 多岁的他正是春风得意之时，所以他眼中的雨是美妙的。

我理解了李清照年轻时用一首《如梦令·昨夜雨疏风骤》来表达她惜花伤春的情感：

> 昨夜雨疏风骤，浓睡不消残酒。
>
> 试问卷帘人，却道海棠依旧。
>
> 知否，知否？应是绿肥红瘦。

我理解了国破家亡时李清照的一首《声声慢·寻寻觅觅》：

寻寻觅觅，冷冷清清，凄凄惨惨戚戚。乍暖还寒时候，最难将息。三杯两盏淡酒，怎敌他、晚来风急！雁过也，正伤心，却是旧时相识。

满地黄花堆积，憔悴损，如今有谁堪摘？守着窗儿，独自怎生得黑！梧桐更兼细雨，到黄昏、点点滴滴。这次第，怎一个愁字了得！

我更理解了南唐后主李煜的凄惨，他的那首《浪淘沙令·帘外雨潺潺》，我深有感触：

> 帘外雨潺潺，春意阑珊。罗衾不耐五更寒。
>
> 梦里不知身是客，一晌贪欢。
>
> 独自莫凭栏，无限江山，别时容易见时难。
>
> 流水落花春去也，天上人间。

梦里不知身是客，一晌贪欢。这些年里，多少次梦中我又回到从前朝气蓬勃、步伐矫健的状态，回到拄杖登高望远的旅途，回到曾经用四个小时走完的前海一线,回到持拍对挡的乒乓球台前。醒来的刹那间发现,我已不是从前的模样,面对的是失去知觉的双手和往后更为可怕的病情发展,只有在梦里,才能享受那片时的欢愉。

流水落花春去也,天上人间。人生最健康、最美好的 50 年如流水落花,渐行渐远,转瞬成为过往,接下来的岁月,如一下跌入谷底,没有了光亮。还没来得及想好要怎样应对,突然阴云笼罩了大地,窗外的雨连绵不断,下个不停……

我知道我的雨季来临了,这场雨不知道得下多久。我经常问自己:还能回到从前的浪漫柔情吗?

2023 年 4 月 7 日

我与浮山

之所以要写这一篇,是源于去年的 9 月 14 日,我读到了史铁生的《我与地坛》,这本书是我在读倪萍的《姥姥语录》时看到的,并立刻下了单。《我与地坛》是她读过好几次的散文,她的姥姥也那么喜欢。姥姥一直牵挂着史铁生,心疼这个一下就倒下再也站不起来却一连几个小时专心致志地想关于死的事情的孩子。史铁生每一个版本的书她都买,即使重复了,她也买齐。她和姥姥买他的书是为他的生命加油!

我在敲打这段文字的时候,再一次被感动到了,我的眼眶又湿润了。倪萍和姥姥都是那么善良。

读《我与地坛》的时候,我已经走出了内心的阴霾,又回到喜欢在雨中漫步的心境。记得那天外面下着雨,店里没有客人,我怀着无比敬重的心情开始阅读这本书。我发现书里面很多文字都能引起我的共鸣,他写出了在我最焦虑、恐惧的时候,天天一个人躲藏在家附近的后山上时,那些无助、彷徨、发呆的日子里亲历的、却表达不出来的种种痛苦和煎熬。

他在书中写道:

我常觉得这中间有着宿命的味道:仿佛这古园就是为了等我,而历尽沧桑在那儿等待了四百多年。

它等待我出生，然后又等待我活到最狂妄的年龄上忽地残废了双腿。

我就摇了轮椅总是到它那儿去，仅为着那儿是可以逃避一个世界的另一个世界。

没处可去我便一天到晚耗在这园子里。跟上班下班一样，别人去上班我就摇了轮椅到这儿来。

有时候待一会儿就回家，有时候就待到满地上都亮起了月光。记不清都是在它的哪些角落里了，我一连几小时专心致志地想关于死的事。

那么，一切不幸命运的救赎之路在哪里呢？

我对医学对命运都还未及了解，不知道病出在脊髓上将是一件多么麻烦的事……

读了《我与地坛》后，我经常想起我一个人在浮山上那些失魂落魄的日子……

做完手术到重新上班，我有两个多月的时间是在家里度过的。从手麻、腿麻开始到知道了脊髓变性的严重后果后，心理上的失衡、身体上的症状加上整夜的失眠，我犹如一只惊弓之鸟。

老公在家的时候，一起说说话，在厨房里忙活忙活，出门去海边遛遛弯，分散了部分精力，还能稍好一些。他一早上班后，空空的房子里只留有我一个人，脖子的疼痛、低头时牵拉到后背的神经，时不时感受到腿上的酸胀、眼睛看东西越来越不对劲……一阵阵紧张的情绪使得我好像能听到自己的心跳，空气似乎也停止了流动，压得我喘不上气来。我忽然迫切地想要登高望远，想要呼吸新鲜空气，想要躲藏到被绿树环绕的地方。从那一刻，我开始频繁造访浮山。

我家在浮山南面的一个小区里，用不了多少时间就能步行到浮山脚下。从 2004 年开始，我在那里已经居住了 12 年，12 年里我曾无数次走进这座山，特别是在我最恐慌的那两个月里，几乎每天都去，一个人一待就是大半天。没生病前，我只顾欣赏，忙着攀登，匆匆走过，总觉得来日方长而没顾上拍照。后来，在最彷徨的时段，一个人在山里，根本没有心思欣赏周边的景致，即便是登高望远，也没有兴致拍下它的美。

自 2018 年 3 月 8 日搬至新家,已经过去五年的时间,离开它真是太久了。最近一直热切盼望着找一天再去一次浮山,再一次近距离感受它的气息。老公懂我,前天主动提出想要陪我一起去浮山走走。第二天一早我们就赶过去了,相别多年,又一次来到浮山脚下那条长长的阶梯口,只是这一次有老公的陪伴,不再是我孤身一人,也不再是一副黯然神伤、失魂落魄的模样。

这条阶梯从入山的小门一直到一个晨练的小广场,总共有 202 级台阶,之前的那段岁月,除了老公在家休息的日子,我几乎天天都从这里一级一级地往上爬。当时觉得是那么的沉重和心无所依,而今天往上攀登时却已没了那时的心境。每上完一组台阶,转身回头再望刚走过的路,我没有了往日的落魄凄凉和惴惴不安,而是一种久违的亲切感。浮山,我回来了。

再访浮山

那天,一口气上完那么多级台阶后来到晨练的那个小广场,有一个在亭下悠然喝茶的人映入了我的眼帘,悄悄地从他身旁经过,侧目看去,只见他身旁还停着一辆小小的手拉车。他身边的台面上摆放着一套精致的泡茶器具,他一个人正在那里享受着阳光和茶的芳香。我想,此时此刻他的内心也是阳光的吧。

从他的身边走过,忽然特别想看看那段我内心最灰暗的时候,总喜欢一个人呆呆坐着的两处大石还在不在。

那两处大石分别在晨练广场北边山路的东西两个方向,之间相聚大概100米的距离。那时每当我走过晨练广场来到山路旁,有时往左走有时往右走,两边都有我落脚和暂时歇息的地方。

顺着漂亮的新修建的盘山路,我找到了它们。那两处之前陪伴我那么久的大石依然静静地卧在路旁的小树林里,它们好像能预知我的到来,在那里等待着我的再次靠近和抚摸。

那时的我,没有携带茶壶和小茶杯来品茶的悠然自得的心境,只是双手空空地来到它们旁边,或坐或站,或低头沉思,或围着它踱步,全然是魂不守舍、不知何去何从的状态。那段时间里,想得最多的是如何面对以后的瘫痪,也有漫无方向地寻找自己的救赎之路到底在哪里等许许多多无解的问题。它们距离路旁很近,虽然身处树林之中,但能看到路上偶尔有行人走过,每当看到行人们三三两两地在阳光下经过,有说有笑的身影,我由衷地羡慕他们,可那时我只能一个人躲在被树木遮掩的暗处独自神伤,我多么希望回到从前,回到像他们一样的日子。

那两块大石

有时看到不知名的昆虫在石头上爬过,好像在寻找着食物,有的是独自一只,有的是成双成对;有会飞的小虫爬着爬着,好像听到了同伴的呼唤,稍做犹豫后立刻展翅飞远,我很羡慕它们。

进山的那段日子,当我在石头旁待久了,也会离开石头,到别处走走。

从西边的那块大石走出来,顺着山路继续往西走,过了一座小桥,前面有一个三岔路口,往左走几步能看到整个浮山的最高处。

每次走到这个能观山的位置,我都禁不住想起当年山那边的一个小村子里住着我老公的小姑姑,想起她在那么年轻的时候就因病离开这个世界,想起她皮包骨的双腿。想到她我就会联想到我以后的样子。

从东面的那块大石出来,沿着山路往东走,走到一条南北向的路左转

浮山最高处

继续走,会看到右边有一个小小的湖泊。多少次走过它时,我会不由自主地想,能在这么一个景色秀丽的地方长眠也挺好。

那时,每天想的全部都是如何死、如何活的"人生大问题"。

浮山地处崂山、市北和市南三区的交界处,长约 5 千米,宽约 2 千米,面积 7.5 平方千米,主峰海拔 368 米。经历过那么多沧桑,它一直静静地矗立在那里,见证了历史、亲历过战争、美化着城市,展开宽广的胸怀接纳、包容、拥抱着一个个靠近它的人。

从 2003 年我第一次慢慢靠近它开始,到现在整整 20 年了,它见证了我的过去和现在,见证过我的笑容和泪水,看到过我轻快的脚步,也看到过我沉重的双腿。山不会说话,但它在我最需要它的时候,确实默默地尽己之能接收并暂存了我那时无处安放的灵魂,陪伴我度过了那段最灰暗的日子。

现在我带着笑容又欢快地走进了它的怀抱。它应该感受到了我的改

变，我也看到了它新的容颜，好像一切都变了，又好像都没变。我眼中的浮山还是那么雄伟、壮阔，安安静静地在那里敞开宽广的胸怀，只是现在被打扮得更加俊秀，处处彰显着它的精致和豁达。

通过读史铁生的《我与地坛》，我又想起了我在浮山上度过的那些恐惧的日子。史铁生跌入谷底时才 21 岁，正是意气风发的年纪，疾病所造成的身体和心灵上的痛苦，不是一般人能够承受的。但他不仅超越了自己的痛苦，还升华了自己的生命；不仅经受住了身心双重的折磨，还通过自己的文字唤醒了仍处于迷茫中的人的心灵；他不仅给自己找到了路，还给正在迷途中的人指了出路。

那天读完《我与地坛》，我特别感动，即兴发了一个朋友圈：

特别喜欢雨中品酒、看书、学习、悟道。一瓶青岛啤酒、一本书，还有我的俩乖乖作伴。今天阅读史铁生的《我与地坛》，刚刚读到 19 页，还没触碰到他的 21 岁那年，我已好几次停止阅读，满眼含泪，字里行间，触碰心灵，感同身受。经历过苦难的作家就像白衣天使一样，能够治愈人的心灵！

下雨天，我喜欢读书、静思

是的，对于我来说，史铁生就是带着重任来到人间的"白衣天使"。

2023 年 4 月 18 日

不一样的白衣天使

随着身体各种症状的加重,在又一次感受到那种濒死感的时候,老公劝说我再去住院做个全面的检查,这次我们选择了江苏路的青医附院,求助于颅内动脉瘤方面的专家——神经外科的李国彬大夫。

我是 2020 年 10 月 12 日一早去门诊大楼办理的住院手续。我不想耽误老公的时间,于是自己去的医院。记得那天医院里的人特别多,我一个人昏沉沉地办完住院手续,又去车里拿了一些简单的生活用品,来到与门诊大楼一路之隔的神经外科住院部。到护士站报到后,一个漂亮的小护士带着我进了病房。那一天是 10 月 12 日,我的床位也是 12 号。

上午李大夫查完房后,让我去了他的办公室,办公室里还有个年轻的男大夫。

李大夫 50 岁左右,高高的个子,带着一种儒雅的帅气,而那个年轻的大夫,我感觉他特别能理解我的内心情绪。在李大夫更加细致地询问、记录着我的病情,开着各种检查单的时候,随着我的表述,那个年轻的大夫也时不时地接着我的话说上几句理解或者认同的话。见到了这两位大夫,我除了有种安全感外,通过短时间的交流,还有了一种被理解、被同情的亲切感。

期间,我竟对着两位并不熟悉的大夫说道:"我不怕死,就是怕瘫痪,给别人添麻烦,自己也活得没有尊严。"

接下来是接受各项检查。记得去做心电图的时候,我发现了一部被遗忘在排椅上的手机,我想到自己现在一找不到手机,心里就发慌,它的主人发现手机丢了应该也很着急吧。好在这个手机没有设置开机密码,我找到它的最新通话,发现了一个标记"姐姐"的通话记录,我马上给她回拨过去,短暂的交流确认后,她很感动并代表她弟弟对我表示感谢,说 20 分钟内来取。我因为要赶着去做下一个检查,就把手机交给了旁边的一个工作人员并拍了照片发过去,然后匆匆赶去影像科。

我一个人无奈又忐忑地被传送带送进了那个令我恐惧的狭小空间,做颈椎和脑部的核磁共振检查。

做完核磁共振检查，出了检查室往我住的院区走，刚走没几步，那种之前发生过无数次的濒死感又出现了，一阵心慌眩晕喘不上气来，赶紧坐到路边的一个台阶上，只是这一次，我没有太多的恐惧，因为我现在在医院里，身边有那么多大夫，我知道我很安全。坐了好一阵儿，感觉好些了，我才坚持着回到了病房。

核磁共振的片子我还没看到，李大夫已经从他的办公电脑里查到了我的检查结果并立即定好了手术时间。

手术定在 14 号的下午两点左右，那天杨哥和老公在前面推着我的病床跟着那个年轻的大夫，李大夫、常姐、寇哥两口子和我在后面一起走出了住院部的大门，穿过那条有红绿灯的小马路，往门诊大楼后面的手术室走去。

这是我因为脑动脉瘤第三次上手术台。

记得在临上手术台时，有一个穿手术服的女护士为了缓解我紧张的情绪，还跟我聊了几句家常。

上了手术台后，跟之前的流程一样，打上吊瓶，大腿动脉上插管，开始往身体

推着病床去做手术

里打造影剂，这一环节也是我最恐惧的。当听到李大夫对我说准备打造影剂的时候，我的心立刻被揪紧了，时刻准备着去迎接脸部被极度撕扯的感觉。时间一分一秒地过去，李大夫说："刚才看过了，你脑部的那条缝先不要放支架了，问题不是很大，我建议再观察观察。"

我好奇地问他："刚才打造影剂了？"

他说："打过了。"

那天我被推出手术室的时候，心里是轻松的，回到病房后那直挺挺的 8 个小时，好像也没觉得特别难熬。

临近出院的时候，李大夫来我的病房交代了一些注意事项，准备离开时，我又向他唠叨了一些恐惧和焦虑。

李大夫当时若有所思的样子,我至今难忘,他耐心地对我说:"你的这些症状是因为你自己长期的心理紧张、焦虑造成的自主神经功能紊乱,你以后不要过度关注你身体上的不适。另外,你的颈椎问题是先天性的,这么多年过去了,只要你以后注意保护,别摔跤,别再累到、伤到颈椎,问题也不是太大。"我愿意听李大夫说话,甚至能从他说话的语态、语调里得到安慰。

出院回到家以后,与老公又说起在青医住院时的事情,老公说:"李大夫专门跟我说过,说你的心理太紧张了,有时心理上的疾病比身体上的疾病更难以治愈,让我以后要多关心你,更要多开导开导你。"

另外,老公还告诉我一件他特别感动的事情。他说我在手术台上注入造影剂后,经过细致观察判断,李大夫特意出来跟他商量。一个是按照之前准备的方案放支架,如果放了支架,以后需要长期服药;另一个是根据那条缝的现状判断,可以暂不放支架。最后我们选择了后者。

那时那刻,我的眼前又出现了那位带着温暖笑意,给我带来安慰和力量的白衣天使形象。

我心中的白衣天使:是微笑、善良、爱心的模样;是在有人遇到疾病、困难时,及时伸出援助之手;是在自身经历那么多磨难后,仍然能让自己发出温暖的光芒,照亮别人眼前黑暗的路;是当自己遇到委屈时,对别人仍持有一颗包容的心;是在治病救人的工作岗位上,始终尽职、尽责、尽心。

在我最低沉、焦虑、抑郁的那几年里,正因为有幸遇到带着微笑和力量出现在我生命里的白衣天使,才使我又一次战胜病魔,获得新生。

2023 年 4 月 20 日

那纵身一跳

那惊人的纵身一跳发生在 2019 年 7 月 1 日葡萄牙的埃武拉。

2019 年是我外出旅行次数最多的一年,也是在我生病那几年里内心稍感轻松的一年。每天不同的行程、沿途不断变化的风景、不同的饮食和文化,都在吸引我的注意力,相对减少了对自己身体不适的关注。

　　三次都是远途，都是跟闻一起。第一次是在初春时去了澳大利亚；第二次是夏季去了"两牙"；第三次是初秋时去了欧洲中部的几个国家。

　　记忆最深刻的是 2019 年 6 月 20 日出发去的西班牙和葡萄牙。这次也是应闻的邀约，她的校友老唐，原来也是我们机场的同事，已在葡萄牙定居，会在那里全程陪同。闻和儿子家瑞、我、敏敏，我们四人从青岛出发直飞西班牙。

　　闻、老唐、敏敏和我同龄，四家人都是同事，彼此都不陌生。见面时一聊，没想到的是敏敏结婚时，老唐和我老公还是他们的伴郎，哈哈！那次旅行至今记忆犹新。

　　人往往都习惯把阳光灿烂的一面展示给别人，而把辛苦、委屈、痛楚放在心里，自己承受。就像有的人，明明在家刚刚哭过，听到敲门声，会立刻擦干眼泪，转身带着笑容打开房门。

　　想起那次老唐一个人驱车从葡萄牙赶往西班牙马德里机场，那么远的距离，当他风尘仆仆地赶到时，先找地方悄悄地把自己清洗干净，掸去身上的灰尘，拂去脸上的倦容，出现在我们面前的，依然是那个干净利落、带着满脸笑容，那么阳光、温暖、英俊潇洒的"唐帅哥"。

　　在一起的近两周时间里，想必他们也不会发现我也是在尽力默默克服着突然的眩晕、颈椎的不适、视觉的忽然重影、夜里双手的麻木、睡眠的障碍，更不会知道在旅途中巧遇跳伞基地时，我挑战跳伞时的复杂心理。

我在葡萄牙埃武拉住的旅馆

　　刚才翻看那时的朋友圈，发现了当时的记录：

　　昨天住宿的葡萄牙埃武拉的旅馆走廊上全是马的照片，巧合的是，这次我们一起出行的两代人共五人，属相全是马。

　　昨天在葡萄牙埃武拉，有恐高症的我成功挑战五千米高空跳伞，以此庆祝我个人人生新阶段开始的第一天。

　　所以，朋友圈里所展示的往往也都是我自己阳光、积极向上的一面。

　　那天，无意中路过这家跳伞基地，闻

执意要去体验一次。别看她说起话来温柔恬静，其实我知道她之前还曾经挑战过高空蹦极。当时，老唐和敏敏坚决不跳，我心里也非常犹豫，因为我有很严重的恐高症，别说从高空往下跳，就是在商场里的栏杆处，我也不敢靠近边缘往下看一眼。

看着闻准备去办理跳伞手续的时候，我的大脑也在飞速运转：今天是我退休生活开始的第一天，非常有纪念意义；这几年，我的心一直是在紧绷着，我想通过这一跳释放一下心里的压力；现在是我的困难时期，我想通过这一跳去发掘一点自身的勇气，我要挑战一下自己；另外，这次如果能够安全落地，我要让自己换一个活法。

在那么短的时间里，脑子里很多杂乱的想法都是瞬间一带而过的，也没有太多的时间去纠结，短暂的考虑过后，我做出决定：跳！然后立刻朝闻的位置跑去。

我和闻同乘一架直升机，我俩身边各有一位教练和摄影师陪同。准备跳的时候，我却没有想象中那么惧怕了，因为我的心里是释然的。

记得跳的那一瞬间，我没有丝毫的恐惧，还有一种莫名的畅快，我是带着笑容跳下去的。

我在葡萄牙埃武拉的高空

在高空中，双手空空没有任何东西可抓靠，整个身体自由飘落，这是我从来没感受过的爽快，身心确实得到了全然的释放，那一刻，我觉得自己真的很勇敢，像是一名当过兵的人。

落地后，我兴奋的心情久久不能平静。晚上大家一起开心畅饮，我在心里对自己说:"以后我要做个勇敢的人,像挑战恐高症这样勇敢地去挑战别的病症。"

可是,当夜里又被没有知觉的双手惊醒再也无法入眠的时候,我的心又被带回到了现实,昨天努力挣扎后的勇气,此时此刻又开始慢慢消失,脊髓变性、脚踩棉花、瘫痪又占据了我整个大脑,我内心又一次感受到了无奈,一个人熬到天亮。

第二天,我依然故作轻松,带着笑容踏上新的旅程。

我现在特别理解前几天无意中看到的一句话:只有经历过焦虑、抑郁的人,才能知道其中的绝望、无力和挣扎,他们表面有多轻松,内心便会有多痛苦。

我现在也深刻地感悟到:要对别人好一点,因为你不知道他们现在正在经历着什么。

2023 年 4 月 22 日

濒死感

从在杭州苏堤上感到眩晕开始到今天的七年里,我尝尽了各种眩晕的滋味,除了体会到颈椎和脑动脉瘤带来的晕,还有 2022 年 1 月 11 日的那次突然的休克晕厥倒地后,造成的耳石症的晕,更可怕的还有因为长期的焦虑、恐惧和失眠造成的自主神经功能紊乱的眩晕。自主神经功能紊乱的眩晕带来的是突发的、激烈的、心慌到无法呼吸的濒死感。

我现在的家在城阳区,这个带着小院的联排是我们 2015 年 7 月份偶然看到并果断买下的,2016 年 7 月份交房。没想到的是,就在准备去领新房钥匙的前一个月,我却上了手术台。

2017 年的春节刚过,我们开始收拾新房。

记得收拾新房的那段日子里,是我眩晕非常严重的时候,从开始设计、装修到搬家入住几乎是扶着墙完成的。那时跟斜对门的海平、明明两口,一墙之隔的北邻红红、小林两口还都不熟。当时晕得特别厉害的时候,我自己心里还想:即使我没有福气住上带院的新房,我也要把房子收拾得漂漂亮亮的。

2018年3月8日,我们正式离开浮山来到城阳区居住,跟海平一家、红红一家越来越熟悉,慢慢地,我们的友谊和感情也越来越深厚。

不久后的9月16日那一天,我的俩乖乖入住我们家,我开启了每天早晚两次的遛狗模式。

已经不记得有多少次一个人出门遛狗,是在眩晕中跟跟跄跄地走完小区里的那条环形路的,为了在突然晕倒后别人能及时找到我的家人,出门时反复检查那个放着我老公、海平两口、红红两口名字和电话号码小纸条的随身腰包带没带。

眩晕已经成为我生活里的常态,这种感觉想必有很多人都曾经历过,但濒死感我想不会有多少人真正经历过。

第一次濒死感来临时,是在一天晚上,老公在单位值班,我自己在家。因为是第一次,所以那时内心充满了强烈的恐慌。

我记得很清楚,那天晚上八点多钟,我遛完狗回来,把厨房里里外外收拾一遍后,拿起手机正准备上楼,忽然感觉眼前的物体一阵晃动。我顿时站立不住,左手立刻抓住了楼梯的扶手,定睛看向厨房,只见桌椅、厨具好像都在晃动。我心慌得越来越厉害,呼吸加速,喘不上气,感觉随时要倒下去,我自己告诉自己:"一定要镇定,一定要镇定。"我坚持着慢慢走到门厅,把入户门的插销打开,然后又回到楼梯口,扶着扶手慢慢地爬到楼上的卧室,坚持着换了套干净的内衣,穿好外套,倚靠在床头,尽力调整呼吸,让自己静下来。过了好一阵子,那种感觉慢慢退去,我还活着!

不过从此至今,只要是我一个人在家,不论白天还是夜里,那个入户门的内插销我没敢再插上过,我怕哪一天突然昏死过去,别人会打不开门。

这种濒死感再一次来临是我一个人在小区里遛狗时。当时我镇定地坚持着牵着它俩来到钟表楼西面的空地,坐在一个台阶上,检查了一下手机和那个小纸条都在,把绳子的另一头系在我的腰包上,然后无助地等待着。

还有一次发作是在城阳万象汇影城,儿子回来休假,我们一家三口正在那里看着电影,一家人赶紧退场。

还有一次是我一个人在家里的院子里,正好机场的老同事、老朋友何哥两口子路过我家附近,好久没见想顺便过来说会儿话。他们来得正好,我一见到当过医生的何嫂子时,心里顿觉踏实了许多,他俩一起陪我度过了那个极度难受的时刻。

有几次是我一个人在家里。每次在家里发作,我都会强忍着来到卧室,里里外外穿戴整齐,换好衣服后或坐在沙发上,或躺到床上,有时看看海平和红红家里亮着的灯光,心里好像有了些安全感。有时想拨通老公的电话,却拿起又放下。

直到 2020 年 10 月份见到青医李国彬大夫后,我才知道那种濒死感是因为我长期的焦虑、恐惧引发的自主神经功能紊乱造成的,和我的疾病没有关系,我的心态也发生了质的变化。

也许是心态好些了,那种濒死感发生的频率比之前低了许多。特别是老公多了些时间陪伴我以后,那种感觉终于离我越来越远。

这时,我已经有了强烈的需要有人陪伴的欲望,之前海平的老公明明给我出了个主意,让我把应急时想要找的人的姓名前面都加上个"A",这样的话,一打开手机通讯录就能在最短的时间内拨通想要求助的电话。

有一次,正在装修"开一局吧"酒咖小店时,那天正好徐哥在店里,见状吓得连忙开车把我送回家,给我拿来杯子,倒上热水,在身边陪着我、观察着,时刻准备送往医院。

还有一次是在小店营业时的一个中午发作的,正好老公来给我送饭,同时经常来店的小褚也进门了,身边有人了心也踏实了许多,慢慢地缓了过来。

还有一次也是在店里,那次发作不是很严重,好在有我的西邻小蕊及时出现并陪伴。

最后一次是去年的 9 月 23 日晚上 8:30 左右,那天老公在单位有事不回来,我一个人在家,忽然那种感觉来临。因为知道那天姐姐和哥哥就在我的附近,心里没有特别紧张,本想一个人坚持坚持,不去打扰他们,没想到一直折腾到将近晚上十点钟还是坐卧不安,想来想去实在没有坚持住,给哥哥去了电话。一会儿,哥哥姐姐就赶到我家。可能看到了当医生的姐姐的身影,隔壁房间还有随时待命的哥哥,我瞬间有了足够的安全感,心也慢慢静了下来,那一夜睡了个好觉。

距离最近一次濒死感来临已经过去整整 7 个月的时间了，之前频繁来临的濒死感现在已离我越来越遥远。那时由于身体上的疾病造成内心对未来的极度焦虑和恐惧，心理失衡又引发了更多的疾病。

现在是 2023 年 4 月 25 日星期二的 15：50，趁着店里没有客人，《濒死感》这一篇已临近收尾，抓紧吃几口老公送来的午饭，想赶紧写下一篇。

吃饭的时候，随手拿起杨本芬老师的《秋园》。这本书是经常来店的一个叫子茹的小美女前几天才介绍给我的，刚刚看完这本书的自序，我就产生了强烈的共鸣。

作者在书中写道："自从写作的念头浮现，就再也没法按压下去。洗净的青菜晾在篮子里，灶上炖着肉，在等汤滚沸的间隙，在抽油烟机的轰鸣声中，我随时坐下来，让手中的笔在稿纸上快速移动。在写完这本书之前，我总觉得有件事没完成，再不做怕是来不及了。"看到这里，我流泪了，她说出了这段时间我的亲身感受。最近几天，我感觉特别疲劳，颈椎压得我难受至极，左腿也有了酸胀的感觉，眼睛越来越不聚焦。去年 10 月 24 日青医李国彬大夫建议我再次入院做支架手术，可我一直拖到现在也没去。

我的心愿是在 8 月 12 日我的"开一局吧"酒咖小店关门之前，写完这本书的初稿，距离现在只有三个月的时间了。我心里依然还有很多很多的事、很多很多的人、很多很多的感悟没有写。我怕来不及。

杨本芬老师在《秋园》的自序中还写道："人到晚年，我却像一趟踏上征途的列车，一种前所未有的动力推着我轰隆轰隆向前赶去。我知道自己写出来的故事如同一滴水，最终将汇入人类历史的长河。"

这也是我正在感受到的，作者在写《秋园》的时候刚过花甲之年，我现在也已年近花甲，还时时被身体的各种不适要挟着。我强它就弱，我感觉自己就像是一个又踏上新征程的老兵，一种强大的动力推着我无所畏惧地向着目标前进。我知道不论是我这个人，还是这些我正在敲打的文字，都如同流淌的长河中的一滴水，但此时此刻这滴水在我看来是最美、最晶莹剔透的，也是我最想要的样子。

2023 年 4 月 25

四面都是墙

抑郁给我的感受是四面都是墙，我一个人被困在墙的中央。在敲打这几个字的时候，回想起那时的心境，我不禁又湿了眼眶。

记忆最深的是对老公的几个发小"甩脸子"的那次小聚。这几个人是我和老公1990年确定关系时就相识的，他们从小一起长大，后来各自成家。这么多年过去了，彼此相处得像亲人一样，后来有了微信，我们组了一个微信群，我给起的群名就是"Family"。

在我的身体和心理状况最不好的那个夏日，大家一起小聚。记得那次是小哥请客，他带了两大瓶红酒，大家都倒满了一杯。那天天气特别热，我看到我们这个房间门口靠墙的位置放着一个大型的扎啤桶，就特别想喝一杯冰凉凉的散啤。他们也不是外人，我就提出了我的想法，其实另外两个发小，凯利和老钱也喜欢喝散啤，一听我的建议，还都高兴地附和了两句，但看着小哥没表态的样子，又都欲言又止。过了一会儿，在座的人不时在说今晚的红酒味道不错，真好喝呀。我当时坐在那里看着杯子里的红酒，顿时没有了一点想喝的兴致，心里一阵阵压抑不住的委屈、烦躁涌上来。凯利在这几个人里面年纪最大，最善解人意也最细腻，也都知道彼此的喜好，我望向他想得到一点支持，可他躲闪开了我投去的目光。再侧头看看老公，他应该最理解我的心情和我此时的需求，但他也没做任何表态，自顾自地跟大家说着话。我一下子就失控了，立刻站起身说了一句："我先走了，你们慢慢喝吧！"然后在他们不解的目光中快步离开了那个房间。

出了饭店，我上了一辆迎面而来的出租车，直接跑到我家附近的小吃街，用塑料袋买了三斤散啤，到家后喝着喝着就哭了，眼泪哗哗地往下流，百种滋味，我自己都说不明白。有委屈、有自责、有气愤、有无奈，还心疼老公，我让他在大家面前左右为难了。我心里知道是自己做得太过分了，对不起老公，对不起"Family"的每一位家人，但那时我根本没有能力控制自己。

这个事如果发生在现在，我想我会有很多方法去应对，肯定不会是那个样子。

　　那天自己喝完三斤散啤,我在心里想:反正今天的事都已经发生了,一切也都无法再挽回了,就这样了吧。我一边擦着眼泪一边拿起手机,找到"Family"微信群直接退出了群聊。想到凯利作为"Family"中的老大却躲闪我的眼神,便直接删除了他的微信。

　　自那以后,因为严重的抑郁,我陆陆续续删除了很多微信好友。其中有我的家人、老同学、老战友,还有生活中的好姊妹、机场的同事、朋友。

　　我的世界越来越小,我不想看电视,不想看手机,不想看书,不想运动,甚至不想听到外面有人在聊家常,更不想见人。

　　后来,"Family"的家人和我的好友陆续来电话联系,想来家里看看我,陪我说说话,但我都拒绝了,我谁都不想见。有件我做得非常过分的事是:一位远道而来的朋友已经到了我的家门口,我看到了她的身影,但就是没有打开那扇门。

　　闻是其中一个被我保留的好友。记得有一次和闻一起在外旅行的时候,接到一个同在一个办公楼的女同事的电话,她说:"杨姐,我做错什么事了? 你怎么把我的微信给删了?"我一时无法回答她,心里在说:"不是你做错了什么,而是你的杨姐病了。"

　　我当武警时的偶像郝姐也是被我保留的好友,后来她还说:"真不知道你经历过那样的时期,谢谢你没有删除我,哈哈。"

　　从 2019 年 9 月底第三次旅行回来,我正式开始了退休在家的生活,随之而来的是一次又一次濒死感的来临。我的活动范围越来越小,微信里的好友越来越少。老公工作忙,大部分时间我的身边只有我的两条狗陪着我。

　　当感觉到眩晕得厉害,腿部又出现抽筋、酸胀的感觉时,我常常担忧再也走不了直线了。所以每当我遛狗的时候或者走路的时候,会下意识地在地上找一个直的标线,沿着那条直线往前走,想证明我还没有走偏。但走着走着,我会不由自主地联想:其实自己已经越走越偏了,无法控制地走入了一个四面都是墙的空间里,困在里面的我常常感觉自己是一个已经没用的人,一个一无是处的人,一个意志薄弱的人,一个总给家人朋友添麻烦的人,一个快要瘫痪的人。

　　我每天自责、自怨、自怜,整夜的失眠、焦虑、恐惧,在那个四面都是墙的空间里快要窒息了。

　　我被困在那个四面都是墙的空间里，几经挣扎，饱尝苦楚，难以自拔。但我内心深处也期待将来有一天，能重拾勇气冲出围墙，带着自然的温度和发自内心的快乐，出现在家人和朋友身旁。我跟老公之前还有个约定，就是等老公退休了，要一起远行，到外面走一走、看一看呢。

2023 年 4 月 27 日

冲出抑郁的重围

放　下

在自己给自己筑起的那四面墙里,空气仿佛停止了流动,自己的思维仿佛也被禁锢住了,只能每天无法自控地胡思乱想,不断给自己施加越来越多的压力。

儿子一个人在外地谋生活,虽然他早已成年,自立能力很强,但是无论长到多大年纪,都有妈妈的挂念和疼爱。如果儿子没有了我,他遇到困难的时候跟谁诉说? 他回到青岛的时候哪里是他的家?

想到老公,这几年正是他工作最忙的时段,随着年龄的增长与工作压力的剧增,我切实感受到了他的苍老和疲惫,也常常看到他揉搓右腹部(直到去年的今天,他才不得不住进医院,确认了病灶,切除了胆囊)。

我们已经牵手走过这么多年,现在都已经不年轻了,在这个年纪,如果一下子没有了我,他会怎样?家里大大小小的事情他肯定无从着手。

想到我的俩乖乖,如果没有了女主人,它俩怎么办?

当一个人担心、恐慌的问题越来越多的时候,当身体的负荷超出自己承受能力的时候,总向往能看到丝丝光亮,用尽全身力气朝着亮光挣扎。

万事到达极点,都有可能否极泰来。

我时常会想,儿子这几年一直在努力,他曾经跟我说过他的小理想,他也想像我当年那样向远在异地的爸爸妈妈报喜,让妈妈高兴吧。老公这些年全身心地扑在他所热爱的事业上,我知道他也非常期待有一天,带着我好好参观一下他这些年的奋斗成果。

　　每当想到这些,我就会给自己鼓劲:我不能这样轻易放弃自己,我不能这样被动地等待病痛吞噬我,我应该再去医院求医,再去争取一次。

　　可处于迷茫中的人心智也是不成熟的。有时候想通了,心情也放松了很多,可有时候又走进了死胡同,那种纠结的情绪时时刻刻左右着自己,折磨着自己。

　　2020年下半年,我在小区里有幸认识了给我带来很大改变的冯叔,通过跟冯叔的几次接触交流,知道冯叔经历了那么多病痛的折磨,如今八十岁了却依然积极乐观地热爱生活,关爱着他人。冯叔身上散发出来的精气神儿深深地感染了我,也使我意识到要放下自己的执念和担忧。积极就医,不惧现在,不畏将来。

2023 年 4 月 29 日

留下遗嘱后,我轻松释怀了许多

　　我的手机上有一个备忘录功能,记录日常琐事十分方便。从 2016 年病了以后,我也忘记了从什么时候开始,慢慢养成了随手记备忘录的习惯。

　　备忘录中最简单的,就是家里各项生活支出:水费、电费、燃气费、物业费、暖气费、房屋出租费、承租费、有线电视费……每种费用缴费方式不同,缴费的时间点不同、缴费的账号不同。

　　2020 年我过生日的这天中午,我一个人在家开了两瓶冰镇啤酒,喝着酒、流着泪,随手在备忘录里写下了我的遗嘱。我信任我的老公,他肯定会遵从我的意愿。我在备忘录里的标题没用"遗嘱"两个字,觉得那样太显凄凉和悲壮,而是用了英文标题 *My will and testament*,这样每当我自己有意无意地翻看到这个文件夹时,不会感到冰冷和悲切。

　　说来也怪,自从写好遗嘱,我心里踏实了,好像没了后顾之忧,内心也轻松释怀了许多。

　　2020 年 11 月 2 日,我看到一则新闻,说的是美国一位 42 岁女歌手突发脑动脉瘤去世。那天我发了一条只有几个人可见的朋友圈:

看到新闻里一位女歌手跟我一样的病，说走就走了。我之前就已经写好遗嘱，哈哈！人生无常，就是这样。我只是不想给家人添很多麻烦，把家庭琐事和身后事交代清楚，我认为这是对的。

2023 年 5 月 1 日

一定要握紧伸来的援手

我之前写道：直到某一天的某一刻，你遇到某个事，见到某个人，听到某句话，使你眼前一亮，心头有了亮光，开始从内心深处想改变、想自疗、想自救。

其实一直以来，我身边有不少遇到困难却依然选择坚强、乐观面对一切的家人和好友。接下来我想写的这几位给我伸出援手的人是在我最为迷茫的时候，在最合适的时间点出现的。没有说教，也没有过多的鼓励，可能只是因为他的某句话、某个眼神、某个举动，也可能是因为他们脸上阳光般的笑容，忽然让我重新看到了希望，点燃了我想改变自己的欲望。

三轮摩托车好友

我的这位摩托车好友姓张，1942 年生，属马，和我一个属相。他今年 81 岁，比我大 24 岁，是我搬来城阳后才认识的朋友。

第一次见到他，我就从心里尊敬和佩服他。他戴着一副老花镜，扎着围裙，骑着一辆三轮摩托车，每天在小区里跑来跑去。经常能看到他在垃圾桶旁挑拣拿来换钱的纸壳、泡沫、酒瓶之类的废品。他上了年纪，腿脚不是很利索，看起来行动非常缓慢。

我俩稍熟悉些后互留了电话。每当家里有了能卖钱的东西，我都会给他留着，所以基本上每天都会想起他。大到纸壳、空酒瓶，小到一个牙膏盒、一个矿泉水瓶，只要是能换钱的东西，我都不舍得扔到公共垃圾桶中。存到一定量后，我就给他打电话，约好时间，他就驾驶着他的三轮摩托车来取。

慢慢地，我俩之间的话越来越多，我对他也有了更多的了解。张叔是东北人，现在和老伴跟着儿子在这里住，在小区里有两套房。平时儿子、儿媳都在外面忙工作,不在这边常住。张叔和老伴在老家都没有养老保险,平时趁着儿子不在家的时候就收些废品卖,把钱存起来,想为儿子减轻些负担。张叔听力不是很好,说话也不是很清楚,我和他一起聊天时会特意提高嗓门、放慢语速。即使这样,张叔和我对话的时候,我俩也经常鸡同鸭讲。

张叔很勤快,虽然走起来很缓,但看着他骑着三轮摩托在小区里,就像是一阵风吹过,谁能想到他已是 80 多岁的老人了。

张叔前两年病过一次,虽然没有大碍,仍在小区里跑着、收着、捡着,但他腿疼得很厉害。

记得有一次,他笑呵呵地对我说:"腿疼起来很闹心,但是没法子。早上起来腿疼了,我吃上片止疼药,骑上车就出来干活。中午回家的时候药劲过去了,腿又疼了,我就再吃上一片。晚上回家吃饭的时候喝上点白酒就睡觉了。不管它,你越想它,它就越折磨你。"

下面是 2021 年我的小店刚开业不久的一天,我发的一条朋友圈:

我们小区这位骑三轮车收废品的老人是我特别尊敬的几位长辈之一,也是我的忘年交,我俩有缘。我们都属于摩托车爱好者,都在为过好生活而努力。这位老人非常善良,刚才又给我带来了他和老伴种的石榴,很温暖很感动。

说者无心,听者有意。"你越想它,它就越折磨你。"张叔没读过书,不认得几个字,但他说的话却那么有道理。张叔不知道他的这句话至今都回响在我的耳边,像座右铭一样鞭策着我。张叔没当过兵,却像个战士一样,81岁高龄的他依然驾驶着三轮摩托车,每天乐呵呵地忙碌着,无所畏惧地向前奔跑。

2023 年 5 月 10 日

冯　叔

2020 年 6 月份左右,我在小区里非常幸运地结识并成为好朋友的冯叔,使我受益巨大,也可以说直接改变了之前我想放弃治疗想法和对未来的恐惧。

人和人的缘分就是那么奇妙。记得在小区里第一次与冯叔相遇,他一个人在散步,我的俩乖乖在前面拽着我往前走。小区里有段主路不是很宽敞，当看到迎面走来的这位高大英俊、精神矍铄、脸上总带着阳光笑容的老人时，我心里一下就感觉暖暖的，觉得他非常有军人的气质，更让我想起了父亲，这位老人从外形、神态到气质和我的父亲有很多相似的地方。我俩眼光交会时，彼此点头微笑，然后各自前行。

第二次有缘见面是在小区里的一个快递站。老公偷偷从网上给我订了一箱国外的啤酒，我一开始不知道是什么东西，一个人走着去快递站取件，进屋才发现是一个大纸箱，挺重。正在寻思怎样拿回家时，有人进屋了，抬头一看，又看到那张特别阳光的笑脸，他也是来拿快递的。看到我那一大箱东西，他立刻爽快地把他的小件和手里的拐杖递给我，扛起箱子就往外走。我快步跟上，腾出一只手想从一侧托一下箱子，他侧过头对我说："放心吧，没问题。"当时看到这位长者挺直着腰板、大步流星地扛着箱子往前走的样子，我就问他："叔，您是不是当过兵呀？我怎么看您像是军人呀！"

他说："是呀！我是当过兵的，还是位老兵呢！"

我说："叔，您贵姓呀？我那天和您打过一次照面，我一看您就像是位军人，我也是当过兵的人。"

他听后爽朗地笑了，显得非常高兴，说："哈哈！咱们都是当兵的人呀！我姓冯。"

"冯叔好，我姓杨，能认识您我太高兴了。"

我俩一边聊着，一边走到了我住的那条街上。到了家门口，冯叔放下箱子，我仔细一看，才知道是整箱啤酒。我立刻心怀歉意地对冯叔说："真不好意思，冯叔，怪不得这么沉，原来是罐装啤酒呀！我老公也没告诉我是什么东西，他知道我爱喝啤酒，但从来没在网上买过。"

冯叔右手掐着腰说："哈哈！不算沉，我也喜欢喝啤酒。"

瞬间，我俩都开心地笑了起来。

放下啤酒箱，冯叔一指他家的方向，原来我们两家住得那么近，中间只隔了一个小广场，站在我家小院里，就能看到他家的小楼。我对冯叔说："冯叔，您哪天有空的时候，我请您喝一杯！"

后来，我们慢慢地熟了。

我和冯叔在小区里偶尔碰面的时候会聊上一会儿，聊着聊着我对冯叔敞开了心扉，跟他说起了我现在的身体情况，特别是我低落的心理状况。他听后缓缓地对我说："小杨，我现在都 80 岁了，你看我现在身体倍儿棒吧，其实我之前经历了什么？经历了多少？我不说，别人都不会知道。人吃五谷杂粮，活着就什么事都能遇上。不要惧怕，怕也没什么用，更不能自己吓唬自己，遇到什么事就要勇敢去面对，想办法解决它。"后来，每当想起冯叔对我说的这些话和冯叔说这些话的表情，我好像都能从中获得新的力量。

那段时间基本上都是我一个人在家，那时也正是濒死感频频来袭的时候。认识冯叔后，我被他身上的那种精气神儿和他对我说过的那些话所感染，好像找到了榜样，又有了与疾病抗争的力量和对生活的希望，仿佛看到他为我伸出了一双有力的援手。

没过几天，冯叔特意送了一个手镯给我，说是他自己手工串的，希望它能保佑我，一切都好起来。

冯叔有三个女儿，都很孝顺，在我们小区住的是他的二女儿，冯叔和阿姨每年五六月份来青岛二女儿家小住一段时间。

记得和冯叔认识大概两三个月后的一天，我听说他和阿姨第二天要返程，于是当天晚上七点左右，我特意带了一架山东航空的飞机模型和四小瓶青岛啤酒去冯叔家按门铃。我想去认识一下阿姨，还想在他们家院子里跟冯叔喝一杯青岛啤酒，为他们饯行，担心冯叔家人反对他喝酒，所以没敢多带。

那天是冯叔的女儿来开的院门，我自我介绍并表明来意后，她马上把冯叔和阿姨都请了出来，那一天，是我第一次见到阿姨。见到阿姨的那一刹那，我眼前一亮，心里瞬间就感受到了温暖，她就是我心中妈妈的样子。

冯叔和阿姨执意邀请我进屋，说他们家正在一起吃饭，我感受到了他们一家人的热情，就进了家门，还见到了冯叔的二女婿和他家的两位亲戚。一张大圆桌，桌子上都是非常美味的家常小菜，我闻到了妈妈的味道。

因为自己是突然到访，觉得不能打扰太长时间，所以喝了几杯后我就告辞回家了。

每个人的生活里都会遇到各种各样的人，因为我和冯叔擦肩而过，却有缘能彼此相识。认识了冯叔后又有幸认识了他们那么优秀的一大家子人。能够和他们一家相识，是我的福气。

通过和冯叔那几次短暂的交流，我改变了之前的想法，在家人的催促下同意去医院，再次躺上手术台，检查上次脑动脉瘤术后留下的那个缝隙现在如何了。

2023 年 5 月 12 日

青医李国彬大夫

2020 年 10 月 12 日一早，我带着简单的生活用品，一个人开着车从城阳赶往江苏路的青医附院。终于办理好住院手续，住进了神经外科的 12 号病床。随身带着的，还有冯叔亲手为我串的手镯和一颗忐忑不安的心。

在《不一样的白衣天使》中，我已经写过李国彬大夫对我说过的话。每每想起李国彬大夫，我还能真切地感受到上次住院期间心理发生的巨大变化。

李大夫说的这些话，使我紧紧揪着的心得到了放松，忽然轻松了许多，也明白

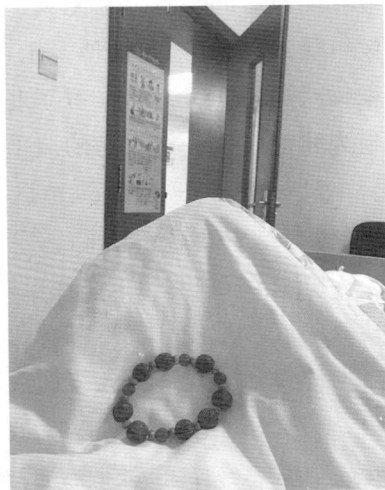

冯叔送我的手镯

了在这四年的时间里，我一直是在自我恐吓、自我折磨。这四年里的痛苦，也只有自己知道其中的滋味，我再也不想过那样的日子了。

出院的时候，虽然大腿动脉插管处的伤口还没有愈合，但心理上的伤口已经基本愈合了。手里握着冯叔送给我的手镯，心里想着李国彬大夫温暖的笑容和鼓励的话语，往回走时，脚步好像也变得轻盈了许多。

2023 年 5 月 22 日

刘　总

刘总和我的"开一局吧"酒咖小店一点儿关系也没有，从 2021 年 8 月 12 日开业到今天近两年了，他一次都没来过。但是这个小店确实跟刘总又有

着非常直接的关系，如果不是我刚出院不久后的一天，有幸跟刘总一起吃了那次午餐，看到他的生活状态和心态，听到他对我说的那几句话，受到那么多的启发，我不会这么快就找到目标、确立目标，这么快就能把对病痛的关注转移到学习的快乐上来，更不会这么快就开起了我的酒咖小店。如果没有这个小店，我肯定不会遇到这么多的有缘人，现在也很难有写书的想法和灵感。

刘总是 1959 年 7 月的生日，比我哥哥小一岁，比我大七岁。有幸认识刘总是在 1998 年春天，那年我从机场预审科调到机场交警大队工作。当时队领导让我负责大队的财务工作，虽然那时机场公安还隶属民航公安系统管辖，但罚没款等财务业务是由青岛交警支队装备财务处直接管理，刘总那时是支队装备财务处的处长。

记得与刘总第一次见面是在流亭机场门卫的小房间里，那天他带着支队装备财务处的徐姐和小王一行三人来到机场，指导我们大队的财务工作，我跟着交警队张大队长，第一次见到了那时的刘总。他说话的声音和他的笑容一样，都非常温和，语速不急不慢，很亲切。现在想来那时我们是那么年轻，刘总还不到四十岁，我刚刚才三十岁出头。

在交警队工作那些年，我经常往来于机场和交警支队装备财务处之间，那时的交警支队还在青岛丰县路办公，直到现在，我偶尔路过那里的时候，还会习惯性地驻足多看两眼。支队装备财务处经常组织相关人员开会学习，由此我认识了很多青岛交警财务方面的工作人员。刘总对我们每一位工作人员都非常好，时刻关心着我们的学习和进步。有两个温暖的画面我印象深刻。

一个是在支队装备财务处徐姐的办公室。那时还没有电脑，都是手写记账。那天是我跟着徐姐和小王学习记各种账本的第一天。下午三点左右，刘总走进了房间，问起我的学习情况如何并顺手拿起了桌子上我刚学着记的账本，看到刘总带着他特有的笑容微微摇了摇头，但却鼓励着我说："还行，刚开始干，很不错了。"后来我才知道，会计记账时账本不会满格写的，那天我写的文字和数字把账本的格子都填得满满的。

另外一个是在我刚加入支队装备财务处这个集体后，感觉处里领导非常重视我们这些工作人员的业务学习，积极联系专业老师、协调专业机构，通过各种业务培训提高我们的业务能力。我刚到交警大队那一年的年底，就有幸参加了处里统一安排的为期一年半的会计专业的学习。2000年的6月10日我顺利结业，取得了成人高等教育的专业证书。期间，我这个财务方面的新手在处领导的安排和督促下，通过认真的学习和实践，还考取了会计证。

在一次考试现场，我正在低头认真答题，无意间抬头看到刘总出现在考试现场，只见他依然带着那特有的、亲切的笑容，静静地、慢慢地来回走着，观察着我们答题的进度，像一位可亲可敬的大哥哥。我知道，他是在繁忙的工作间隙特意抽空赶来的，因为他时刻关注着我们的进步，他内心更希望尽快提高青岛交警财务人员的整体业务水平。

在交警部门工作的12年里，各方面收获太多，即便是后来脱了警服，离开了公安队伍，所学到的财务方面的知识也没有浪费。2011年我被分配到机场资产部做采购工作时，我所学到的财务方面的知识也都发挥了作用。

离开公安部门后，我与刘总没有了业务往来，他的工作也越来越繁忙，我们也就很少有见面的机会了，我唯一能做的就是每年他生日的那一天，给他发一条信息，祝他生日快乐！即便是在我抑郁的四年里也没有忘记过。

时间过得真快，我是2010年离开的公安系统，一转眼又过去了10年，2020年再见面时，刘总61岁，我54岁，此时我们都已退休。

记得2020年10月16日出院后，刘总听说了我的身体状况后很关心我，随即打来电话问候，说他认识一位很有名的骨科专家，如果需要的话，他可以帮我联系预约。电话中，我得知刘总现在虽然已经退休，但一直在忙着做自己喜欢做的事情，我和刘总约定随后一定见个面。半个月后的一个周六的中午，在老公和海平两口子的陪同下，我们大家终于如约在崂山王哥庄附近相聚。

到了约定地点，我远远地看到在两个年轻人陪同下的刘总的身影，我很激动，急忙小跑几步上前，一个敬礼表达了内心的敬意。刘总依然是带着他那特有的笑容，我瞬间又感受到了那种久违了的亲切感。

落座之后，我特意悄悄地看了一下刘总的腰间，这么多年过去了，他还是随身佩戴着那个像传呼机一样的小仪器——胰岛素泵。刘总辛辛苦苦、忙忙碌碌这么多年，看来这个小装置一直没有离开过他，我的眼眶瞬间湿润了。

就是那次小聚刘总对我说了这段话,我永远记得,他说:"小杨,我觉着人不能闲着,你得找个自己喜欢的事做,你看我现在状态多好,做着自己喜欢又有意义的事情,整天跟这么多优秀的年轻人在一起,被他们影响着、带动着,虽然我都 61 岁了,但我心里感觉自己还是很年轻、很有精神。你知道我有糖尿病,如果让我成天在家里闲着什么也不干,不出两个月就完了。"

敲下这段文字的时候,我想刘总可能正在思考着工作上的事情,可能正在开着会,可能正在出差途中,也可能正在陪伴家人。他可能不会想到他曾经说的这些话,照亮了我的内心,也照亮了我的路。沿着这条路走到今天,我发现眼前的路越走越宽敞,越走越亮堂。

我出生在济南,在那里生活了 20 年后,来青岛又生活了 37 年,在这 57 年的人生岁月里,真正认识的总共没有多少人。可每当想起刘总,心里就会有一种暖暖的感动。没想到因工作而相识的一位上级领导,不仅在工作、业务和个人生活中得到过他那么多的支持和帮助,而且在 22 年后,在我内心最迷茫、最无助的时段,他又使我在短时间内找到了重新出发的方向。

刘总是一个自带光芒的人,是我生命里的一束光。

2023 年 5 月 25 日

"Family"

冥冥之中如果有幸能够遇到那双援手,那么你能否紧紧握住它摆脱困境,是一种能力。好在我及时抓住了那些援手,借力冲出了束缚了我整整四年的那道厚厚的抑郁之墙。

走出困境后,我真的有一种大病初愈、豁然开朗的感觉,但同时也体会到身体和心理上所有的病症并不会离你远去,依然"虎视眈眈"地盯着你,折磨你的身体和内心。心理上的疾病更加难以治愈,有时越努力不去想,反而越使你无法自拔。

刘总说得对,我得找个自己喜欢的事情做,要去接触外界,不能把自己固封起来。因为自身的疾病,这几年我感觉自己交友的圈子和生活的空间越来越狭小了。

我在认真思考的同时也在纠结着:选择做什么事?自我封闭了这么久,

还能走出心门和家门，跟别人正常地接触、交流吗？

想起那些曾经被我远离、被我删除的如家人一样的好友们，想起自己发誓坚决不再见面的"Family"群里的发小们，想起老公夹在中间左右为难，多次找机会缓和关系被我拒绝时他那欲言又止的表情，想起一个小妹妹和长我4岁的大姐姐从市区大老远跑来看我，我却把她们拒之门外。现在我仿佛真切地看到了，也真正意识到了自己那病态的模样。

自从2018年9月16日有缘遇到仅仅两个月的大乖和小乖，让我有生以来第一次有了养狗的经历，能如此近距离地和狗狗接触，我感动于它们的陪伴和对我心理的疗慰。我边流泪边对它俩说："乖乖，放心，不论妈妈下一步做什么事情，不论我到哪里，都会把你俩带在我的身边，永远不离不弃。"

我瞬间有了一个想法：平时带着乖乖们出门，基本上各类营业的店面都不允许狗狗进入，我只能把它俩锁在车里。之前也看到网上有狗咖、猫咖之类的小店，我何不往这方面努力一下呢？我的眼前立刻呈现出了一个温暖的画面：一间不是很大的可以带着宠物进入的酒咖小店，客人们可以在这里聊聊养宠物的话题，探讨文明养犬及救助流浪犬的问题，还可以与宠物互动。对！是的，这就是我喜欢的和非常期待做的事情，它的受众应该是年轻人，我也能有机会多和年轻人接触，感受年轻一代的朝气蓬勃，相互学习带动，与时俱进。

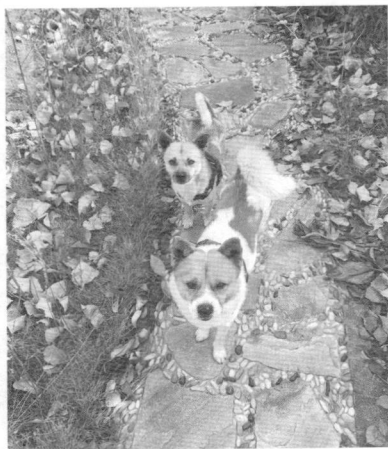

我的两只乖乖

有了想法,我的心胸也好似又打开了许多,让我有了些许的勇气,随后拿起电话打给我一直非常珍惜的人。

终生难忘每一个从电话里传来的如之前一样亲切的声音,听到了电话另一头那一句句激动的、谅解的、鼓励的、支持的话语。

这其中有被我无端删除了的好友们的声音;有我机场资产部好兄弟们的声音;有"Family"群里小哥、大霞的声音。记忆最深的是我和"Family"群里凯利见面的场景。

凯利在我老公这几个发小里面年龄最大,脾气性格最好,兴趣爱好最广。凯利夫妻出国留过学,做过很多行业,包括酒吧,他俩对这一行业的了解十分深入,我想我们是有不可言说的缘分和心照不宣的默契,有非常多的共同语言。而在"Family"群中,凯利也是被我"伤"得最直接的家人。

那天去市区办事,想专门跟凯利见个面。办完其他事情后,我在车里犹豫了很久,他的微信早被我删除了,幸好电话号码还在我的通讯录里,最后还是鼓足了勇气拨通了他的电话。

突然接到我的电话,凯利也感到很意外,我听出他声音里传来的惊讶和惊喜。我俩的见面是在凯利母亲的家里,那时阿姨已经病重卧床,他们兄妹三人每天轮流照顾母亲。看到躺在床上的,我一直非常敬重的阿姨处于昏睡中的样子,我内心五味杂陈,百感交集,真的无法用语言来表达。

永远记得那天和凯利说话时的情景,因为好久不见,我说话时有些激动,我先简单地对他讲了我最近心理的转变和现在的状态,接下来说起下一步我想做的事情。凯利当时抽着烟,安静地听我说话,给我续着茶,不时地使劲点着头。从他的眼睛里我看到了他对我的包容和理解,看到了他对于我们能重归于好的释然。得到了他对于我的想法的认可和肯定,更感受到他真心的鼓励和全力的支持,我感动得几度哽咽流泪。

那段时间我收获了太多太多的感动,听到了那么多久违了的声音,重新加回了之前被我删除的好友。"Family"的大霞姐之前单独找过我,想把我拉回群里,被我拒绝了;她也拉我进群,但又被我倔强地自行撤出。而此时,她又再一次把我拉回到"Family"微信群里,这一次,我没有再拒绝、再退出,而是内心敞亮且带有温度地回归"Family"。

后来,我的小店正式开启,那些如家人般的好友都给了我非常多的帮助和支持,一直温暖着我的心。

真正心里有你、爱你的朋友和家人一样,不会计较过往,不会在意你一时的不可理喻,更不会轻易弃你于不顾。他们一直在那里等着你,关注着你,关心着你,从未走远。那一双双温暖的、有力的援手一直都在那里默默地向你挥动着,从未放弃。

2023 年 5 月 27 日

往后余生

被封闭已久的内心越来越敞亮,下一步的目标也已基本确定——开一家酒咖小店。其中,最难的就是咖啡的制作,我喜欢咖啡店,主要是喜欢它的环境和氛围,但对咖啡的制作和咖啡店的经营一片空白。

写到这里,心里不由得想念我市区的好邻居——坤了。那天我把我的想法通过电话跟她沟通后,她非常支持我,当下就约我去市区跟她见面。坤也养狗、爱狗,她去过很多国家,爱旅行、爱咖啡、爱朋友,做事果断、有热情、有见地,我从心里喜欢和尊敬她。随后的两天里,她带我去了三家她喜欢的咖啡店,品尝了不同的咖啡和感受到了不同的装修风格,让我先对咖啡店有了初步的认识,使我受益匪浅。

接下来是一段非常忙碌、充实、快乐的日子。现在再回想起那段时光里的我,又重新回到了从前精神抖擞、风风火火、眼里有光的状态,每天好像有使不完的劲儿。

考察、参观、学习市场上的狗咖、猫咖、啤酒屋和饮品店;寻找进货渠道;寻找合适的门店;买来带蒸汽棒的家用咖啡机和各种咖啡器具,跟着咖啡制作视频,每天练!当然不能一直用咖啡豆和全脂牛奶来练习咖啡拉花,一是因为这样成本太高;二是因为咖啡喝多了,会使我一夜无眠。我都是用老抽酱油和洗洁精来练习,每天练呀练。

我从每天的学习中体会到了快乐,感悟到只要坚持、不放弃,每天进步一点点，久而久之，肯定会看到自己的学习成果。学习的快乐和成果于我来说，不仅是拉花越拉越好、越练越像样，我自己的内心也在一天天感受着快乐，慢慢变得越来越饱满、越来越强大。

我的咖啡拉花越做越好

每个人在不同的年龄、不同的境遇，会产生不同的想法。有时候梦想只是一种闲暇时的憧憬或者与人闲聊时的计划，甚至连起步都很难开始。

始于兴趣，终于坚持，成于热爱。

忙碌、充实且快乐的日子过得真快！我不知道的是，期待中的美好也在不远处等待着。

转过年来，由小孙老师引荐，我遇到了一个心仪的店面，2021 年 5 月 28 日顺利签订了租赁合同。

当我第一次走进四面空空的店铺时，心里就基本上确定了我喜欢的、能驾驭的风格。

看着小店在朝着自己喜欢的样子一天天变化着，我接连发了下面两条朋友圈：

　　人生始终在变化中，50岁被医院查出颈椎脊髓变性，后来得知慢慢会瘫痪，加之身体确实出现各种不适，半夜醒来双手没有丝毫知觉。内心的恐惧无法用语言表达，很长时间心情低落，无法自拔。慢慢疏远了朋友，近乎封闭了自己。总想着如果真瘫痪了怎么办？怎么办？每天在恐惧中挣扎。而现在的我已经走出阴霾，不再畏惧病痛和将来。我想说的是，一是千万不要自己上网乱查信息；二是感悟到人生短暂，自己想做什么、想学什么，要抓紧时间付诸行动，每天进步一点点，久而久之定会有所收获。人可以无视年龄，人生每个年龄段都有追求理想和实现理想的可能。真心感谢曾经给予我力量和帮助、不离不弃的你们。

重新启程，享受驾驶的乐趣

　　往后余生，我终于又有了一个小小的梦想，开一家温暖的小店。有啤酒有茶有咖啡，有动有静。带着我的两个"小跟班"——大乖小乖一起上下班，放慢脚步，不急不躁。在温暖别人的同时也照亮自己，说说彼此的故事，然后各自继续努力，快乐前行。

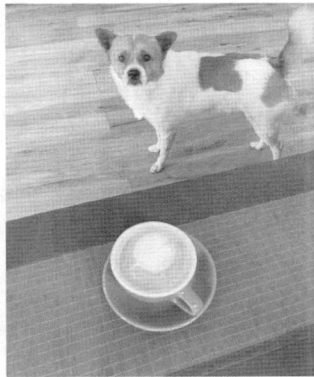

我的乖乖

是的，往后余生，我要像个真正的战士，做个勇敢的、坚强的、无所畏惧的人，也要努力成为一个自带光芒，不仅要照亮自己，也能为别人带来丝丝光亮的人。

2023 年 5 月 29 日

55 岁　"开一局吧"

布　局

自从去年有了写书的想法到完成最初的大纲,《55 岁　"开一局吧"》就已经出现在我的大纲里面了,这一部分肯定是要写的。不同的是,最初这一部分里面准备写的几个小节,到真正开始落笔的时候却有了一些改变,我加了《布局》这个小节,并把它放在了本章一开始的位置。自签订酒咖小店租赁合同的那一天起,到现在合同将要终止的两年的时间里,我对"布局"一词的体会越来越深刻,而"布局"一词跟我的店名"开一局吧——久儿酒之咖啡屋"又是如此的契合。

开局之前,肯定需要先布局。现在想来,从 2021 年 5 月 28 日到 2021 年8 月 12 日是我的酒咖小店的布局时段。

接手这个门店的时候,房东已建好了二层的钢结构,一楼的地面、卫生间、水电都已做好,一楼 120 平方米、二楼近 50 平方米,面积很适合我的需求。第一次进店的时候,看过现有的结构后,其实我心里就已经有了基本的想法。

当走近"开一局吧"小店时,首先映入眼帘的是店门前的几个小摆设,有专门为路人准备的桌椅,有写着温馨提示的小黑板,当然还有宠物专用的小木屋。

一进店门,左手边是长长的吧台和咖啡制作区域;右手边靠墙的位置有宠物待的区域、有我的钥匙链情结、有我们那一代人的童年记忆;再往里走,迎面而来的是一排 4 米长的、罗列着不同种类的青岛啤酒的四层货架,这是

我的酒咖小店外景

一条每天都能让我赏心悦目的风景线。看到它,我经常会想念妈妈,想念和妈妈一起喝啤酒的日子,很遗憾妈妈只喝过那时大绿瓶的青岛啤酒。如今已经发展成全球知名品牌的青岛啤酒,妈妈再没有口福品尝一口,再没有机会欣赏到它现在种类繁多、设计精美的样子。

我的酒咖小店内景之一

货架左手边靠近过道的侧立面，有我的老物件情结。在这里能看到每个家庭都曾使用过的传呼机、老手机，更能感受到时代的发展和变迁。

我的酒咖小店内景之二

右手边是乒乓球场地和一个 3.6 米长的高吧台兼观众席，正前方是一个为打球的朋友准备的储物空间，左手边的墙是我的黑板情结。每当站在这两块大黑板前，就会想起那些曾经鼓励和帮助过我的好老师们，她们留给我的那些鼓励，一直伴随着我走过这么多年，使我受益至今。

我的酒咖小店内景之三

　　沿着楼梯往二楼走,拐弯处的墙上会看到"Family"这个单词,"Family"下面的图案是有着一双双大手的艺术地板。每次走到这里,心里都会被温暖到,仿佛又看到了曾经为我伸出的那一双双援手。上面的手是要拉我逃出困境的有力的手,下面的手是我自己的手,是一直在寻求援手的"手"。

我的酒咖小店内景之四

　　来到二楼,首先看到是靠墙的区域,每当来到这里,我都会想起年幼时妈妈做好饭,左等右等见不到孩子的身影,急得掐着腰跑出来寻找孩子回家吃饭的模样;会想起婆婆坐在缝纫机前为孩子们做新衣时专注认真的身影;会想起我曾经工作过的济南服装四厂的裘皮车间;会想起我三十七中的好同学们;会想起那位在我当兵临行前送给我白色瓷像的女同学,她说:"祝贺你梦想成真,我把这个小瓷像送给你当作纪念,因为我感觉你和她长得很像。"近四十年过去了,不论走到哪里,这个小瓷像一直陪在我的身边。

　　我也会想起爸爸工作过的济南车辆段和上小学时扒着火车往学校赶的画面;会想起 2021 年 6 月 16 日,郝姐陪我去挑选偏三轮摩托车时的情景;会想起患有恐高症的我跟着闻在葡萄牙埃武拉挑战 5000 米高空跳伞时的威武……

　　再往里走,是我的军旅、警察和红绿灯情结。

　　右手中间位置整个墙面上的 1992 墙布贴画,与我儿子有关,这一年五月份儿子出生,我成了一名母亲。每当我一个人静静地坐在二楼这个空间的时候,感恩的心都会油然而生。

我的酒咖小店内景之五

我的酒咖小店内景之六

以儿子出生为中心点的前后时间段，是我身份快速转化的一个时间段。儿子出生前的几个月，我从部队转业到了机场，虽然还是在安全检查站工作，工作性质、工作地点、值班宿舍都没有任何改变，但我的身份却发生了根本的改变，由军人转变成企业员工；儿子出生后不到一年，我又调到机场公安分局工作，由企业员工转变成一名女警。

最里面的一个小小的角落里，是我和二胡的过往，也是我生活中带有遗憾的回忆。曾经已经会拉《赛马》的我，却因为疾病的折磨，再也无法静下来触碰它的弓弦。如今的我也多次试着重新拿起二胡，但再回到从前已经很难。

我的酒咖小店内景之七

二楼整个空间里的每个摆设、每张图片、每个角落都带着各自的温度，时时勾起我对往事的回忆，点点滴滴仍历历在目，却都已成为过往。

如今，新的一页正在徐徐翻开，我将要在这空白的纸上书写些什么样的

机场职工乒乓球比赛冠军奖杯

内容？将在这新的空间里呈现出什么样的精彩？我想，所有的一切都要来自真实的生活、来自自己对于过往的怀念、来自生活给予的温暖和感动。

黄岛轮训队期间接触到的乒乓球运动使我受益一生，让我在机场职工乒乓球比赛中品尝到了得"冠军"的滋味。更在多年后的今天，它给我的酒咖小店注入了"动"的元素，也给我带来了起店名的灵感。

自从有了微信，我给自己取了微信昵称"久儿"，直到现在从未更换过。"久儿"的谐音是"92"和"酒儿"，因为1992年我迎

来了与我骨肉相连的儿子，另外我自己也喜欢喝点小酒儿，哈哈！

55 岁的我，从一个咖啡"小白"开始，通过不断地勤学苦练，现在能熟练地做出一杯杯美味、好看的咖啡，我深刻地体会到，如果想要学习和掌握一项新的知识和技能，年龄不是问题，只要是做你内心真正喜欢的事情，把握学习的进度，每天进步一点点，久而久之定会看到成果。

所以，我的店名就定为"开一局吧——久儿酒之咖啡屋"，两手相握的 Logo 体现了乒乓球以球会友、增进友谊的运动精神。

我的酒咖小店大门口

回想起一开始的那两个月，我所做的一切都是在一个全新的、有限的空间里布局。

布局最早是指下棋时从全局出发进行布子。

"布局"一词有一个出处，是唐朝诗人王建的《夜看美人宫棋》：

宫棋布局不依经，黑白分明子数停。

巡拾玉沙天汉晓，犹残织女两三星。

其实每个人对未来的走向和发展都在不断地调整和规划，这就是布局。

去年，因为老公的一句话，我有了写书想法，这对于一个读书不多且又年近花甲的我来说无疑是一个大工程。首先要先列一个大纲，其中涉及想叙述的内容、表达的感悟、写作的切入点与落脚点、需要划分的章节、每个章节里分的小节。大纲写好后，其实就是完成了这本书的布局。

随着写作的深入和篇幅的增加，大纲也在随时改动。再小的章节，准备下笔的时候，最先需要思考的也是"布局"二字。

我的"开一局吧"局已布好，接下来，我要做的就是静静地享受开局的乐趣。

2023 年 6 月 6 日

开 局

2021 年 8 月 12 日,对每一个青岛机场人来说都是一个非常重大的日子。这一天,流亭机场正式转场至青岛胶东国际机场。对机场怀有无限感情的我,跟随着机场的脚步,我的"开一局吧"也在同一天正式营业。

此时,我的内心已经变得越来越强大,心境也变得越来越平和,对身体上病痛的关注也越来越少,真切地感受到了从未有过的淡定和从容。

"开一局吧"酒咖小店地处城阳边缘地界,周边没有办公楼,没有大型游乐场所,没有大人流,我又不是真正的生意人,所以早已做好心理准备,我想:"今生若有缘,早晚会相见。"我在我的小店里等待今生的有缘人。

我的搭档明明帮我在大门入口纱帘的顶端安置了一个小铃铛,每当有人进店掀开纱帘时,清脆、欢快的铃声就会告诉我:"有缘人来了。"瞬间,那种无法预知的、突然而来的暖暖的感觉,真的只能意会而无法用语言表达。

只等有缘人

在小区及周边,因为各种关系,我慢慢结识了一些人,但我从未对任何一个人开口说过"我那里开了个咖啡店,期待您有空过去坐坐!"等广告性质的邀请。

我的酒咖小店就像是为我的心灵打开了一扇窗,重新规划了我的生活节奏,充实了我的生活内容、扩宽了生活视野、丰富了知识储备。每天,在店里不知道下一分钟会见到谁，也不知道下一秒会和谁相识，更不知道又会在哪位进店的有缘人身上发现新的亮点，学到新的东西，获得新的感悟。

小店自 8 月 12 日开业以来定于每周一休息，每周的六个工作日是我非常享受的日子，因为在家里和在店里的精神状态完全不同。在家是闲散的状态，而在店里是紧张的工作状态。虽然客流不大，不会时时有客人，但也需要以饱满的工作热情时刻准备着迎接不期而遇的有缘人。六天的工作过后，那一天的休息使我倍感放松和惬意，两种状态互相转换，我每天都乐在其中。

崭新、快乐的日子过得真快，转眼间就进入秋冬采暖季节，考虑到冬季的采暖费用问题，我觉得这样太过浪费，所以做了冬季停止营业的决定。

下面是小店"开局"后近三个月时我发的一条朋友圈：

温馨提示：各位好友，"开一局吧"定于 11 月 11 日进入冬休期，明年春暖花开的时候再另行告知正常营业时间。期间有想打球的或者冬天不怕冷有兴致想喝一杯的朋友可随时提前预约。目前，还有为数不多的各种成箱的啤酒，如果您需要可微信联系，以批发价给您送到家。到明年春天的时候，小店将会以全新的状态迎接您的到来。本店开业近三个月来，收获了很多很多的感动，我和我的搭档明明都学到了非常多的、有益的东西，真的受益匪浅。非常感动有缘来店的年轻一代送给我的礼物，阿姨非常喜欢，一定好好收藏，认识您们真好。祝每一位好友身体健康、快乐每一天。

小店冬休了

既然是在"开局"，那就要随时纵观全局，"有的放矢，无益不为"才为上策。

2023 年 6 月 9 日

当局者"迷"

当局者"迷",此"迷"是着迷、是入迷、是迷恋、是痴迷,甚至是沉迷如醉。

"开一局吧——久儿酒之咖啡屋"是我走出四年多低迷时期后给我带来太多快乐、太多温暖和感动的地方,是令我能静心读书思考、带给我勇气和力量的地方。

我享受在小店里的每时每刻和那些人、那些事:

每当打开小店的店门,往外搬户外桌椅和小黑板时;

每当收拾完店里的卫生,看着整齐干净的空间时;

每当我扎上为小店特别设计的黑色小围裙时;

每当我站在吧台里属于我自己的工作区域时;

每当我无意间看到门前有车停下,客人朝我的小店走来时;

每当看到喜爱摩托车的年轻人骑车专门为我而来时;

每当听到大门上方的小铃铛欢快地响起时;

每当为进店的客人端上美味、漂亮的咖啡,听到"哎呀! 这么漂亮,都不舍得喝了"的赞美声时;

我的工作区域

每当我现场示范咖啡制作时；

每当看到进店的客人楼上楼下参观，发自内心地赞叹和肯定时；

每当看到跟我倾诉的客人那释怀的笑脸时；

每当看到老顾客来店时；

每当收到老顾客特意送来的水果时；

每当接到老顾客问候的电话时；

我都倍感温馨，说不出的喜悦。

下面是刚开业不久的一天，我发的两条朋友圈：

今天收到一份由顺丰快递送来的 Surprise。昨天有缘来到小店的温文尔雅的刘鹏先生特意为我定制了三款口味的精酿啤酒。一杯咖啡，一杯啤酒，开一局乒乓球，一点没有陌生感，聊了很多方面的话题，当聊到母亲的时候，我还一度潸然泪下。我相信缘分也珍惜缘分。刘鹏弟弟是小店开业以来第一个点馥芮白咖啡的客人，以后一看到、一想到馥芮白，我就会想起善良、温暖、儒雅的刘鹏弟弟。礼物收下了，明天和几个好邻居一起过生日，分享美酒，感受人与人之间这份美好的暖意，感谢！感谢！

刘鹏弟弟给我寄来的卡片上写着"举杯自有浩然气，谈笑如沐快哉风。祝杨姐生日快乐，青春永驻！"

虽然小店地处偏僻，客流不是很大，但时常都会收获感动。今天第一个有缘进店的是一位非常儒雅的客人，点了6串肉、4串鸡心，一杯美式和一份花生米，上齐后他说点得

刘鹏弟弟寄来的啤酒和卡片

有点多，我说你能吃多少吃多少，其他的给我，我也还没吃饭（其实我已吃饱了），然后我在账单里给你减去，结果消费总计58元。当我收拾好餐桌，看到手机收款提醒，这位客人给我付了88元，比之前应付的还多了十元。人与人之间的这种相互谦让、相互尊敬，让我心里暖暖的。期待如您所说下次

还会再来,我一定向您表达我的谢意。

　　下面是 2021 年酒咖小店刚刚开始冬休时的一天,我发的一条朋友圈:

　　昨晚在店里和朋友小聚时,非常高兴、感动收到一位经常来店里的年轻人特意送来的家乡美食。小店冬休期间,还被你挂念着,真的非常温暖和感动。明天周日准备上锅蒸一下,再来一瓶青岛啤酒,酒不醉人人自醉。谢谢你!

小店冬休期间收到的温暖

　　当我一个人静静地在小店里闻着咖啡香,伴随着我非常喜欢听的那首《听闻远方有你》:

> 我吹过你吹过的风,这算不算相拥,
> 我走过你走过的路,这算不算相逢。
> 我还是那么喜欢你,想与你到白头,
> 我还是一样喜欢你,只为你的温柔⋯⋯

　　我亲手为自己制作一杯咖啡,表达内心满满的留恋、回忆和美好的祝愿之情:

　　去年的 8 月 12 日是流亭机场转场的日子,也是"开一局吧"开业的第一天,到今天正好满一年。自 1986 年不满 20 岁的我当兵来到流亭机场到现在已退休 3 年,我已经把流亭机场当作自己的家。作为老机场人,心中永远割舍不了对机场的那份情。不论是 20 世纪 80 年代由货运仓库改造的仅有一个安检通道的小候机室，还是今天的大型候机楼，都让我充满深深的感情。作为机场人，我跟随着机场的脚步，一步一步走到今天。不论到多大年纪，不论现在在干什么，机场人的心都会跟随着青岛机场的发展一起跳动。一代人有一代人的奉献，一代人有一代人的幸福！

祝青岛胶东国际机场和"开一局吧"生日快乐！

我的心里永远割舍不了对机场的那份情

我着迷于围绕这个小店，随时有感而发的人生感悟：

时间过得太快，明天发生什么事？会有缘遇到谁？一切都是未知。去年 10 月 12 日我还忐忑地在青医附院准备做手术，而今天我和我的搭档明明一起开的酒咖小店已经营业满两个月了。随着年龄的增长，经历越来越丰富，也感受到了时间的宝贵。人生短暂，年轻时认为有大把时间可以随意挥霍，而现在已经 56 岁的我，却机缘巧合地从事了和咖啡有关的工作，真的就像做梦一样难以置信，哈哈！人生不长，梦也很短，好好享受，接受病痛和日渐衰老，活到老学到老，不断提高自己，每天进步一点点，少留遗憾。小店地处偏僻地方，非常感谢有缘人的到来以及你们的包容与鼓励，感动！真心感谢！祝愿我们大家都越来越好，都能梦想成真。

我做的咖啡拉花

为了来年春天小店开张时我的咖啡制作技艺能有所提高,我在家苦练树叶拉花,内心也能够通过一片片树叶平静下来:

世界上没有完全相同的两片树叶,人也有各种性格,不能强求别人,无论境遇如何,你在这个世界上都是独一无二的。如果想被友善对待,那就友善待人吧。

一杯做得不是很完美的咖啡——拿铁树叶拉花。万事万物都不会十全十美,人要敢于正视和接受自己的不完美,尽力朝着内心想要的美好,不断修正,努力追求。

我做的拿铁树叶拉花

我痴迷于在店里一个人静静地看书学习,背诵和感悟那些唯美的、伤感的、荡气回肠的古诗词;着迷于跟着我的小孙老师不断学习新内容,逐渐被经典诗句所感染、所震撼,眼前的和记忆中大大小小的痛苦逐渐淡出我的脑海,再无闲暇顾及。

昨天下雨,在店里和番顺茶叶店的小孙老师一起更新黑板,跟着她的脚步,这是我学习的李清照的第二首作品,一起感悟这位才女的爱恨情愁。

我在店里写黑板报

几天前，一对情侣来店里品咖啡，说起读书，女孩介绍了一本余华的《活着》。刚刚读到 77 页，我就流泪了，活着不易。今天多云，没有阳光，有点阴冷，为自己做一杯浓浓的馥芮白咖啡。我又想起开店以来，第一位点馥芮白咖啡的温文尔雅的刘鹏先生，彼此相谈甚欢。随后他还特意为我送来啤酒和生日祝福卡片。很惭愧，那时还没有静静读书的习惯，对"浩然气""快哉风"的出处不了解，也没用心去学，直到跟着番顺茶叶店的小孙老师开始读苏轼，才知道了它的出处。

其实，一个人只要具备至大至刚的浩然之气，就能在任何境遇中都处之泰然，享受到无穷快意的千里雄风。

我在店里读书、品咖啡、自疗

我喜欢下雨天，一个人坐在靠窗的吧台，望着空中的雨滴滴答答地落在地上，溅起无数的水花，开一瓶冰凉凉的青岛啤酒，看书，发呆，静下心来和自己对话，眼前所见、所触、所感皆有价值。

窗外下着雨，一个人，一本书，一杯冰啤酒，一只猫两条狗，这个时候非常适合跟自己对话。每个看似光鲜亮丽的个体背后，多半都经历过不为人知、更无法言表的困境、迷茫、焦虑、恐惧、纠结甚至是打击，体验过人生的低谷。正如胡因梦在《生命的不可思议》中对其抑郁时期的描述，她特别强调自疗的力量。我们小区里有一位 1958 年入伍的老兵——冯叔，他是我非常崇拜、敬佩的一位老首长，我俩有缘能相识，慢慢成为忘年交，我真是受益匪浅，感恩相遇。最近几天冯叔刚从外地回到二女儿家避暑小住，上周一晚上冯叔一大家子人真诚邀请我们一起欢聚，他说了一句话："不论身体或者心理，最好的医生就是自己。"实际上说的也是自疗的力量。我真的深有体会，自疗自救的方式方法有所不同，也需要时间，但是一旦有好转，就会更加体会到生命的不可思议！

入秋后，小雨中，一杯酒，乖乖陪着我，静静细品，在"开一局吧"小店里的每一分钟，我都无比珍惜，时时刻刻享受其中。这里的每一个角落、每一个细节甚至每一个摆件，我都百看不厌。因为我知道，自从租赁合同生效的那一天起，我的"久儿酒之咖啡屋"就已经进入倒计时，所以我非常珍惜在这里的每一分、每一秒。细想起来，人生不也如此吗？从呱呱落地的时候开始，生命不也是开始进入倒计时吗？所以在有限的时间里，唯有好好珍惜、好好经营、好好爱护、好好陪伴、好好享受，才能让有限的时间、有限的活力被充分利用，直到终点！

乖乖陪着我在店里品味生活

"迷"在其中，享受其中，应是当局者最高的境界，也是最好的状态。

2023 年 6 月 10 日

缘，妙不可言

缘，妙不可言。我经常会被出现在我生命里的一些美妙缘分所感动，比如我和我老公一家的缘；比如和亲如姐妹的好邻居们的缘；比如和现在仍一直陪伴在我身边的朋友们的缘;比如我做梦都想不到能成为资产部的一员并结识到那么多好同事的缘;比如在我的"开一局吧"遇到的那些客人们的缘。

有位同住一个小区的、经常来店的年轻人也跟我表达过缘分的美妙。他说:"阿姨,如果你不开这个店,咱俩在小区里也可能会遇到,但大概率只能是路人甲和路人乙的关系,肯定不会像朋友一样在一起聊天,说说心里话。阿姨,你开这个店,真的是太好了,缘分呀!哈哈!"

我经常想,如果不是 2016 年查出生病;如果不是因身体的疾病又导致心理问题而让自己无法自拔;如果不是遇到那么多给我力量,帮我从低谷走出来的温暖的"援手",肯定不会有现在的"开一局吧"。如果没有这个小店,肯定不会遇到这些有缘的人。而且这种缘,也无法用语言来表达它的美妙,只能用心去体会。

缘,真的是妙不可言……

田　田

有些人虽已相识很久,但你依然会感到很陌生;可有些人虽然才有几面之缘,却会觉得已经是那么熟悉。即便不是经常见面,她的笑容也会时不时地浮现在你的眼前。

田田于我而言,就是那个会被我经常想起的女孩,每当想到她,就自然地会想起她那阳光、温婉的笑脸……

田田第一次走进我的酒咖小店,已经是临近去年准备冬休的时候。那一天,她和她的老公一起开车来的,当时她先进来,点了两杯咖啡,一杯是拿铁,另一杯是给她老公点的冰美式,她老公一直在外面忙着通电话。田田留着微卷的齐耳短发,给我的第一印象是那种带着甜甜的笑容、说话不急不躁、穿着打扮又特别时尚大方、非常有气质的一个女孩。我俩因为是第一次见面,彼此都稍显客套,但她那种自然娴静与阳光温暖气质,使我立刻有了种亲近感。

第二次来店的时候,我俩加了微信,才知道她叫田田,也住在我们小区,比我儿子大 4 岁。她的微信昵称也很可爱,叫"是小白兔呀"。哈哈!和她非常相配,灵动、可爱、纯洁如雪。

在微信里我还纠正她，你不应该叫我"姐"，以你的年龄应该叫我"阿姨"才对！她却说："这不把您叫老了吗？叫姐更亲。"这话语犹如一缕暖风，在近60岁的我身旁微微吹过，每当想起她的时候，我都会感受到温暖和善意。

田田的老公个子很高，微胖的身材，戴着一副眼镜，沉稳内敛，眼光里总是带着丝丝的温柔。每次来店里，总是看到他在接电话，忙着公司里的业务。有一天，田田带着她可爱的、刚会走路的女儿和保姆一起来到店里，女儿可爱极了，小模样特别像爸爸。我能从她和她老公的眼睛里，感受到他们一家人有多幸福。

后来我知道了他们夫妻俩是做箱包的生产和批发工作，田田每次来店里，都会带着不同款式的包包找位置拍照。我对田田说："田田，以后你要是需要拍照随时来姐的店里拍，不用每次来都要特意点咖啡。"田田却说："姐，我主要也是想喝你做的咖啡了。"

2022年12月份冬休期间，田田还时时发来问候，嘱咐我一定要注意休息，要好好保重身体。

前天，我正在店里写字，又收到田田的信息，她告诉我，她现在已经不在这个小区住了，搬到了即墨温泉那边的小区，希望我有空去她那里玩，今天是带着女儿来附近打疫苗，想来店里看看我。我立刻给她回过去语音："我在这里，但是没有营业，里面太冷了，我现在有时上午过来，完成要写的内容后，就冻得回家了。"那天我没有见到田田，店里很冷，可我的心里却是暖洋洋的。

当天晚上，我自己在家喝了两杯酒。想起田田阳光的笑容和暖暖的声音，即兴给她去了电话，对她说："田田，之前我的写

田田

作大纲里就已经准备要写你了,今天白天听到你的声音,又被温暖到了,如果你同意,我这两天就要动笔先写写你了,好吗?"

谢谢田田和你的家人那种温暖的爱带给我的启迪和感悟,你们年轻一代的那种向上、敬业、积极进取和发自内心的爱生活、爱家人、知足感恩的精神和心态令我感触颇深,值得借鉴,姐向你们学习!

写到这里,眼前又呈现出田田和她女儿纯净的眼神和暖暖的笑容。生活中的田田,安静淡然、温婉优雅;工作状态中的田田,清艳脱俗、气质超群。

田田,认识你真好! 今年是兔年,姐祝你做个永远快乐的"小白兔"呀!

2023 年 3 月 17 日

小 褚

2023 年 4 月 28 日 14:39 分接到小褚的来电,他激动地说:"阿姨,我媳妇,小闫,她刚刚生了! 是个男孩,孩子健康,母子平安。"

这些日子我一直悬着的心总算放了下来,抑制不住地高兴,开了一瓶青岛啤酒,自斟自饮,为他们庆祝,这个孩子真是来之不易呀!

前几天,小褚来店里,看着他因媳妇临产而紧张、焦虑又兴奋、期待的表情,我说:"小褚,一切肯定都会很顺利,放心吧! 等你的孩子一落地,我就开始写你,为你们祝贺。"

小褚是 1992 年的,和我儿子同龄,比我儿子大一个多月,和我住在一个小区。"开一局吧"刚开业的时候,我就认识了他,那时他 29 岁,正在筹办婚礼。他是开业以来,第一位和我互加微信的年轻人,不仅是小店回头率最高的"客人",还经常客串店里的"服务员",也是一位和我非常能聊得来的"忘年交"。我俩虽然是两辈人,但有很多的共同经历和爱好,彼此间从第一次相识就没有多少陌生的感觉。

小褚是地道的枣庄人,毕业于山东司法警官职业学院,当过派出所的协警,开过超市,做过火锅店的小老板,现在在一家厨具公司任职,为了生活得更好,一直默默地努力着。

他个头不高,胖嘟嘟的身材,很喜欢笑,我特别爱看他笑起来两只眼睛眯成一条缝的样子,是那么纯真无邪,很解压。他还喜欢唱歌,有一次,店里的音箱里正放着刀郎的《你是我的情人》,他趁着喝了几杯啤酒的兴致,随即陶醉地哼唱起来,他当时随着音乐清唱的表情我一直记得,很动情。

小褚很懂事,用现在的话说,就是他的情商很高,这应该是当代年轻人非常需要的一个优点,我从他身上看到了,当然这个优点更源于他的用心和原本的善良。

我的小店地处城阳区的边缘地带,往来的客人不是很多。每当他路过时,看到店里有三两个客人在外面的小桌边喝着咖啡时,他会立刻停下来,到店里要一瓶啤酒慢慢喝着,直到客人离开,我知道他是在帮我显示店里有人气。

他知道我的身体情况后,时不时地会来问候一下。遇到我远道而来的朋友需要乘地铁,他会静静地等着,开车帮我把朋友送到地铁口。每逢过年过节,他会送来他家乡的特产"枣庄辣子鸡",他知道我爱吃;我过生日,他们小两口一早就把特意定制的小蛋糕送到我的家里。他看见到了饭点我还在忙,经常提醒我一句:"阿姨,你快吃饭吧。"老家种的各种水果成熟了,他会利用业余时间在小区附近摆摊,帮老家的乡亲销售,来贴补家用,每次他都想着给我留一些新鲜的水果。他看到店里有客人我忙不过来的时候,会帮我端茶倒水、刷盘洗碟。

店里没有客人的时候,我俩有时会一边喝着啤酒,一边聊很多话题,聊得最多的是他的爱人——小闫。

我第一次见到他爱人的时候,是在店里,那时他们正在筹备婚礼。小闫高高的个子,比小褚得高出半个头,长得很漂亮,身材也很好,说起话来稍显腼腆,我一看到她,就知道她是一个好女孩。我从心里还有些惊讶,心想,小褚真有能耐,能娶到这么漂亮的好女孩。

小褚和小闫是高中同学,她学的是财务,来青岛后,一直在一家私企做财务工作。

我和小闫很少见面,但从小褚的话语里,我慢慢地了解了她……小闫认真、严谨的工作态度,从不让别人吃亏的善良,宁可委屈自己也不好意思反驳别人的耐心,遇事总是先站在别人的角度上考虑问题的大度,都使小褚十分欣赏。小褚说,生活中的很多事,他觉得小闫就是太直,应该稍微改变一下对待人和处理事的方式、方法,但一时又改变不了她。他理解她,更多的是心疼她。

写到这里,我又想起了小褚唱《我的情人》时那动情的表情,那时那刻,我知道小褚是用心唱给小闫听的。

难忘 2022 年 10 月 21 日晚上 6:30,小褚忽然爆发的无助哭泣……

那天下午,市区的一位好友来店里,我俩好久没见,一起聊了很长时间,等她准备返程时,想先坐一下我的偏三轮摩托车兜一圈风。我俩刚走出店门,迎头看到小褚准备进店,正好请他给我和朋友拍几张照片留念。这时,我从他的脸上丝毫没看出有什么异样,他还是带着那标志性的笑容,给我俩抓拍了不少照片。

等朋友开车离开后,我和小褚一前一后往店里走,他走在我的前面,令我意想不到的是,他忽然一下放声大哭,把我吓了一跳,顿时我的心一下子揪了起来。只见他边往卫生间方向走边摘下眼镜,颤抖着肩膀仰头哭泣。那天他崩溃大哭的背影,深深地印在我的脑海里,都说男儿有泪不轻弹,只因没到崩溃时。

“怎么了?怎么了?有什么事跟阿姨说。”我一边询问着一边给他递去纸巾。一会儿,小褚慢慢地冷静下来,一个深呼吸,平复了下情绪,低沉着声音有气无力地对我说:“阿姨,今天我带媳妇去做产检了,超声检查说是胎儿颈背部有个可疑的水囊瘤,医生建议要进一步检查确定它的性质,再做决定是否能保留这个孩子,过两天先去做个绒毛穿刺。”小褚说到这里,眼泪又流了下来……

“阿姨,我心里难受呀!我什么也做不了,我替不了她,我心疼我媳妇呀。”

我看着他痛哭的样子,不知道怎样才能帮到他,心里很不是滋味,安慰他道:“如今科技多么发达,能提前检查出问题是好事,更何况只是怀疑,我相信以现在的医学水平,肯定没问题,一切都会好起来的,没事,没事的。”我那时能做的,也只能是安慰他两句,然后默默地陪着他,给他一个出口,一个可以放声哭泣的地方。

后来,经过一次次的检查,我看到笑容又慢慢地回到了他的脸上。

今天听到小小褚一切安好地来到爸爸妈妈身边报到的好消息,我由衷地为小褚和小闫高兴。

这是小褚发的朋友圈,也是我第一次看到他发朋友圈:

2023.4.28

小朋友向世界问好啦!

从此解锁新角色……

初见之喜,乍见之欢,欢迎你! 我的宝贝。

只愿你一生平安健康!

非常感谢我的老婆,同时感谢支持我的亲人朋友。

红包送上,杨奶奶祝小小褚健康、快乐地成长!

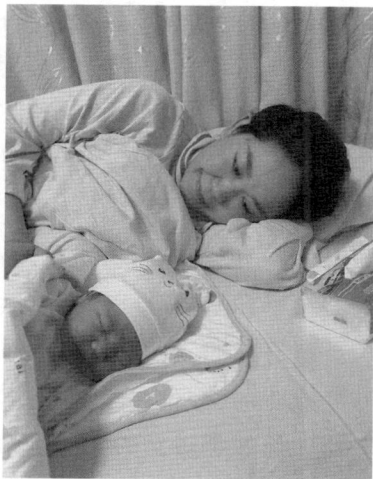

小闫和小小褚

2023 年 4 月 28 日

小宁妹妹

原本这两天就准备集中精力把《缘,妙不可言》这一大章落到实处,大纲里有几位我特别想写的有缘人……

正巧,昨天下午抽空打开手机的时候,看到小宁妹妹刚刚发的一条"断舍离"的朋友圈,还没来得及打开看就有客人进门,等客人带着咖啡走出店门,考虑到她工作忙,我先给她发了一条信息:"小宁妹妹你好! 你方便的时候,咱俩聊会儿可好?"小宁妹妹是个雷厉风行的女子,随即就传来了她那久违了的声音。我俩虽只见过一面,在一起相处的时间也没有多长,但即便是在电话里沟通,也是那么和谐、欢快,没有丝毫障碍。

我简单地表达了我的想法,当她听明白我想在这一章里写她的时候,她很高兴。她不仅懂我、理解我,更赞成、鼓励和支持我现在正在做的事情。

通过简短的 10 分钟通话,使我对小宁妹妹更加佩服,作为一名银行的管理人员,短短的几句话就能让我感受到被认可,也为我提供了好的建议、

107

拓宽思路的想法和认真做好当下事情的动力。

去年7月27日的上午十点多钟,我带着我的两个"小跟班"——大乖和小乖来到店里,按照往常,打扫完楼上楼下的卫生后看会儿书。突然,觉得颈椎压得浑身上下有些不舒服,于是干脆把店门关上,来到店前的场地上来回活动活动,舒展筋骨。刚走了一个来回,看到一辆车停在了店门前,车门打开后,一位穿着深色印花连衣裙、身材适中、很有气质的妹妹往店里走,我担心大乖和小乖会吓到她,赶忙招呼着往店里跑去。

打开店门,安置好大乖和小乖后,我一边忙着开风扇、开音箱,找寻那首我喜欢听的《今生相爱》,一边跟她聊着,开启了令我至今都非常享受的、我和小宁妹妹那短暂的、美好的相处时光……

她说:"真没想到能到城阳来,儿子今天到驾校考科目二,本来市区有统一接送考生的班车,但早上他拖拖拉拉地没赶上班车,没办法,我只能放下手里的事情,开车带着他跑这么远来驾校赶考。一路上我心里非常着急、郁闷,但又不好在孩子面前表现出来,这就是当妈妈的心呀!"得知情况后,我非常非常理解她的心情,就主动和她交谈起来。伴着优美的音乐,我俩一起聊着各自的故事,在咖啡机前我教她做美味、漂亮的咖啡,阵阵咖啡香飘来,心情也逐渐平静了下来,开始享受起眼前的美好,小店里不时传来我们欢快的笑声。

虽然是第一次见面,但从一开始聊天我俩就非常合拍,几乎没有任何生疏感。我俩都是急脾气,都属于那种雷厉风行、执行力特别强的人,还共同认识机场的一位同事,对一些问题有非常相同的看法。说起颈椎病,她也理解我,她的母亲就曾被颈椎病折磨过。

随着愉快的交流,我知道她是一家银行的管理人员,难怪从一开始说过几句话后,我就感觉到她是一位素质高又非常有能力的女性,她身上的那股劲头,是我永远学不来的,这种无形的魅力让我想到"大气"和"格局"这两个词。

聊到这次意外相遇,我俩都有感而发。

小宁说:"通过今天这个事,我真的很有感悟,以后也要做一下改变,不能让眼前发生的不好的事情,过于左右自己的情绪,也许生活中的美好就在不远处等着我呢,哈哈!你看,今天一早往这边跑的时候,内心还火急火燎的，一肚子火也不能发，没想到此时此刻却坐在这里，听着音乐，品着刚才自己亲手学做的咖啡，闻着咖啡香，咱俩一起开心地聊着天，我今天的收获真的是太大了。等儿子考完试，见到他的时候，我得真诚地对他说声谢谢！如果不是他早上耽误了坐班车，我肯定不会送他；不送他，我就不会来这边；不来这边，也不会找到这个小店；不来这个小店，咱俩就不会相遇相识，更不会享受到当下的快乐，哈哈！"

小宁妹妹在店里和我说说笑笑间，即兴发了这条配着音乐小短片的朋友圈，她很心细，还特别标注了小店的位置，我感受到了她的善良：

缘分就是这么的奇妙！天气太闷，等待的时刻，随便找了一家咖啡店，店主竟然是武警部队出身的女兵、交警、机场公安……英姿飒爽的她退休后，自学咖啡制作，开了这个店，作为朋友们学习、消遣的交流之所。人生第一次制作焦糖玛奇朵和冰美式，甚好！

小宁妹妹学做的焦糖玛奇朵和冰美式

随着一声清脆悦耳的电话铃声响起，电话那头传来儿子科目二考试通过的喜讯，我俩相拥庆祝。

从那之后，我经常想起小宁妹妹，想起我俩那段开心快乐的时光，想起她说话的声音，想起她身上那股特别的劲头，想起那天她短时间内情绪的变化和她的人生感悟。

我也深有同感，人在同一时间只能办一件事，有时正在做着或者正准备去做的事会被临时改变，措手不及之时，冥冥之中那份不可预见的缘也许正在下一个拐角处等着你；人同一时间只能走一条路，也会经常走错路，即便是走错了路，也没必要着急上火，因为你能够看到不一样的风景。

我应该以一颗从容淡定的心来面对生活中不时出现的变化，不时走错的路。说来也巧，这在不久后的生活里得到了验证……

今年 5 月 4 日，济南老家的三位高中同学敏敏、青和玲玲来青岛看我，她们一直挂念着我，也都想来看看我的小店，想坐在店里喝一口能感受到温度、能闻得到香味的、我亲手做的咖啡。她们坐火车到青岛北站下车，我接到她们后，原本是要直接返程回城阳的，结果因为我的一念之差，没听从导航的指挥，走反了方向，沿着环湾路往市区方向走去。因开车时间久了我的颈椎极其不舒服，我又不想让她们看出我的不舒服，只能自己微微调整着，但却丝毫没有影响我愉快的心情。我想反正路已经走错了，倒不如直接环绕大半个青岛，从青银高速回城阳的家，让我的老同学们领略一下青岛美丽的风光。

那天开着车，我内心还开了会儿小差，想起小宁妹妹。想起和她的那暖暖的一面之缘；想着我和她因为那一天的巧遇，彼此都能从一件小事上发现一个更和谐、更美的心灵出口；找到一个自己跟自己和解的通道，一切尽力过后便随遇而安，挺好！

我想今生的有缘人是不是为了相互愉悦、相互温暖、相互勉励和相互成就而排除万难都要相见呢？就如小宁妹妹，炎炎烈日跑了三十多公里的路和我相遇，不同学历、不同职业、不同职务、不同境遇的两个人却能在短短的时间里被那种难得的、妙不可言的熟悉感和亲切感所环绕，在倾诉中、在反省中、在笑声中得到释怀和感悟。

缘，真的是妙不可言！

小宁妹妹，非常高兴能认识你，你我的缘，是你儿子"特意"安排的，谢谢那次没赶上那趟考试的班车。

2023 年 6 月 14 日

洪 磊

和洪磊最近一次见面是上周日中午在我的小店里，之前洪磊和战友、朋友、家人已来过多次，可我俩从来没有机会静下来深聊过。前几天，他听说我的小店租期临近，打来电话约好中午要来店里小酌几杯并嘱咐我，他想吃我的搭档明明腌制的肉串了。

就是这次只有我俩的小聚，使我对他有了更深层的了解。眼前这个本就善解人意、暖暖的男人在我心里的形象越发高大、有魅力，怪不得一个身材、模样俱佳，年龄比我儿子大不了两岁的女孩心甘情愿地托付终身并与他生下一儿一女，每次他们一家人同时出现时，从他爱人的眼里看到的全是满满的信任和爱意……

洪磊和我同龄，都是 1966 年属马的，今年 57 周岁，他的生日比我稍早一点。我俩既是战友又是济南同乡，但在部队服役期间从未有过交集。可能因为我的脑部手术影响了我的记忆力，多年前的事情现在都已没了印象，我甚至记不清我俩是怎么相识的，是通过谁介绍认识的，第一次见面是在什么地方。但就是他，这个说话不急不躁、办事沉稳、阅历丰富的战友，从青春年少到年过半百，还保持着联系。这么多年过去了，那么多曾经一起工作、学习、训练过的同乡战友都已没了音信，唯有他，不仅也在青岛安家定居，而且随时都能见面。

开了"开一局吧"没多久，洪磊就带着他的朋友来店里给我捧场。那天是 2021 年 10 月 10 日，也是我俩多年后的一次见面，年龄都大了，生活状态和心态也变了，但那种自然而然的亲切感依然没有丝毫变化。和朋友小聚结束后，他在店里等爱人来接他，那是我第一次见到他的爱人和活泼可爱的儿子。他的儿子三岁左右，马上要当哥哥了。也是那天，我才知道他们一家也住在城阳，而且离我不是很远。12 月 6 日，他们的女儿降生，一家人搬到了离我更近的一个小区居住，想不到我们这两个漂泊在外的济南人，能在青岛城阳相聚。

11 月 11 日，小店开始冬休。12 月 5 日近中午的时候，我忽然收到洪磊给我发的我当兵时的偶像——武警黄岛轮训队韩语班聂教员的微信名片。我当时真的非常激动，想不到那时洪磊正跟聂教员在一起小聚，而且那次战友小聚，洪磊几天前就给我发来了邀请，因家里临时有事，我没能前往参加。

怀着激动的心情，我马上和聂教员互加了微信，简短交流过后，相约来年春暖花开时到我的小店相聚。

春暖花开的季节如约而至，我的小店也如期开启了大门。缘分真的是个非常奇妙的存在，距离我的小店很近的一个门头店是科威中介，当时我的租赁合同就是这个店里的一个小伙子负责的，这个小伙子姓聂，是一个非常阳光、文质彬彬且很有礼貌的小帅哥。后来彼此慢慢熟悉了，还加了微信好友,没事的时候,他常来我店里一起聊天,我给他展示了做咖啡拉花的过程,他跑前跑后帮我印制需要打印的文件。他叫我杨姐,我称呼他小聂。

2022年4月23日,洪磊来电话说明天要请聂教员和轮训队中队的邵排长来我的小店小聚,我听后真是又高兴又激动。为了方便明天来店里,我给聂教员发了个位置,因为当时店铺的导航还不是特别具体,就把科威中介的位置给聂教员发了过去。

令我意想不到的是,第二天聂教员打车来到我的小店时,一进门就高兴地对我说:"昨晚我一看到你给我发的位置,我就知道你的店在哪里了,你知道吗? 我对这个科威中介太熟悉了,这个店是我亲弟妹开的,我的侄子小聂也在这个店里工作。"缘,真的是妙不可言。

时光如流水,我年轻时心中的偶像已经60岁了。那日一见,聂教员还是那么儒雅随和、和蔼可亲。今生又能相聚,让我又一次感到生活之美和缘分的妙不可言。

那次相聚的情景至今仍历历在目,一直温暖着我的心。记得那天店里有两位年轻客人,其中一位也被我们的战友之情所感染,还抱起吉他现场弹奏起欢快的乐曲,聂教员、邵排长和洪磊热情地邀请两个年轻人一起同桌品酒、共享欢乐。

那天晚上回到家,感动、喜悦的心情久久不能平复,三十多年后的再次相见,一切宛如梦境。

自从小聂知道了我和聂教员的关系后,开始改口叫我"杨阿姨"了,哈哈!

一个多月后的6月18日中午,店里没客人,我和小聂正坐在店门口雨棚下聊天,一辆车开到了门口,没想到车门打开后,我们的邵排长和洪磊带着儿子走下车来,真是意外的惊喜。他俩问我:"这位年轻人是谁呀?"

我说:"你们直接问他吧,哈哈!"

洪磊问:"你贵姓呀?"

小聂回答说:"我姓聂。"

洪磊惊喜道:"啊! 你是聂教员儿子呀!"

小聂说:"不是,他是我大爷。"

想当年我们都才20岁出头,谁能想到35年后还能一起相聚在我的"开一局吧",谁能想到能跟聂教员的侄子在我的酒咖小店相见,谁又能想到已近花甲之年的我此时此刻正在店里静静地回忆、享受、陶醉着。

我的"开一局吧"跟聂教员的侄子小聂的店很近,所以在工作时间,我和小聂经常能碰面。每当远远地看见他或者与他聊天时,我都会不由自主地想起我们的聂教员;想起聂教员,就会想起邵排长、想起洪磊,想起我们四个人那天的小聚。

我想,即便我的"开一局吧"完美"收官"了,我也会常常想起这些人,想念这些人。因为我知道生命里这些和我有缘的人,即便不能常常见面,他们也在时时刻刻温暖着我的心。就如同现在,虽然洪磊没在我的眼前,但我依然会在心里想着他。想着这个除了是同乡和我几乎没有任何交集的一个人,却一直在不远的地方温暖着我;想着是他把我心心念念的聂教员、邵排长又都带到了我的面前;想着他对家人、对朋友的爱护;想着他对内心梦想的执着和坚守;想着他经常带着朋友来给我的小店捧场;想着他对我的肯定和鼓励;想着前几天中午我俩的那次小酌……

谢谢洪磊! 谢谢我的济南同乡,谢谢我的战友。

我想我们之间的这份美好的过往、美好的记忆、美好的重逢,在以后的岁月里还会带给我们别样的感动。期待我们耄耋之年时,我还会怀着一颗感恩的心继续书写我们的故事和我们今生的缘。

2023 年 6 月 16 日

张哥和王姐

"开一局吧"刚开业不久的一天,小店迎来了一对与我同住一个小区、年龄也相仿的夫妻,张哥和王姐。

当一声清脆悦耳的铃声响起,两人带着微笑和好奇的表情走进店里,不知为什么,看到他们我立刻感受到了一种亲切感。虽然大家都不年轻了,但男士看上去儒雅中带着精干,女士朴实中带着温柔。男士说:"我们就住在这个小区,发现这里刚开了个咖啡屋,就抽空过来看看。"我说:"欢迎欢迎,我也在这个小区住。"他又说:"怎么想着在这么偏僻的地方开咖啡屋呀?"我说:"我退休了,老公还得过两年才退休,一个人在家闲着难受,开个小店打发打发时间,这里房租便宜,离家也近。"在最初客客气气的招呼过后,我领着他俩在店里走走看看,结合摆设和物件做着简单的介绍。

当沿着楼梯来到二楼,看到那台老式的工农牌缝纫机,这位女士问:"还有缝纫机呀！ 这可是老物件了。"

我说:"是呀！ 这是我婆婆用过的。我对缝纫机也非常有感情,我是济南人,我人生的第一份工作是在济南服装四厂当女工。"

她惊喜地说:"啊,太巧了,我妈妈就是济南服装四厂的。"

我说:"是吗? 刚才你们一进门,我就感觉到了一种亲切感,刚才听你说话的口音,就觉得咱们大概率是济南老乡,哈哈！ 真的是呀！"

惊喜过后,我们互相做了自我介绍,我知道了他们比我的年龄稍长一点,我称呼他们张哥和王姐。

王姐问:"你在济南哪个区住呀?"

我说:"我从济南当兵来青岛之前一直都在北大槐树住。"

"啊!"王姐打断了我说道:"我也是住在北大槐树呀!"哈哈！ 我俩越聊越亲近,越聊越激动。

王姐问我:"你怎么会去服装厂工作呢?"

我说:"我高中上的职业高中,就是咱们北大槐树的三十七中。"

王姐激动地说:"哈哈！ 我高中也是在三十七中上的,咱们还是校友呢!"

我吃惊地问王姐:"真的呀? 这么巧! 咱俩简直太有缘分了吧!"

王姐说:"就是呀！ 真的没想到,你和我妈在一个厂里工作过,咱俩又在一个学校里上过学,原来都住在济南北大槐树,现在咱们在青岛又都住在同一个小区。"

那天我们都非常高兴。王姐也喜欢喝啤酒,她自己点了一瓶啤酒,给张哥点了一杯拿铁。

我顺便问了一句:"张哥不喜欢喝啤酒吗?"

张哥说:"喜欢喝,但是现在不能喝,我刚做了心脏搭桥手术,大夫不让喝酒。"张哥随即挽了挽衣袖,露出胳膊上的手术痕迹。

看着从一进店门就始终带着微笑的张哥,如果他自己不说,别人怎么能看出他是一位刚刚做过心脏手术、刚出院的病人呢?

接下来的时间,张哥和王姐又来过几次。很快到了供暖的季节,我的小店进入了冬休期。转过年来,春暖花开的季节,小店开门了,但一直没有见到张哥和王姐。后来,从一个熟悉的邻居那里知道张哥和王姐去国外陪孩子了。

虽然好久没见,但是心里一直在惦念这位既是老乡又是校友、还和我同住济南北大槐树的王姐;惦念着总是带着温暖笑容的张哥。

不久前的一天,我老公接到一个来自美国的老同学的语音电话,他这位老同学也是在国外陪伴孩子。看着老公与他从小一起长大的老同学在电话里聊得欢快的模样,我也觉得有种特别的代入感。听着听着,我忽然听到他们在说我的咖啡屋!我自然更加关注。

怀着好奇的心情,终于盼到他俩结束了通话。

老公说:"刚才大战来电话,他问我你是不是在小区附近开了个咖啡屋,他前几天跟一位姓张的朋友通话时,无意间聊到你的咖啡屋,他俩越聊越确认了咱俩的关系,大战说他跟去你店里的那位张哥是多年的好朋友。"

我和老公当时也都切切实实地感受到了缘分的奇妙。

直到今天,我已经好久没有见到张哥王姐了,但心里一直挂念着他们,终于有了他们的信息,知道他们都好好的,真好!

张哥给我的感觉是一位非常博学的人。张哥和王姐两人感情非常深,王姐说当时看着张哥入院准备手术时,她的心都紧张得提到了嗓子眼,慌张得几乎站立不住,好在一切都非常顺利。张哥和王姐平时喜欢逛一些小店,哪里的咖啡好喝,哪一家的菜好吃,哪一家的烤肉串好吃,他俩都知道。

记忆中,张哥说到有一位做烧烤生意的小伙子,每天的买卖特别好,但是他的商品限量,每天就卖那么多肉,就穿那么多串。每天按时出摊,卖完就收摊,不紧不慢地做着生意,从不改变节奏。

张哥说:"他做生意做得特别有尊严。"

不知为什么,我经常会想起张哥说过的这句话,常常令我想起"尊严"的问题。每当想起"尊严"这个词,我就会想起张哥和王姐,想起他俩一进店时自然亲和的微笑,想起他俩时尚的装扮,想起他俩挺胸抬头和阳光健康的步伐……

张哥和王姐既是我小店的客人,又是和我有着各种机缘巧合的有缘人,在他们身上,我不仅感受到了缘分的美妙,也学习到了一种"精气神"——人不论刚刚经历了什么,只要活着,就要活得有尊严。

2023 年 6 月 18 日

"缘"来我们是老邻居

前天周二,天有点阴,上午我刚到店里,户外的桌椅还没搬出去,正在打扫二楼卫生的时候,就听到悦耳的铃声响起,我高兴地伸头往下一看,一位非常利落、干练的男士和一位非常时尚、阳光的女士进店,我连忙拿着拖把往楼下跑。

听到女士稍显惊讶地说:"这是个酒吧呀!"

我连忙回答:"对,是个咖啡酒吧。"

女士又说:"这个店太有感觉了,在这边能看到这么一个店真的是太意外了。啊?还可以打乒乓球呀!真好!"

我说:"我退休了,一个人在家里闲着总是关注自己身体不舒服的地方,不如开个小店转移一下注意力。"

男士也说道:"对,不能在家闲着,就得找个事做,看看你把这个小店设计得多好!你这也刚退休,还年轻着呢!"

我说:"不年轻了,我都 57 岁了,哈哈!"

女士说:"你说退休了,我以为也就 50 多岁呢,你都这么大了呀!真看不出来,你这业余生活安排得很丰富呀!"

我嘴里说着谢谢,其实心里别提有多高兴了。

女士让我打开灯,说那样会显得更温暖一些,我立刻打开灯,瞬间温暖了许多,有了咖啡酒吧独有的味道。她点了两杯冰美式,我说:"你们不是很着急吧?我这刚开了机,机器还需要预热一会儿。"

女士说:"不着急,我们刚把儿子送到驾校,他今天考科目三。""哦,今天考试呀,那还有些时间,咖啡现在也做不了,你们如果感兴趣,不如跟我到二楼去看看我的一些小故事,可好?"

随即,他们二人跟我来到二楼。当看到我穿着警服的照片时他们问道:

"你当过警察呀！在哪个局工作？"

我回道："我是机场公安分局的。"

两人露出很惊喜的表情，说道："王政委和我们是好朋友。"

我听他们说和王政委是好朋友，心里一时又惊又喜，我说："真的呀！这么巧！王政委是我的领导，说起来，我们也好几年没见了。其实，我从心里一直觉得非常对不住王政委，我现在还欠王政委 200 元钱呢。"

一边说着，我们从二楼来到了一楼，机器也预热好了，我做好两杯冰美式给他俩端过去，放到桌上。

我和女士互相做了自我介绍，知道了她姓秦，比我年轻不少，我叫她小秦妹妹。

我说："小秦妹妹，咱们也是有缘人，我想对你说的是，你看姐开着个小店，好像小日子过得美美的样子，其实我也经历过一段非常难熬的时段。2016 年我 50 岁的时候，同时查出两种病，抑郁了四年，这期间我封闭了自己，几乎跟机场所有的人都断了联系，包括王政委。"

我继续说道："王政委人特别好，之前曾经给过我很多帮助，可后来发生的一件事，我到现在想起来，都对王政委怀着深深的歉意。那时候怪我太年轻。对了，小秦妹妹，姐最近在写一本书，其中已完成的一篇就是写我对王政委心怀的歉意和谢意。本来想等整本书的初稿完成后再请王政委过目，正好今天咱们有缘见面，你们和王政委又是好朋友，这样，我给你看看这一篇，也算是你给姐做个见证。"

我立刻打开电脑，找到那篇文章，把电脑拿到小秦妹妹面前。

小秦妹妹是个非常直率的女子，看完后立刻拨通了王政委的电话，简单说了几句后，直接把手机递给了我，让我和王政委有了这段难得的对话。

从电话的那头传来了王政委亲切、爽朗的声音，我很激动，说到动情处我忍不住流泪了！

小秦妹妹的老公对我说："王政委人很善良，为人很真诚，你也不要总觉得对不住他，估计他早就不记得了，以后如果有机会见面，哈哈一笑，都成美好的回忆了。"

是呀！现在回想起那些过往，转眼间已然过去了那么多年，两天前在这偏远的酒咖小店里有幸能跟王政委的多年好友一起回忆和分享我和王政委的故事，那个场景有一种别样的美好。往后不论过去多少年，相信这份美好会永远留在我的记忆里。

小秦妹妹的电话铃声响起，我预感到应该是儿子传来的好消息，结果真的是。看着他们夫妻二人高兴的表情，我也从心里为他们高兴。

目送他们开车离开后，内心久久不能平静。

晚上下班的时候，收到邻居妹妹送来的、刚从酒厂打回来的新鲜啤酒，回到家自斟自饮起来。回想起今天和小秦妹妹夫妻二人的奇遇，想着他们的话语和笑容带给我的美好，我真的是陶醉了。

昨天天很晴朗，我骑着偏三轮摩托车按时来店，远远看到一辆黑色轿车停在邻居小蕊妹妹的店门前，我以为是她家来朋友了，没太在意。令我没想到的是，当我刚打开店门，随着一声熟悉的女声"老板好"，我又看到了带着阳光笑容的小秦妹妹夫妻二人，真是意外惊喜。

原来他们儿子当日要考科目四，所以早就来这里等我了。我一直非常享受这种感觉，就是有这么一个小店，每天享受着下一分钟不知道会和谁相见的惊喜。

这次我们聊到了旅行的方式，聊到了教书育人的老师和治病救人的大夫这两个职业会对一个人产生的持久影响，聊到了如何看待医院的大夫对自己说的话。

我也跟他们聊到了在我人生最低谷的时候，遇到的把我拉出困境的援手。

我提到了青医附院的李国彬大夫和我当警察时的领导——刘总，刚说到刘总的名字，他们异口同声地问我："你认识他？"我说："是呀！很多年前我调到交警干财务的时候，他那时是支队装财处的处长，他曾经给过我很多的帮助。"他俩都会心地笑了，小秦妹妹的老公说："他是我们的老朋友了，他真的非常厉害！"我又一次体会到了缘分的美妙。

小秦妹妹的老公问我："你在市区住哪个小区？"我回答后他们异口同声地、吃惊地问道："真的呀？"通过他们的表情，我已经预感到了我们很有可能同住一个小区。结果我们的确是住在同一个小区，还都是同一年在那里买的房。

我们三人正在感叹着缘分的美妙时，小秦妹妹的电话铃声响起，那边传来儿子考试顺利通过的好消息。他俩兴奋地起身准备去跟儿子汇合，我也高兴地目送他们离开，彼此一个敬礼，互道再见。

怪不得昨天一见面，我就感觉小秦妹妹的老公很面熟，好像在哪里见过。"缘"来我们是曾经住在同一个小区的老邻居。

这两天我常常想，缘分就是这么奇妙，如果他们的儿子是周一考试，那他俩即便是找到了我的"开一局吧"，也会因为那天休息而另选他处；即便是他们第二天又来了，我们也不会有这么多的时间聊这么多的话题。所以冥冥之中的这些缘分，真的是妙不可言。

写到这里，我心里一直在想着小秦妹妹夫妻二人说话时温文尔雅的声音和阳光温暖的笑容，想着我和小秦妹妹在乒乓球台前运动时的快乐。我不禁自己开了一瓶冰镇的啤酒，犒劳一下自己。

喝一口冰凉凉的啤酒，写下这篇有关"缘"的文字，满满的都是美好的回忆和幸福的感受，谢谢你们带给我妙不可言的感动。

2023 年 6 月 22 日

小 蕊

今天周日，小雨，上午十点我按时来店里开门。一天没见到那个熟悉的长发飘飘的身影，心里空落落的，估计是她又外出处理事情去了。

她是我小店的西邻，我习惯叫她小蕊。

小蕊比我小五岁，我俩从前年十月底第一次见面相识到现在不到两年的时间，但却感觉她就像是我已认识多年的好友。记得她第一次走进我的小店，是跟她的一个女性朋友一起。她穿着正装，留着精致的长发，左边腋下夹着一个小包包。她一直专注地看着楼上、楼下的空间和布局，没怎么开口说话，可能是初识，表情有些高冷，不像现在的她，一开口说话，脸上全是阳光灿烂的笑容。

那天简短地聊了几句，我才知道她是来附近看房的，准备租个门头，把公司搬过来，商住两用。

没想到的是，仅隔了两天时间，她竟然又再次来到我的小店，告诉我她已经跟房东谈好,过会儿房东和他的女儿就来我这里签合同,签合同的材料她都准备好了。因为她之前做过房产中介,对这方面有经验,房东也非常信任她。我听了有点吃惊,这么短的时间就直接要签合同了,看得出她做起事来真干脆利落。我高兴地对她说:"你知道吗?这个房东和我还有点亲戚关系呢!他家的狗叫金豆,是俺家大乖的儿子,哈哈!"我俩都开心地大笑起来。

房东和女儿如约来到我的小店,看到小蕊跟他们父女俩谈论签合同的事项,真的是有板有眼。当他们签好合同、按完手印后,她转向我说:"姐,来三杯咖啡!我请客。"同时征询房东父女俩想喝点什么。真是令我从心里佩服,佩服她的大气、友好和待人接物的有理有节、面面俱到。

房东父女喝完咖啡离开小店后,她与我聊了起来。

她说明天就要开始装修了,要尽快搬过来。我俩留了电话并互加了微信,我才知道她叫小蕊。他们之前的公司在这个区域的中心地带,有三层楼,这几年因生意不好做,只好搬到这边来,商住两用,暂渡难关。我永远记得小蕊当时的表情,她脸上的笑容、眼睛里的亮光、话音里的力量都给我留下了非常深刻的印象,使我至今难以忘怀,一直鼓舞着我。

接下来的十几天,我几乎每天都能看到小蕊进进出出、忙忙碌碌的身影,很快就把一个毛坯房收拾得焕然一新。搬到这边的那一天,小蕊给我送来了一颗漂亮的圣诞树,我一直把它摆在小店门口最显眼的位置。自此,我们成了最近的邻居,我和小蕊也开始了交往。

小蕊的老公是橡胶配料技术方面的专家,我习惯称呼他为顾工,是一个非常阳光的暖男。小蕊19岁的时候就和顾工相识、相恋,他们有一个非常帅气的、高高大大的儿子。小蕊跟着顾工涉猎过很多不同的行业,也曾出国做过生意,见过更广阔的世界。他们曾经非常富足、无忧无虑,如今不得已,一切要从头来过。

一间120平方米的门店被小蕊设计、打理得极具功能性。有生产加工区、货物暂存区、接待会客区、办公区、厨房和就餐区、洗漱区、居住区,这个空间同时还是三只猫咪温暖的家。因为有幸能和小蕊成为最近的邻居,我也享受到了有生以来第一次和猫的近距离接触。她家的猫特别亲我,每天

都来找我，我也随时留着鸡肉干给它，看着它
渴望的小眼神，忍不住要给它一块解解馋。
抚摸猫咪时，它那柔软的身体简直要把我的
心融化了。

可喜的是，随着慢慢地摸索，小蕊夫妻二
人的生意更上了一个台阶，一切都朝着好的
方向发展。

每次见到小蕊，从她身上丝毫看不出任
何不如意的痕迹。眼前的她总是画着淡淡的
妆，有时会涂上润泽的口红；她留着带卷的长
发，穿着讲究的高跟鞋，一个人坐在小店窗外

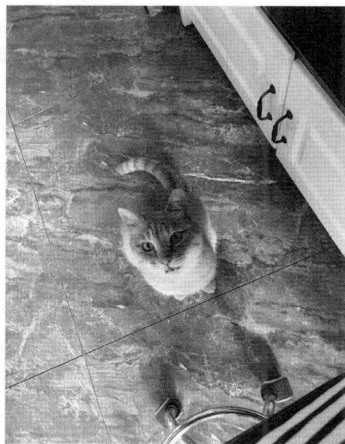

小蕊的猫咪

的藤椅上，脸上带着阳光的笑容。她那直率、洪亮的声音，热心关爱他人的
性格，来车卸货时忙碌的身影，都给我留下深刻的印象。

小蕊是在相对拥挤的空间里，把日子过出了味道。我常对小蕊说："小
蕊，我就喜欢看你健步如飞地从我店门前一闪而过的身影，带着那股劲儿，
很帅！"对一个有丰富阅历的女人来说，遇到过那么多困难和挑战，经历过生
活的风风雨雨、起起伏伏，依然能把现在的日子过得这么精致，小蕊真的很
棒，我从心底里佩服她。

小蕊，漂亮洒脱如你；端庄稳重如你；吃苦能干如你；热心善良如你；坚
强豁达如你；仗义执言如你；贤妻良母如你。

因为住得近，所以我和小蕊能经常见面，闲暇的时候，我俩也经常在一
起喝杯啤酒，开心地聊天。我们对很多事情都有共同的认识，性格和爱好也
有很多的共同点。我俩都雷厉风行，做啥事都干净利落，不喜欢拖泥带水；
我俩都有一颗善良的心，都喜欢小动物；都喜欢各种各样好看的杯子，喜欢
有情调的小摆设等。

自从小蕊搬到我的旁边，我心里就有了非常大的安全感。后来，小蕊知
道了我的身体情况后，会经常来店里探探头看看我，关心地问我吃没吃饭，
只要包馄饨、包饺子，她都会想着给我端一碗过来。

2022 年 7 月 19 日晚上七点多，我在店里刚收拾完卫生，因为没顾上吃

晚饭,忽然一阵心慌晕眩,站立不稳,我本能地扶着桌喘着气、缓着神。这时,幸好小蕊来店里看我。她看到我的状态,急忙给我做了顿热乎乎的饭菜,看着我吃完饭,说我脸色还是不好,不放心我一个人回家,要送我回去。

那天,当我晕晕乎乎地走出店门,就看到两位慕名而来的客人来到门前,我瞬间又打起十二分精神开门纳客,而小蕊却在外面不放心,不时往店里张望,一直到客人离开。

小蕊不仅心思细腻,而且还是位多才多艺的女子。

2022年10月19日下午,我和小孙老师在店里更新黑板,我俩邀请小蕊给我们画插画,小蕊说:"没问题,你们想怎么写就怎么写,想写多少就写多少,然后我根据空隙画插画。"轮到她画画的时候,只见她没做多少构思便来到黑板前,拿起粉笔上上下下、左左右右,几笔就勾勒出几幅美妙的插画。

2022年11月11日上午一到店,我先打开咖啡机进行预热,准备11点11分的时候做一杯拿铁,发一条关于我的幸运数字的朋友圈。

等到机器都预热完毕,正要开始做咖啡的时候,小蕊走了进来问我:"姐,你在干啥?"

我说:"我在做时钟拿铁咖啡,今天是11月11日,我要做杯11点11分的时钟拿铁,一会儿拍张照片,发个朋友圈,"双11"是我的幸运数字。"

小蕊高兴地对我说:"姐,你说巧不巧?今天是我的生日。"

我说:"啊!真的呀?小蕊,这么巧,咱俩真是太有缘分了吧,哈哈哈!"我马上开了两瓶青岛啤酒,一起碰杯,祝小蕊妹妹生日快乐!

下面是我那天发的朋友圈:

今天是11月11日,是"开一局吧"开业以来的第二个"双11",我和这个数字有缘,多年来一直把它作为我的幸运数字,因为它跟我个人的过往和时间点有缘。时光飞逝,我经常幻想:如果能把时间永远停留在这一时刻该有多好。回到现实,只有好好珍惜时间、好好珍惜彼此,过好每一天。久儿酒之咖啡屋即日11:11起进入冬季模式。希望每个朋友开心快乐、好运相随。"开一局吧"的西邻,善良、率性、能干且多才多艺的小蕊妹妹,今天是你的生日,姐祝你生日快乐。咱姐妹俩有缘,做一杯爱心时钟拿铁咖啡,定格今日的美好时光。

做一杯爱心时钟拿铁咖啡，定格今日美好时光

自此，"双 11"这个已陪伴我好多年的幸运数字里又增加了一个我和小蕊的故事。

2023 年 6 月 25 日

两个"毛孩子"带给我们的缘

2022 年 7 月 16 日上午 9:30，我骑着偏三轮摩托车载着我的两个小跟班——大乖和小乖，从家里一路欢快地来到店里，按照往常，它俩先在车上等着我，我打开店门后再把它俩带进来。

当我把乖乖们领进店里时，匆忙间忘了先关店门。就在解开牵引绳的刹那，小乖突然"汪"的一声，掉头就往门外冲去。我已经预感到了它肯定要给我惹祸，便跟着它往外跑。怎奈小乖的速度太快，当我跑到店门口的时候，耳边已经传来了一声狗的惨叫声。

定睛一看，一个小伙子正气愤又心疼地护着一只白色的小泰迪，同时驱赶着小乖。我快步跑上前，一边怒斥小乖一边查看小泰迪的伤情，并不断地跟它的主人道歉。我看出小伙子满脸的无奈和气愤，可一时也不好发泄，一直心疼地查看着小泰迪的伤情，我也看到了它被小乖咬得一直往外渗血的伤口，心里也非常心疼。

我急忙对他说道："小伙子，真的不好意思，都怪我一时疏忽，你看这样好不好，我马上回家换辆车，回来咱们带它去宠物医院，找专业的大夫好好看看，行吗？"

　　小伙子虽然着急去办别的事,但眼前小泰迪的伤也需要及时处理,没有别的办法,他只好接受了我的建议。

　　我马上换了车回来,把俩乖乖锁在店里,和他一起带着受伤的狗往宠物医院赶去。

　　到了医院,经大夫消毒、给药治疗后,又开了一瓶消炎药,小泰迪也不像之前那样痛苦了,小伙子的情绪也随之平复了下来。回来的路上,看着小泰迪可爱的表情,我紧张的心情也得到了缓解。一路上我和这位小伙子进入了友好的聊天状态,我们都放松了不少。小伙子是枣庄人,还是在我的老家济南读的大学,现在已结婚,刚有了一个可爱的儿子,妻子是教孩子书画的老师,他们的店距离我的店不远,叫"艺瑷书画"。我俩还互加了微信,我叫他海洋,他叫我杨阿姨,他的小泰迪叫糖宝。糖宝看着我俩越聊越开心,也高兴地一会儿看看主人,一会儿歪过头来瞅瞅我,眼睛里再也没有了紧张和恐惧。

　　那天回到店里,看着小乖直愣愣地看着我的表情,我心里的气也消了大半,口头教训了它一顿,看到它似懂非懂的样子,我也十分无奈!

　　第二天上午,我特意去了海洋爱人——小何老师的"艺瑷书画",见到了小何老师和她的妈妈,我再次询问糖宝的伤情并邀请他们来我的小店,我请他们喝咖啡。

　　当天下午,他们一家抱着儿子麦兜,带着糖宝一起来到我的小店,那是我第一次见到可爱的小麦兜,他们的笑容告诉我,他们是非常幸福、和睦的一家人。

　　没想到接下来的两天,小何老师两口子陆续带着他们的朋友来到我的小店,让我有幸又认识了那么多阳光、善良、优秀的年轻人。其中一位叫红柳的年轻妈妈是个摩托车爱好者,她平时骑的是两轮摩托车,那天我让她试开了我的偏三轮摩托车。看到她骑上摩托车,听我简单介绍性能后,立刻启动,一溜烟儿跑出了我的视线,看上去那么娇小、单薄的女生身上其实蕴藏着无限的能量和胆识。另一位叫小梅的年轻妈妈来过后,也发了和我的小店有关的朋友圈,无意间把同样喜欢摩托车骑行的小李总、吕总带到了我的面前,为我们以后的故事埋下了伏笔。

　　三天后的 7 月 19 日晚上近八点钟,忽然而来的不适感折腾了我好一阵子。小蕊妹妹不放心我一个人回家，正准备送我回去，忽然看到一位穿着白色长袖上衣、另一位穿着黑色短袖 T 恤的男士带着笑容来到我的面前，表示想进店坐坐。因为当时我的身体比较虚弱，本来想婉言回绝，但当听他们说是因为看了小何老师朋友的朋友圈而特地跑来店里参观体验时，我立刻感受到了被认可的快乐，不容自己再做其他的解释，立马热情地转身打开小店的大门请他们进店。

当他们一走进店门，我自己都感觉我的眼睛里有了亮光，精气神儿一下子充满全身。开灯、开音响、放音乐，我引领着他俩楼下楼上到处参观介绍，一起愉快地聊着。

走到一楼的大黑板前时，看到上面我和小孙老师刚更新不久的李清照的《醉花阴》和《武陵春》，穿白色上衣的那位男士脱口而出一句"怎一个愁字了得"！我当时就感觉这句词应该跟李清照有关。结果我一查，正是出自李清照的《声声慢·寻寻觅觅》。

边看边聊中，我知道了他俩是从附近小区过来的，从事与建筑有关的工作，彼此之间已经合作很久了，是很好的朋友。两个人先拿了两瓶啤酒，我给他们配了一小盘瓜子和一小碟鱼片当酒肴，他们慢慢喝着，我们一起听着音乐，慢慢聊着。

穿白色上衣的男士姓李，我至今都称呼他为小李总；穿黑色 T 恤、说着一口成都普通话的男士姓吕，我称呼他吕总。

小李总和吕总都戴着眼镜，从他们的言谈举止中，我能看出很浓的书生气。他们都喜欢读书，对历史和诗词也都很喜欢，随着轻柔的背景音乐，在温柔的吧台灯光里，看着杯子里欢乐起舞的啤酒花，听着他们讲着趣闻、成都的酒吧文化、家中的小孩，我们彼此之间渐渐没有了陌生感。

说起乒乓球，没想到他们两个人的眼睛里同时发出了别样的亮光，原来他们也都是乒乓球爱好者。他俩当即放下酒杯，在我的"开一局吧"里开局迎战。

小李总和吕总离开小店后，我跟小蕊妹妹说起当晚的事和我的表现，她说："姐，我感觉你刚才表现出的那股劲儿，真的就像战士一样。"我说："我不是为了那点儿营业额，我就觉得人家也算是慕名而来，开门接待他们，是我的一份荣耀和责任。"

晚上回到家静下心来，脑子里不由自主地想了很多。

想着当天晚上接连发生的事情，就在几个小时前，我还是一个需要别人照顾和陪伴的、身体极不舒服的"病人"，转眼间怎么就成了一个带着阳光笑容、跑前跑后热情服务客人的店主，一个左右调球、上下快速回球的乒乓球选手了？想必小李总和吕总也不会想到他们见到我之前我发生了些什么，我自己都觉得我很棒。从刚刚经历的这件事中，我又一次感悟到了"要对别人好一点，因为你不知道他们正在经历着什么"这个道理。

想着小何老师一家人的善良，想着这两天小何老师的朋友们不断地出现在我的小店里，能和他们相遇相识，都是小乖和糖宝这两个"毛孩子"的"功劳"。

第二天来到店里，这些思绪总也挥之不去，当天下午发了这条朋友圈：

前几天因为我的一不留神，小乖从屋里跑出去一口咬伤了路过的糖宝。没想到我和它的男主人慢慢平静下来后竟成为好友。当时我非常感动于这位小伙子的谅解和包容，我有幸又结识了一位令我喜爱、敬佩的年轻人，并由此认识了他的爱人，大度、善良、多才多艺、阳光温暖的"艺瑗书画"的小何老师和她的家人以及她身边优秀的朋友们。这样的老师自带正能量，肯定会给学生们传递美，而这种美不止在书画，更在于心灵。小乖的这一口，连接了我和小何老师一家子的缘，只是小糖宝受苦了。以后你的小肉干零食，由我负责制作，绝不断货！

小乖和糖宝

　　我随即更新了黑板报，认真学习了李清照《声声慢·寻寻觅觅》如泣如诉、感人至深的词作。那时我跟着小孙老师学习诗词还未满两个月。

　　打那以后，小李总和吕总经常来我的小店，一起聊天、打球。当听到他们说到哪位诗人的诗句，我偶尔能对上几句时，心里也禁不住暗自窃喜：幸亏跟着小孙老师开始学习了。

　　记得 2022 年 9 月 3 日周六，是小孙老师的生日，我、海平、闻和儿子、小孙老师约好中午要在我的小店里小聚。上午我正准备在黑板上设计图文，营造些生日气氛的时候，门铃响起。哎呀！是小李总带着他可爱的小女儿进店了，我高兴地招呼着，随手拿出手机，找寻那首她喜欢的歌曲《万疆》：

　　红日升在东方，其大道满霞光。

　　我何其幸生于你怀，承一脉血流淌……

为小孙老师绘制庆生板报

　　在悠扬的歌声中，我们三个人在黑板上一起合作完成了为小孙老师庆生的板报。那个画面至今回想起来都很温暖，那一天，小孙老师也被温暖到了。

　　一个月后的一天晚上，我和老公正在店里打球打得热火朝天的时候，门铃声响起，我兴奋中定睛一看，是小李总和吕总两人来了。简短的介绍过后，小李总习惯地打开储藏柜的小门拿出他自己的专用拍子，和我老公推挡起来，这是他们第一次见面，也是第一次交手打球。

　　我们四人轮流上场，当大家稍作休息时，便来到吧台前落座，喝着啤酒闲聊。结果没聊几句话发现，小李总和我老公竟然是同一个大学的校友，小李总是我老公的小师弟。

　　他们三个人都是同行业的人，有共同的话题，性情又相投，吕总身上的很多特质也时时吸引着我和我老公。

　　几天后，我接到吕总和小李总的盛情邀约，请我们到棉花村一家农舍小聚。我们之间越来越像是老朋友，即便是现在吕总早已结束这边的工作，回到他的老家成都了，我相信在不远的某一天，我们也会在成都再见，我很想再听听吕总之前跟我讲的都江堰和李冰父子的故事。

又过了好多天，小何老师来到我的小店，我俩一起聊天的时候说起小李总跟我的老公是校友时，小何老师惊讶地对我说："阿姨，我爸爸也是那个学校毕业的！"真是越说越有缘了，我俩瞬间都感受到了缘分的奇妙。

写到这里，我准备要给这篇故事收尾了。现在是晚上六点钟，已过了乖乖们的晚餐时间，而我却仍陶醉在写作的快乐中。小乖就在不远处慵懒地打着哈欠。就是这两个"毛孩子"，却拉近了我们这些有缘人的距离，让我们能相遇、相识、相聚，一起感悟生活，享受快乐。

不知道用什么语言才能表达出我此时此刻的心情。真心谢谢可爱的糖宝，谢谢我的两个"毛孩子"。

2023 年 6 月 28 日

一个"好汉"三个帮

这个题目在之前已写好的大纲里是没有的，是因为昨天下午刚刚发生的事使我突然有了灵感，才想到了这个标题。自从有了要写这个主题的想法，我就不由自主地在脑海里构思起来，很多过往、感动和一些机缘巧合总在眼前不断浮现。

本来约好房东两口子、海平和中介小聂昨天下午 3:30 一起来店里再敲定一下租赁交接的事情，可大热的天儿，海平不到 3:00 就来到了店里，当时店里有客人，我也没顾得上招呼她。

房东两口子按时来到店里，小聂也带着他那标志性的、温和的笑容出现了。我们一起就小店交接的具体方式做了进一步的确认，一切都顺利进行，经商定，这个月底前办理交接。其实在那时那刻，我的心里有百般滋味交织在一起：有对小店满满的不舍，有对小店的感谢之情，因为是它让我在这个年龄又取得了新的进步和成长。看着海平为我就某个细节跟房东认真沟通的表情，我想起这个小店在从无到有的过程中，如果不是身边有三个好邻居的鼎力相助，就不会有这个使我得到治愈和蜕变的"开一局吧——久儿酒之咖啡屋"。

2017年开始装修城阳这边房子的时候,正是我身体和心理疾病逐渐加重的时候,我是在一阵阵的眩晕中,扶着墙完成的装修。那时我心里是拒绝再结交新朋友的,更何况我看到斜对门也在装修房子的女主人并不好接近。

2018年入住后,我和老公会在小区里悠闲地散步,发现很多人家的院子经过主人的设计和打理,慢慢呈现出了不同的风格。小院里的花花草草竞相开放,弯弯曲曲的小径,瓶瓶罐罐的插花设计常常会引得我俩驻足观赏。

斜对门邻居家是北入户,所以她家的院子在南面,院外是小区里的一条步行道,小路高出她家的小院不少,虽然他们又做了一圈铁艺围栏,但从外面能将她家的小院看得清清楚楚。小院不是很大,但被他们打理得特别漂亮,我感觉女主人肯定是一个特别讲究、特别热爱生活的人。

我儿子卧室的外面有一个露天的小阳台,阳台上面有个由几段防腐木组合的镂空架子。有一天我忽然心血来潮,仿照她家楼上南阳台的样子,从网上买了两个吊篮式的塑料花盆和几束假花。到货的那天,我打开包装后正好老公也在家。他看到散落一地的东西问我:"你这是准备挂在哪里的?"

"想挂在儿子房间外面的露台上,我看咱斜对门那家的阳台上也挂着这样的花盆,挺好看的。"

"你知道怎么把这些假花固定到花盆里吗?"

"不知道。"其实我知道。

"你去找她咨询一下呗。"老公接着对我说。

我明白老公是想让我跟周边的人多些接触,特别是想让我跟懂生活的人多接触。但我那时有些不知所措。

可能一切都自有安排吧。说来也怪,第二天我碰巧遇到另一位女邻居,我把想做吊篮花盆的事跟她说了,她说她也不是很懂。我说:"你对门那家的女主人很擅长打理这些花花草草。"她说:"对呀! 不如我找她,咱们一起见个面,你直接问她好了。"

就这样,在她的介绍下,我和我斜对门的邻居,也就是我的海平妹妹正式见面了。

没想到的是,我们的这次见面直接让我俩成了好姐妹。我经常想,幸亏那时候听从了老公的建议,跟她有了第一次交流,也正因为有了那次交流,我们现在成了真心的朋友,使我受益颇多。

回想之前的很多年里,自己经常做错事,而在我状态最不好的时段,却能主动去和她相识,现在想来,也是很有戏剧性。

随着与海平接触次数的增多,我俩之间有了越来越多的默契。海平比我小六岁,都有一个高高大大、在外地工作、懂事的儿子。巧合的是,我俩的生日只相差三天,都是处女座。我们性格上有很多相似之处,对人、对事的看法和处理方式也都比较一致,只是她做起事来比我更加雷厉风行、精益求精,更加追求完美。

海平的老公,就是"开一局吧"的另一位合伙人,他叫明明,比我大两岁,一直随着海平叫我"杨姐"。在没有一起开店前,我眼里的明明是一个时尚帅气、话语不多的"青岛小哥",他会做一手好菜,特别疼爱老婆和儿子。

海平和明明养了两只咖啡色的小泰迪,一公一母,公的叫"多多",母的叫"叶子"。泰迪比较黏人,非常可爱。和海平相识后,也引起了我养狗的兴趣。就在 9 月 16 日这一天,我在潍坊的表哥家遇到那时才刚刚两个月的大乖和小乖,从未养过狗的我,立刻决定带着两个乖乖回家。

在从潍坊回青岛的高速路上,我抑制不住喜悦的心情,给海平打去电话:"海平,我带了两只才刚两个月的小土狗在回家的路上,这是我第一次养狗,也没有任何准备,什么也不懂呀!"海平对我说:"姐,你真厉害,第一次养狗就带了两只回来。没事,放心吧,有我呢!"

哈哈!如果不是身边有海平,我真的不敢带这么两只小狗回来。

回到家的当晚,海平就给我送来了两个小垫子,我的俩乖乖到新家的第一夜,就有了暖暖的窝。

自从有了俩乖乖,我也加入了小区里每天遛狗的队伍。那时候的我丝毫不知道,有一个后来对我帮助极大、同样也爱狗狗的小孙老师就在不远处等着我。

我和小孙老师因遛狗相识,逐渐成为好友,她和海平同龄,也比我小六岁,更巧合的是她的生日只比我早一天,也是处女座。她是做茶叶生意的,初相识时,她还没有开始经营"番顺茶叶店"。也是因为有了她的茶叶店,才在我想开店时第一时间帮我找到了心仪的门店。

我经常想起,在我有了想开咖啡店的想法时,明明经常开着他家那辆商务车和海平两人陪我到处探店、参观学习的日子;想起到了要启动小店时,海平和我一起在租赁合同上签字时的场景;想起签完合同后,海平为了让我专心于小店的设计和装修,在自己工作的间隙主动承担起办各种手续时的风风火火的身影;想起我和明明一起去城阳永康老年病医院办理从业人员工作证抽血时的那个大针管;想起海平儿子在店里指导我们仨贴着各种剪贴字画时一起说说笑笑的场景;更多的是想起我和我的搭档明明一起开店时的快乐。

"开一局吧——久儿酒之咖啡屋"实际上是个酒咖小店,有酒就得有酒肴。明明不会做咖啡,我不喜欢做饭,更不会烤肉。两个已近 60 岁的人在一起互教互学、一起核定酒价、一起制定酒肴品种时的样子,十分美妙且有趣。

通过一起开这个小店,我和明明有了更多相处的时间,也使我对他有了更近距离、更深切的了解。小店刚开业时,明明虽然已经 57 岁,但他的穿着很时尚,丝毫看不出实际年龄。每当他扎上小店特制的围裙,往吧台前一站,整个空间顿时有了酒咖小馆的氛围。明明不仅是个"青岛通",他对国家的大事小情、各地的风土人情、刚刚发生的新闻要事,都很关注和了解,所以,有缘来店的客人不论是哪个年龄段,不论聊到什么话题,他都能跟人家聊得有滋有味。明明腌制的各种烤制品有独特的味道,很多人都喜欢。明明的时间观念特别强,他总是比他的接班时间提前十分钟到店。让我特别感动的是,即便他自己在店里值班给海平烤几串肉,自己喝瓶啤酒,都扫码照单付款。

时间过得真快,转眼的工夫,两年的时间悄然而过,这一切都将成为美好的回忆。想当年,如果不是身边有这三个人——小孙老师、海平、明明,一个帮我找店,一个帮我跑手续,一个帮我在店里经营运转,现在的我大概还一个人在家继续做着开店的美梦呢!在我人生最需要帮助的转折点,幸好有他们,如果不是得到他们三个人的鼎力帮助,肯定不会有令我如此喜爱的"开一局吧"。如果没有这个小店,我不会看到这些独特的风景;如果没有这个小店,想必我的"病"不会好得这么快;如果没有这个小店,近一年时间里,我不可能会满怀喜悦地写着这些美好的人和事。如今的我已不再是那个整天焦虑得难以入眠的"病人",我都觉得现在的自己有些"好汉"的样子了。

很喜欢《这世界那么多人》的歌词:"这世界有那么多人,多幸运,我有个我们。"此刻,我心里在说:"这世界有那么多人,多幸运,我有个你们。"

原本陌生的4个人,从没有过交集的三个家庭,现在成了彼此之间惺惺相惜的大家庭。巧合的是,这三个家庭里的女主人都是九月份的处女座,且我们仨的生日都在前前后后的五天内,也都爱狗。哈哈!想想都美好。

今天我写的这些文字里的人和事,对于我和我的"开一局吧"都是非常重要的。他们三个人于我的重要性和我们之间的情谊,我一定都会记录在书里,只不过原来计划在后面的章节里出现。最近这段时间,我自知在这个小店里可以由着自己喝着啤酒,自由自在地发呆、静思、感悟和安安静静写文章的日子不多了,于是更专心和享受地写着这个章节。现在想来,我越来越觉得把这篇放在这一章里更合适,这个小店"缘"起于他们,《缘,妙不可言》这一章里最后一篇文章也归于他们。原本按照原计划,在小店关门后,接着要完成的下篇文章的题目是《完美收局》,这样看来,一切确实都非常完美。

2023 年 7 月 1 日

完美收局

从去年春天开始,我心里就已经决定了,"开一局吧"开满两年的时候就收官。2021 年 5 月 28 日签的合同,2023 年 7 月 28 日做的交接,期间整整26 个月,是属于我的"开一局吧——久儿酒之咖啡屋"的时间。

这些天因为忙着撤店、收拾东西等杂事,我有些累,也一直没有静下心来写字。今天是 2023 年 8 月 1 日,我终于有了想完成这篇的心情,一个人静静地坐在桌前,大乖小乖躺在离我不远的竹垫上,舒舒服服地进入了梦乡。

到了我这个年龄，才真正体会到了时间的飞逝和宝贵。记得前年的今天，也就是 2021 年 8 月 1 日，我的小店还没有正式开业。那一天，郝姐一家，好妹妹种子一家四口，还有机场资产部的好兄弟们，大家一起相聚在我的小店。那天欢聚的场景历历在目，直到现在我还清清楚楚地记得郝

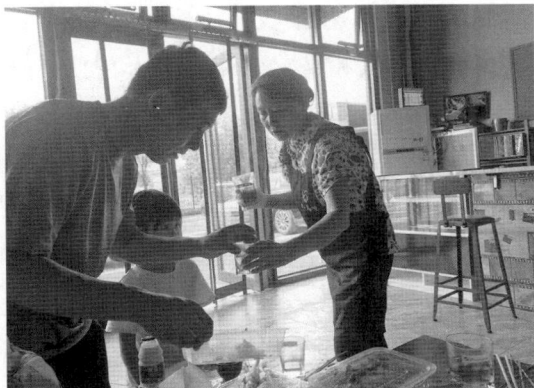

郝姐当起了大家的服务员

姐穿着"开一局吧"的围裙为大家忙前忙后的身影。

时间虽然转瞬即逝，但在开店的这段时光里，我却从各个方面都得到了完美的治愈。

这个小店于我本来就是一剂治病的"处方药"，我经常想到一个问题：不论小店经营状况如何，亏损多少？仅是当初想做事、要开店的念头，以及为之付出过的那么多努力，就说明我关闭已久的心门已经打开了，我能带着微笑平和地跟外界接触、交流了，我的病就已经治好了一大半。

所以说，"开一局吧"的疗效其实早在我有这个想法的时候就已经开始显现了。为了实现这个想法而努力的过程，实际上就是在一点一点地转移着我的注意力的过程。将注意力放到要办的事情上，慢慢地，心里对疾病的恐惧和身体不适引起的焦虑就越来越少了。随着事情不断地发展、变化，我的思想也一点点地在发生着转变，不知不觉中我那颗脆弱的心变得越来越健康、越来越壮大。

"开一局吧"不仅强健了我的身体，更治愈了我的心灵。所以，我经常对来店的年轻人说："健身不仅要健壮自己的身体，更要健壮自己的心，只有强健的心才能让自己有能力从容应对生活给予的一切。"

从生病到现在的七年里，我历经漫长的四年抑郁期，内心几经挣扎，从无心观赏花开，闻不到花香、听不到鸟鸣，到今天静静地坐在敞开的窗前写着这些文字，真是不可思议。不远处的树上传来阵阵蝉鸣声，令我深深陶醉

其中,好像它们在跟我开心地交流着。

心的淡然和笃定能让一个人在独处时也不会感到寂寞。

这几年里我能感觉到自己从谷底慢慢地往上挣扎着、摸索着、攀爬着、一点点变得健壮,也有了力气。特别是在有了"开一局吧"的这两年里,生活的充实、作息时间的规律,身边又遇到那么多良师益友和有缘之人,我从他们身上感悟和学习到了太多有益的东西,眼界打开了、内心充盈了、活力又回来了。

这个小店给了我推动力,让我在已退休的年龄又一次得到了成长,更让我对它怀有满满的的不舍之情。

下面是前段时间发的一条朋友圈,略抒一下情怀:

转眼之间,"开一局吧"两年租期将满,从明天开始进入最后一个月倒计时,满满的不舍、满满的回忆、满满的感动。人生任何阶段都可以上场接受挑战,其实对手只有一个,那就是自己!

我在店里的身影

是呀! 其实在很多事情面前都是自己在跟自己较劲,对手不是别人,就是自己。

有时我自己都不太相信,如此粗线条的我,能在 55 岁的时候开一个酒咖小店,在 56 岁的时候竟然有了写书的想法。目前,令我自己都有些佩服我自己的是,我的书已经写到 14 万字了,我从自己身上也体会到了生命的不可思议。有些事情既然自己想做,那为什么不开始做呢? 不做,事情肯定不会成;做了,就有成的可能,万一成了呢?

我有时候想,之前走过的所有的路、遇到的所有的事、见到的所有的人、受过的所有的痛,都是为了让自己成为更好的自己,所有的努力都是为了要让我自己在这个时段做这些事情。

每个人都是一本书,各有各的精彩篇章;每个人都有各自的故事,有高峰也有低谷,重要的是自己选择走什么样的道路,如何能更快乐地、不留遗憾地抵达目的地,让自己的人生有一个完美的结局。

从 7 月 1 日到 7 月 28 日,整整 28 天的时间,我既不舍,又期待着下一局的开始。

从月初我就设定了一个大概的计划:将 7 月 22 日(周六)作为我的"开一局吧"的最后一个营业日;7 月 23 日(周日)安排身边的几家好邻居一起在"开一局吧"吃最后一餐;从 7 月 24 日(周一)开始陆续撤离;7 月 28 日与房东做交接。

在我开店的两年里,我济南的侄子和北京的外甥女一直都没来过我的小店,令我开心的是,在闭店最后一个月的倒计时里,我侄子一家四口于 7 月 1 日晚上来到了我的小店,一眼就喜欢上了这里,孩子们高兴地叫我小姑奶奶,完美!

我的外甥女这次没带她的儿子兜兜,而是带着我从未见过面的、她的女儿,一个可爱懂事、落落大方的小女孩。奇怪的是,我们没有任何的陌生感,这个载歌载舞的小女孩开心地叫我小姨姥姥,我叫她小糖果,完美!

我的侄子一家四口来店里和我们相聚

我的外甥女和她的女儿"小糖果"在店里

看到孩子们，又不禁使我感叹时间的飞逝和宝贵。遥想1992年的夏天，26岁的我第一次带着儿子回济南娘家时，姥姥抱着我的儿子，侄子和外甥女左右依偎在姥姥身旁，那时他俩也是幼小的儿童，跟现在他们的孩子年龄差不多大。

我的姥姥抱着我儿子

31年后的今天，他们都各自找到了心仪的另一半，有了幸福的家。今天，他们各自带着孩子出现在我的小店里，品着我亲手做的咖啡，打着乒乓球，喝着青岛啤酒，一起畅聊互动，一声声小姑姑、小姑奶奶、小姨、小姨姥姥，叫得我真是心花怒放！

一切都在紧张、有序地进行着。不过从月初开始，我还在期待一件事情，那就是想在撤店之前与机场资产部的几个好朋友再在这里聚一次，但因为天气炎热、工作繁忙、距离太远等因素，一直没好意思开口邀请他们。本来我想等关店以后，我专程去市区感谢他们，但没想到的是就在我犹豫时，接到大光的来电,说他们几个都商量好了,想在 22 日(周六)中午来我这里小聚。

我听后非常激动,他们选的日子正是我的小店最后一天营业的日子,非常有纪念意义,资产部的好朋友懂我,感动,感动呀!

22 日中午,他们如约来到我的小店,一如既往的亲切感。第一瓶酒打开时,看着身边这些曾经被我删除却一直不离不弃的好同事、好朋友,我哽咽了。亮子提议,第一杯酒都干了,大家都积极响应,我感觉这一杯酒的味道真好,完美!

23 日中午,我身边的好邻居——小蕊家、海平家、小孙老师家、红红家、小龚家总共 12 位好友一起相聚在"开一局吧"。那天每家准备了两个拿手菜,大家欢聚一堂时,每人都即兴说了一段内心想对大家说的话,说完干杯。邻里之间和谐相处,场面温馨感人,气氛热烈祥和,直到很久之后我还在回想和陶醉。"开一局吧"的最后一餐,完美!

在"开一局吧"闭店一个月倒计时的这段时间里,7 月 14 日(周五)的那次小聚让我感受到了心态的良好转变。

那一天是闻请她的同学小聚,也是我们想在关店之前再享受一下自由自在的空间。我跟她其中的一位女同学很熟,性格也相投。就是那天,我作为店主、作为服务员,却喝得近乎醉了。后来感觉真的不应该,没有摆正自己的位置,那天是我开店以来的两年里喝酒喝得最多的一次。记得我跟闻的那个女同学从中午一直喝到晚上,喝到只剩下我们两个人。

第二天早上醒来,发现手机碎了。想起昨天发生的事情,我自己惊奇地发现这次我没有过于自责,没有像从前一样进行自我折磨:昨天喝多了,怎么办呀?他怎么看我?她怎么说我?

短暂地检讨后,我想的是要抓紧时间去修手机,因为手机里存的很多照片太重要了。我马上起床,简单收拾后跑到店里,挂上"店主外出中"的提示牌,驱车赶往手机维修门店。经工作人员检查后,手机屏和主机都有损坏,建议以旧换新,花了近 4000 元,但我坦然接受。

通过这个事情,我不由自主地对自己的心理状况做了个自我诊断:我发现我的内心真的强大了,不再因为自己一时的某些过失,过于自责和后悔;

不再过于在意别人的眼光、议论和评价。

我惊喜地感觉到，现在的我能与不完美的自己和解了，能跟自己的心和解了，我能做到放过自己了。

在我窃喜和自豪的同时，我更深刻地体会到：每个人都要为自己的行为负责。比如那天醉酒后，我摔坏了自己的手机，第二天就得跑前跑后修理手机并为此买单，而对于这样的结果，我只能接受，因为这一切都是自己造成的，怪不得任何人。

这些天静下来的时候，回想自己从得病到自我救赎再到现在越来越好，我体会到"开一局吧"不仅仅是一个小店，它更是一个载体、一个平台、一个训练场、一个有爱的空间，它推动我去学习进步、运动交流、思考和感悟，它使我得到了全方位的体验和治愈。

有句老话说得好，见好就收！

既然我的"开一局吧"基本治好了我的病，说明我当时为自己开的这剂"药"已经完全达到了它的疗效，那就完美收官吧。下面是我在跟房东办理退租交接的前一天发的一条朋友圈：

今天在"开一局吧"的黑板上写了一首喜欢的小诗，留作纪念，明天上午顺利交接后，就再也不能在这里自由自在地享受自己的空间了。这一局完美收官，期待更精彩的下一局。

我在店里的最后一天

2023 年 8 月 1 日

我的小孙老师

　　我和小孙老师有缘,她比我小六岁,生日也只差一天。之前我一直称呼她小孙,现在我在心里正式称呼她为小孙老师,是源于一次小酌。

　　我和小孙老师小酌的前几天,好久没见的老朋友张虹夫妻来店里小聚。期间张虹说的几句话到现在我还记忆犹新,特别是她说话时的神情,让我感受到她真的乐在其中。她说:"我现在非常喜欢每天一个人独处一段时间,一壶茶,静静地写字、看书、感悟,特别享受。我越来越喜欢看历史、地理方面的书,我感觉一个人如果连自己国家的历史、地理都不了解,是一件非常遗憾的事情。"

　　这不禁使我想起自己在济南三中上初一的时候,最不愿意学的就是地理和历史课,特别是地理。

　　地理老师姓殷,他还是我们的班主任。上课的时候,殷老师在台上讲着几大山脉、几大河流、主要特产等,即便看到老师对我瞪了眼睛,我也会忍不住慢慢合上越来越沉重的眼皮,睡过去。地理期中考试前一天晚上,我在家心虚烦闷。看到姥姥的白酒瓶,我偷偷喝了一口,一会儿看到屋里没人,又偷喝了一口,来来回回不知喝了多少口。爸爸发现了我的异常,拉住我闻到我满身的酒味。那天晚上爸爸可能是气坏了,推了我一把,还打了我两巴掌,那是有生以来爸爸唯一一次动手打我。

　　第二天的成绩可想而知。

　　说者无意,听者有心,张虹说的话忽然勾起了我学习历史、地理的兴趣。此时此刻,张虹肯定不知道我在写着她、想着她,想着她曾经说过的那些话和她说话时的表情,我心里非常感谢她。当然,她更不知道我为什么要谢谢她,哈哈! 积极向上的人都自带光芒,不知不觉中就能带给别人温暖和光亮。

2022年6月1日,我和小孙临时起意要一起过"六一"儿童节,重返儿童时代,相约要一起喝一杯。她的番顺茶叶店距离我的咖啡屋仅隔了两三个门店,距离非常近,我准备了一些下酒菜,开始了那次对我来说永远难忘的小酌。

我虽然喜欢喝啤酒,但酒量不行。小孙虽然看起来非常温柔,说话轻声慢语,但她的酒量比我可大多了。

我俩住在一个小区,因经常遛狗而相识,可能是彼此之间比较投缘吧,我俩越来越熟悉,喜欢在一起说话聊天,但也仅仅是聊一些家常琐事而已。

2021年我有开店想法的时候,她的店已经开业了。有一次,她陪我考察周边待租的门店,一边看一边聊着天,我俩一致认为,我们这个小区本身就在城阳边缘地带,当地人很少在这边活动,网点也没有几个营业的,目前没有什么人气,因此在这里开店先别想赚钱的事。不过租金也不贵,简单收拾一下,也不用投入太多钱,就当找个自己喜欢的事做,让自己开心。如果赔了钱,就当出去旅行了,哈哈!

过了没几天,小孙来电话说:"姐,我刚发现离我的店很近的一个门店,房东夫妻之前还想着自己干呢,今天看到他们贴出来公告想出租了。我刚才进去看了,里面大框架已经做好了,二楼也架起来了,你快过来看看吧。"我很快赶过去,一看房子很合我意,房东两口子跟我年龄也相仿,彼此一聊想法,互相认可,没过几天就签了合同。如果没有小孙的引荐,我大概率没有机会享受到现在的"开一局吧",我的酒咖小店。

儿童节这天,外面阳光明媚,店里放着我俩都喜欢听的歌曲。面对小圆桌上的小菜和玻璃杯里飞溅着啤酒沫的啤酒,我俩海阔天空地聊起来,开心得像是又回到了少年时代。

几杯酒下肚,谈兴更浓,我忽然想起张虹说过的话,顺便跟小孙聊起我想补补历史和地理知识的想法,没想到这个话题一开,竟像是打开了小孙珍藏已久的宝藏,伴着酒香,她如数家珍般娓娓道来。

我和小孙老师"六一"儿童节小酌

她说："你直接学那些可能会感觉有点枯燥，不如从各个朝代的诗词作品入手，结合作品的创作背景和诗词里的典故去了解历史、地理，这样学会更有趣、更形象、更生动，而且从那些名家身上还能获得很多感悟。我最喜欢宋朝的苏轼和他的作品，就从他开始吧。"接着，小孙老师为我讲解和背诵了好多名家的生平和作品，她越讲越情绪高涨，满脸的享受；我越听越兴致勃勃，满心佩服。期间，偶尔有几句耳熟能详的诗词，如"但愿人长久，千里共婵娟""天涯何处无芳草""此时无声胜有声"，但是我却不知道它们的出处和历史背景，心里暗暗寻思，我之前大把大把的时间都干什么去了，怎么不好好学习呢。

原来只知道小孙老师喜欢写毛笔字，喜欢看书，没想到她还读了那么多中外名著，能记住那么多诗词歌赋，确实令我刮目相看，肃然起敬。特别是她为我背诵的白居易的那首《琵琶行》，那么长的诗句，她信手拈来，真的惊艳到我了。我不禁暗下决心，从今天开始就跟着她学习了，什么时候开始学也不晚。就是这次小酌，我眼前的小孙妹妹在我心里已经正式成为小孙老师了。

第二天，我就正式开始了学习，店里的两块大黑板正好可以发挥它的作用。站在宽宽大大的黑板前，手握粉笔一笔一画地写着，那一瞬间我好像又回到了学生时代。我第一篇学的就是苏轼的《水调歌头·明月几时有》，还配图发了个朋友圈：

最近有点小感慨，学生时代最不愿意学的地理、历史，近60岁了却忽然有了兴趣，想补一补这两门课。昨天中午跟番顺茶叶店的店主妹妹小酌深聊时，才知道她读了那么多国内外经典书籍，并当场为我背诵了白居易的《琵琶行》。畅谈中，看到她眼里的光，就知道在书的海洋里，她有多么享受。想学东西什么时候也不晚，从她最喜欢的苏轼开始学起，通过苏轼的经历和作品了解历史、地理是不错的途径。每个人身边都有许多很棒的人，感恩遇见，感谢有你，老师就在身边。

从那次小酌开始，我便把学习列为生活中的一项重要内容，现在已经成了一种习惯，真的是令我受益匪浅。现在想来，不论是从咖啡小店得到的快乐还是从学习中得到的快乐，都是小孙老师带给我的，她就像一束光，引领着我找到了我找寻已久的"大花园"，使我得以在阳光照耀下的花园里，静静地规划设计、翻土育苗、种植浇水、剪枝修叶，享受安静，收获繁花似锦。

写这段文字的间隙，翻看之前我俩的微信聊天记录，发现了这条我发给小孙老师的信息：

今天跟你畅谈，我有几个感受：一是非常享受；二是我感知到你我之间有很大的距离，但这丝毫不影响咱俩心和心的交流；三是我找到了方向和动力。谢谢小孙老师。

小孙老师多才多艺，不仅擅长茶艺，还会金缮手工修复；不仅饱读诗书，还喜欢写毛笔字，每天都会拿出时间安安静静、一笔一画地潜心练习。

2022年我的生日那天，老公第一次送书当作我的生日礼物，是一本倪萍的《姥姥语录》。我知道老公的用心，他选这本书是为了帮助我写作、学习用的，他还在书中的空白处为我写了八个字作为鼓励和鞭策：自知、自律、自信、自在。

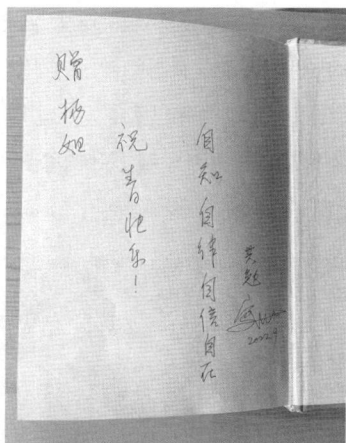

老公送我的书、送我的字

　　当时看到这几个字，我就立刻生出一个念头，我不去找岛城有名气的书法老师写，就请我的小孙老师来写，我要让小孙老师写几个字放在店里最醒目的地方。谦虚推让过后，小孙老师把墨迹未干的这幅字送给我的时候，真是打心里喜欢。我随即根据纸张的大小网购了字框，一到货后我就自己动手，把小孙老师的字装裱起来，放到了店里每天一抬眼就能看到的位置。虽然我不会装裱字画，做工也比较粗糙，但丝毫没有怠慢和不尊重小孙老师的意思，只是觉得经我俩的手完成的作品是最有温度的。

小孙老师为我的酒咖小店写的毛笔字

小孙老师喜欢摄影，热爱大自然，每一张照片都有独特的视角。通过她镜头下的一片云、一朵野花、一片落叶、一只飞虫，都能感受到她对生活细致的观察、深刻的理解和热爱，我也能从中感悟到世间万物那独特的魅力。看着小孙老师拍的照片，我仿佛闻到花香、听到鸟鸣、看到一簇簇舞动着的白云、感受到一片秋叶落在地上。

小孙老师拍的景物

2021 年 11 月 2 日近中午的时候，小孙老师来店里点了一杯焦糖玛奇朵，没想到她把我为她制作的咖啡拍得那么美。第二天我发了下面这条朋友圈：

昨天我为我的好邻居、好妹妹——番顺茶叶店的女店主做了一杯焦糖玛奇朵，没想到她能把一杯咖啡拍得这么美。生活中处处有美好的东西，得需要能发现美、欣赏美的眼睛和心境。这张照片姐收藏了，真是甜蜜的印记。

是的，小孙老师有一双既爱美又能发现美的眼睛。

小孙老师中等个头，身材比例特别好，长相甜美，特别是她说话时的语调温柔得沁人心扉，她长发飘飘、带着微微笑意走来的样

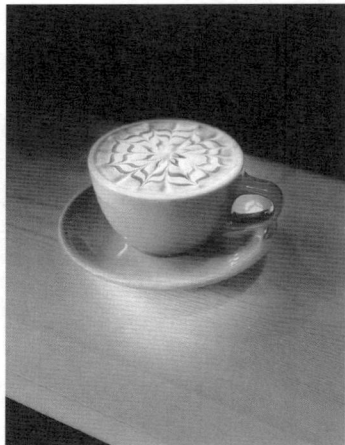

小孙老师拍的焦糖玛奇朵

子，就像随身带着一缕暖光，走到哪里，哪里就会变得温暖明亮起来。

小孙老师心地善良有爱心。九年前她收养了一只白色萨摩耶叫球球，

被她养得胖嘟嘟的,非常懂事,特别招人喜爱。因为我们的店相距很近,球球和我的俩乖乖一样都是店里的一员,经常陪着我们上岗开工。我跟球球见面的机会很多,它也知道我这里永远有肉干留给它,所以经常来我这里巡视一下,我特别喜欢看到它向我飞奔而来的样子。随着年龄的增长,球球起身、上车的速度越来越吃力、缓慢,小孙老师耐心地照顾球球,就像照顾自己的孩子一样。为了方便球球出行,一直非常恐惧开车的她,又勇敢地握起了方向盘,带着球球游山玩水,到处看风景,现在她的驾驶技术也越来越娴熟。

去年,小孙老师又收留了一只小流浪猫,把一只弱小的、脏脏的、无家可归的小猫养成现在这样一只可爱的小精灵。她的店门前经常会路过一些流浪猫狗,每次相遇,她都会拿出食物和水款待它们,暖暖的小孙老师。

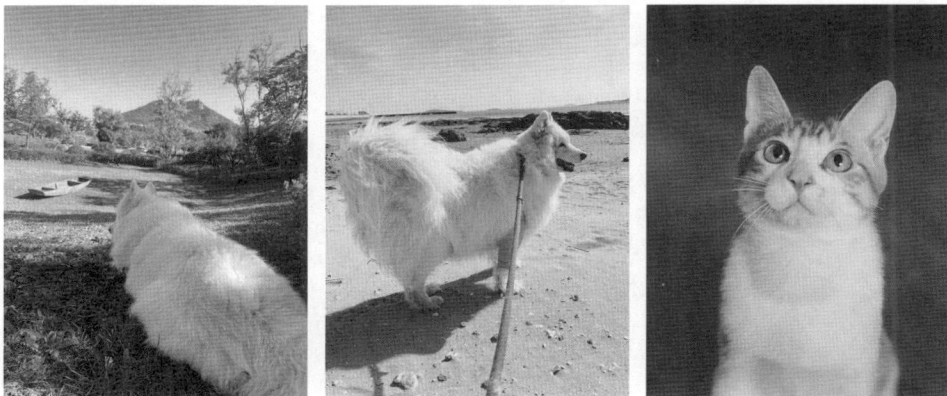

小孙老师收留的狗和猫

小孙老师知书达理,与人为善。她和任何人说话都面带微笑,和小区的保安、保洁师傅碰面都主动问好。她很照顾我的生意,经常带她的朋友来店里给我捧场。她和我的关系如此亲密,但每次来店里,除了我主动邀请她外,不论是一杯咖啡还是一瓶啤酒,她都坚持要付款。后来,为了免去互相推来让去的尴尬,她干脆提前充上钱,用完了再充,待人接物都如此妥帖的小孙老师。

小孙老师是一个温润如玉且外柔内刚的女子,对于生活中是非长短的把握十分准确,在事业遇到不顺和生活出现困难时,她都能坚守自己的内心,平静地做出取舍,坦然应对、解决困难。做任何事、应对任何问题,她都是从容不迫的样子,既坚定又果敢。

小孙老师如一杯淡淡的香茶,芳香四溢,暖我心扉;如一杯浓浓的美酒,醇厚甘甜,振我精神。跟着小孙老师的脚步,我慢慢认识到,要继续学习的绝不仅仅是诗词之美。

2022 年 12 月 20 日

赋得永久的悔

2022年的最后一天，我们家老爷子住院了。看着老公每天忙着往返于家和医院之间，使我想起2005年，我妈病重卧床，我每周末往返于济南和青岛之间的那段日子。也正是那段时间，在我心里留下了至今都无法释怀的悔。我好像又看到妈妈被病痛折磨得虚脱的身体，又听到妈妈那嘶哑无力、无助地呼喊我的声音，眼泪便不自觉地流淌出来！

我曾经读过季羡林先生的《赋得永久的悔》一书，其中一篇也是表达他对母亲的悔意。

有一个我常常在心里想的问题：对于妈妈来说，你所做的事情有没有让妈妈感到满意和欣慰？有没有让妈妈在最需要你的时候得到安慰？有没有做过什么后悔的事情？每次隐隐想到这些问题，就会让我想起2005年12月的那一天，但过去的一切都没有机会重新来过了。今天特别想念妈妈，也写一篇《赋得永久的悔》，希望妈妈在天上能感知到我的悔意。

妈妈是患肺癌走的。记得2004年的一天傍晚，我和老公在五四广场散步，不知道为什么，忽然就想回济南一趟，这个想法一直延续到第二天上班的时候，挥之不去的想法使我直接做出了休年假的决定。第二天我就赶回济南家里，除了妈妈不时咳嗽外，一切都正常。晚上哥哥姐姐都回来小聚，期间听到妈妈的咳嗽越来越频繁，在一次咳嗽后，妈妈说怎么还咳出点血来。哥哥在医院工作，马上有所警觉，说他拿着咳出的东西明天去医院做个化验。第二天哥哥下班回来，脸色低沉，对我和姐姐说："咱妈可能得了肺癌，明天我带着她去趟医院做进一步的检查。"

检查结果就是肺癌。随即，根据年龄和身体状况，妈妈先后做了两次介入化疗，虽然我们没对她说具体的病情，但她自己似乎是预感到了什么，那段时间,时常能见到她独自思考的神态。妈妈是个勇敢、坚强、勤快的人,那时年近70的妈妈在临街的小屋里还经营着一家小卖店,每天都同往常一样开门营业,即便是从医院刚化疗回来,还是带着笑容开门营业,一切照旧。

但该来的还是来了。妈妈的病情逐渐加重,仅仅一年多的时间,她还是卧床了。妈妈生来就是个利索人,一家上上下下、里里外外那么多活计,每天都能看到她忙碌的身影。记忆里永远都是她在照顾别人,而妈妈从卧床需要别人照顾到去世,总共不到两个月的时间。也就在这两个月里,我内心留下了深深的自责和无法忘怀的悔。

自从妈妈卧床后,我基本都是周五傍晚乘火车赶回济南照顾妈妈,周日傍晚再乘车返回青岛准备第二天上班。

为了方便照顾妈妈,我夜里跟妈妈睡在一个床上,前几周还没感觉有哪里做得不好,每次回去的第一夜都是满满的精神头,生怕妈妈叫我的时候不能第一时间感知到。第二个夜里虽然有些疲劳,但还是会时刻警醒着,听着妈妈的动静。可到了几周后的一天夜里,我睡得太沉了,当我被妈妈嘶哑的声音唤醒时,听到妈妈有点埋怨地说:"你这是照顾病人吗?叫都叫不醒你。"我瞬间惊醒过来,妈妈的声音本来就是嘶哑的,那是因为几年前嗓子做了手术的后遗症。那次妈妈呼唤我时无助、微弱、嘶哑的声音,直到现在还经常在我的耳边回响。

当傍晚准备去火车站坐车回青岛时,看着妈妈不舍的眼神,我心里满怀愧意,心想昨夜让妈妈受委屈了,下周五回来绝对不会发生这样的情况了。可妈妈,再没有给我下一次好好照顾她的机会。

又到了周五,原计划下午出发回济南,但凌晨四点多钟电话铃声突然响起,是哥哥的电话,说妈妈已经进入弥留状态了,让我抓紧时间往家赶。当我含着泪一路奔波,忐忑地拐进那个熟悉的街口时,看到妈妈的小店门口已经聚集了不少熟悉的和陌生的人,我明白妈妈已经走了,那个世界上最疼爱我的人不在了。妈妈应该知道我今天晚上就回来了,可她没有等我,没给我机会再伺候她老人家一夜,更没给我机会再见上一面,听我说声"对不起"。

最近,我在学习诗词的时候无意中看到两首诗:

戏问花门酒家翁

（唐）岑参

老人七十仍沽酒，千壶百瓮花门口。

道傍榆荚仍似钱，摘来沽酒君肯否。

第一眼看到这首诗，就想到了我的妈妈。这首诗对我来说不用特别记，几乎是过目不忘。每次想到这首诗，眼前就会浮现妈妈在自己小店门前卖酒的模样，有时候老顾客路过也会开玩笑地问我妈："杨老板，今天出门忘带钱了，我手里这把扇子能换几杯酒喝吗？"我妈便会说："你那把扇子太值钱了，俺这里所有的酒加起来也不够你那把扇子钱啊，随便喝，随便拿，哈哈哈！"

游子吟

（唐）孟郊

慈母手中线，游子身上衣。

临行密密缝，意恐迟迟归。

谁言寸草心，报得三春晖。

写到这首诗的时候，我的眼泪禁不住又湿了眼眶。

记得妈妈近60岁的时候做了嗓子手术便开始信佛，喜欢背诵佛经。每当休假回济南时，我和妈妈一起整两个小菜、喝着小酒，妈妈就会满脸虔诚地给我背诵长篇的佛经。她老人家是想让我看看她的诚心和进步，那么多生疏绕口的字句妈妈怎么能背得那么熟练？我每次都佩服不已。我也曾经问她说："妈，不是说信佛的人不能喝酒吗？看您这天天小啤酒喝的。"妈妈跟我说："呵呵！我就这点爱好，真戒不了。"妈妈是个非常善良的人，我记得，每当有无家可归的人路过她的小店，妈妈都会拿出吃的、喝的，再笑着聊上几句。

妈妈，现在我也将近花甲之年，不知道明天和意外哪个先来，我争取好好地过每一天，不辜负您的养育之恩；也争取多学点诗词，等到咱们再相见的时候，再整两个小菜，喝着小酒，让女儿背给您听。

我默默地对自己说，这就是我永久的悔，今天终于把藏在我内心深处的悔变成了文字，希望妈妈能看得到。

2023 年 1 月 10 日

那些难忘的机缘巧合

我的数字缘

0505

我人生中最大的恩赐,是 1990 年 5 月 5 日让我在茫茫人海中幸运地遇到了他,一个真心爱我、宠我、包容我,一直默默鼓励、支持、陪伴我 30 多年不离不弃的老公。

生儿子剖宫产手术时,大夫说我只有一个卵巢,子宫还缺一个角,像我这种情况能这么顺利地怀孕生子真的很幸运。还有一次体检时,大夫告知我的一个肾不"坚守岗位",到处游离,叫游离肾。

后来我问老公:"你那么好的条件,还是大学生,找什么样的不行呀,怎么就娶了我呢?"他说:"嗨!别提了,都怪我没有透视眼,看不穿呀!过段时间准备去济南'退货'了,哈哈。"

记得妈妈去世后的一天,老公可能是想有意转移一下我低落的情绪,他摘下眼镜假装擦眼泪,我问:"你怎么了?"他还抽泣两声,拍着大腿说:"丈母娘走了,这下完了,我也退不了货了!"

其实结婚后我一直心怀忐忑,时常想我能当上妈妈吗?如果有了孩子,会是儿子还是女儿?长啥样?会不会也像我一样?他或者是她愿意当我的孩子吗?当我的孩子会幸福吗?

有一个美丽的传说是这样的,每个孩子都是天使,他们曾趴在云朵上认认真真地挑选妈妈,他们挑中了你,就会丢掉天上无数的珍宝,光着身子,像个一无所有的小乞丐一样来到你的身边。

幸运的是,婚后不久,一个可爱的小孩悄悄地来到了我的身边。1992年5月5日,儿子出生,听到他那响亮的哭声,我也哭了。当大夫把他托举到我的眼前,见到他的那一刻,眼泪止不住地往下流,这应该是喜极而泣的泪水吧。

巧合的是,1990年5月5日是我和老公第一次见面的日子,1992年5月5日是我和儿子第一次见面的日子,在相隔两年的同一天,我幸运地收到了生命里最宝贵的两份礼物。

2023年3月6日

双11

从有微信的那年开始,我的微信号就是"感谢有你1111",很多年以来,我已把它作为了我的幸运数字。

一想到这个数字,那些跟它有关的、非常美妙的机缘巧合就会浮现在我的眼前。从接到改变我命运的入伍通知书的那一天(1985年11月11日)开始,到后来我和老公拍结婚证照片的那一天(1990年11月11日),一直到现在,我生活里发生的很多大大小小的巧合都跟这个数字有关。

我一直觉得对不住的一个人是我在机场公安分局工作时的局领导——王政委。王政委也是位转业军人,直率豁达,待人和善,愿意帮助他人。他身边有很多的好朋友,对我也很好。

记得妈妈有个心愿是能去一趟普陀山,但她觉得我的工作忙,住得又远,犹犹豫豫没开口。妈妈是个从来不愿意给别人添麻烦的人,我就主动问她:"杨老板,我看你好像有什么难言之隐的样子呀。吞吞吐吐的干啥?有什么事就说!"

妈妈犹豫着,端起酒杯喝了一大口,说:"是有一个愿望,要是能去普陀山看看,那我这辈子就圆满了。"

回青岛后,我和老公说起这个事,老公建议我休几天假,抓紧时间陪妈妈去趟普陀山,顺道再去杭州玩两天,满足妈妈的心愿。

　　我这个人有个习惯,想到要做什么事,就会立刻开始行动,绝不拖延。第二天,我就去请假。找到王政委批假的时候,他立刻表示他可以联系杭州那边的战友帮忙接送,照顾一下老人。妈妈在之后的许多年,还经常提起王政委的帮助。

　　后来发生的一件事使我至今对王政委都心存愧意,也是因为休假的事引起的。有一天哥哥来电话说妈妈病了,记得那天应该是休息日,我便在家里给王政委打电话,说想要休几天假回济南一趟,没想到他不准假。我心里着急,也越来越沉不住气,还质问他为什么,怎么就不准我的假?后来也没机会解释是因为妈妈病了。

　　那时,我太年轻、太不懂事了。

　　2010年我离开公安系统,两年后王政委也退休了,直到现在我和王政委也只见过一次面,就是2017年的那次意想不到的巧遇。

　　2016年我开始受颈椎病的折磨,后来听朋友介绍说青岛第一疗养院那里有位林大夫做颈部按摩很有名,建议我也去试试。那天我去见了林大夫,林大夫说:"我先给你做,做完了你感觉好再去交费。"按摩后确实感觉舒服了不少,我就决定继续治疗。没想到的是,那里只收现金,我现金带得不够,还差180元,这可怎么办?我烦躁地拿出手机看看时间,显示11:11,这些年来我经常无意中看到这个数字。没想到就在这时,传来两个人说话的声音,其中一个像是王政委的声音,我定睛一看,还真是王政委。只见他和一个大夫边说着话边朝我这边走来,我俩多年没见,能在这里见面都感到很惊奇。那时我又是惊喜又是心怀愧疚,一见到我,他先是惊讶,立刻又露出他那标志性的和善笑容,看不出有丝毫的隔阂,像一个邻家大哥。听说我正为了180元钱犯愁,二话没说立刻从包里拿出200元钱递给了我。

　　至今王政委也没收我还给他的200元钱,我们也没机会再见一面。我经常想起王政委那谦和的笑容、对我的帮助以及那次电话里我对他发的脾气。我有时想,如果真见了面,我也不好意思再提那次的事。

　　此时,我能做的就是把我对王政委的感谢和愧疚写在这里,表达一下这些年来一直埋藏在我心里的、对他的歉意,也记录一下2017年某一天11:11那美妙的巧遇时刻。

在我的生活里，"双 11"这个数字经常会在某一时刻给我带来惊喜和感动。

2023 年 3 月 8 日

515151

2017 年 5 月 1 日发生的事我将刻骨铭心，永远难忘。4 月 30 日的下午，我的公公自己出门走失了。

那时公公住在辛家庄，晚上六点半左右，老公下班赶到那里，先到附近的小超市给他买了些东西，回家后发现公公不在家。等到 7:30 还没回来，打了好几个电话也没接。天黑下来了，老公心里越来越不踏实，开始有些担心。回顾他最近总是乱发脾气、忘事，说一些似是而非、不着边际的话，忽然意识到公公是不是有阿尔兹海默病的倾向，之前没有接触过这个病，总感觉距离我们很遥远。老公立刻给当医生的姐姐打去电话，那时姐姐和我们都在崂山区住，两家距离很近，姐姐、姐夫立刻接上我一起赶往公公居住的小区，开始了焦急地寻找。

一直找到晚上十点左右，还是没有找到公公。我到派出所报案，老公、姐姐和姐夫继续寻找，值班的民警帮我调出公公家附近的监控，确定了他出走的方向，但监控找起来很麻烦，也需要时间。将近晚上十一点的时候，我接到老公的电话，说是有消息了。

幸亏在医院工作的姐姐心细且早有防备，前几天就在公公的手机背面贴上了电话号码。刚刚姐姐接到了市政府对面超市一个收银员打来的电话，说是有位老人找不到家了，看到了他手机上留的电话号码便打了过来。我们总算放下心来，立即赶往超市，见到了公公，直接把公公接到了我们家，一起吃了点东西，安稳下来的时候已经是第二天凌晨了。

折腾了一夜，第二天大家都起得比往常晚，吃午饭的时候已经下午三点多了。时逢"五一"节假期，老人也算是顺利回家了，特别想喝点酒放松放松，可能好久没喝酒了，看着公公也频频举杯，那天的酒真香。

记得那天晚上老公约了校友聚会，我陪公公在家。到了晚上九点多的时候,他提出想要回自己家睡觉,一开始我没同意,过了一会儿,他又要求回家,还越来越急躁,表示回家后坚决不出门,等着我们明天过去,他收拾收拾随身用的东西,到时再跟我们回来。我一想也行,就嘱咐他回家后千万不能出门,在家等着我们明天去接他。当时我心存侥幸,心想下午喝的酒,已经过去很久了,开得仔细一些,肯定没事。

我把公公送上楼后又嘱咐了几句,准备返回自己家。大路信号灯太多,不如走北边那条小路回家,于是就启动车辆往小路开去。经过交警队的时候,他们正在查酒驾,前面已经有几辆车在接受检查,排到我的时候,测试仪显示我属于酒驾。我从来没遇到过这种情况,顿时感到非常紧张。

那段时间我正处于心情低落、承受力较差、经常睡不着觉的时候,当天夜里又开始了各种自责,翻来覆去折腾了大半夜。

后来回想起来,发现非常巧合的是,那次我被测出血液中的酒精含量是51毫克,那一天是"五一"劳动节,那年我51周岁。直到现在,也难忘515151这个数字,它成了我家的警示数字。每当端起酒杯的时候就会很自然地想起这件事。它就像一把无形的尺,时时刻刻提醒着我在以后的日子里坚决不能越雷池半步。

2023 年 3 月 9 日

四次车损事件的巧妙安排

1994 年,儿子两岁的时候我学了车,用的是手动挡的大解放。从拿到驾驶证到现在,我已经有 29 年的驾龄了。这些年发生过的车损事件共有四次。每当想起这些过往,都会让我想起那四次车损事件有直接关系的人,想起他们,我内心里的感动和温暖都会油然而生,也特别感慨自己怎能如此幸运。车损不是什么好事,但却能机缘巧合地让我遇到那么大度、善良的四个好人。

第一次车损

2004年，我儿子在辛家庄附近上初一，学校的西面有一个小十字路口，没有信号灯。记得有一天早上，儿子起床有点晚，我们吃完早饭急急忙忙地赶往学校。

距离上学的时间越来越近，一路上红绿灯多，又赶上堵车，我有些急躁，边开着车还不时地埋怨着儿子。好不容易到了那个小十字路口，结果直行过路口的时候，由于我一时疏忽，没有注意到前面的车忽然减速，当我发现时，匆忙踩刹车，结果还是咣当一声撞上了。定睛一看，那是辆崭新的桑塔纳。当我硬着头皮打开车门下车后，看到前面那辆车的主人满脸焦躁、不悦地朝我走来，我连忙赔礼说："真不好意思，我这送孩子上学，没注意就撞上您了，全是我的责任，您看怎么办？"我心里已经做好了被数落一番的准备，但令我没想到的是，他看到我的车牌后，脸色和善了许多，问我："你老公是不是在机场工作？"我说："是呀，您认识他？"他立刻有了笑容，他说："我俩是同学，前几天碰巧一起开过会，我看到他开的就是这辆车，我还说这辆车的车号很容易记住，哈哈！这样吧，车伤得也不重，咱们各自处理一下就行了。你不用管了，快去送孩子上学。"儿子也从惊恐中回过神来，立马向叔叔表示感谢。

直到现在，我还依稀记得他高高的个头、微卷的头发和和善的笑容。

2023 年 3 月 9 日

第二次车损

第二次是2019年初的一天，那时我还没退休，儿子正好也在家休假，坐我的车来机场附近办事。我刚到办公室没多久，忽然接到邻居的电话，他焦急地说："杨姐，你家大乖小乖从院子里跑出去了，你在哪里呀？"我听后放下电话，心急火燎地请了假，接上儿子一起往家赶。

一路上急急忙忙地过大街穿小巷，开到一条很宽的大路上时，我发现前面需要左拐，就急忙往最左边的车道变道，没想到方向盘打得有点晚，一下子感到车身震动了一下，心想坏了，追尾了！

　　事实确实如此,追尾了。还没来得及开门下车,就看到前面的车上下来两个非常年轻、高高大大的小伙子,我当时感觉他们有些气势汹汹。我想这下麻烦了,马上先赔礼道歉。这时,我忽然发现他俩脖子上挂着的工作证非常熟悉,马上问道:"啊!你们是机场公安的?"开车的小伙子说:"是,我们是机场分局特勤队的。"我一听稍微放松了一点,对他说:"我之前也在机场交警大队工作过,现在在机场资产部工作,今天给你们添麻烦了,但家里有急事等着我去处理,咱俩先留个电话,你先去修车,费用我全出,随后给你转过去可好?"这个小伙子听后先是一怔,然后没有半点犹豫,笑着爽快地对我说:"好的,自家人呀!没问题,你快回家吧,咱们再联系。"

　　这个小伙子还嘱咐我抓紧时间开车回家,路上一定要注意安全。儿子不放心我再继续开车,于是坐到了驾驶座。

　　一路上,那个小伙子阳光温暖的笑容一直在我眼前晃动,主干道上车来车往,川流不息,在那么多的陌生人当中,我如此"幸运"地遇到了那么好的小伙子,我只有心怀感恩,祝愿好人一生平安。

2023 年 3 月 10 日

第三次车损

　　2021 年 8 月 31 日,中午跑到市区办几件杂事,办好后已快到晚饭时间了。我惦记着如果这个点往家赶,顺利的话也得一个小时才能到家,可别把我的俩乖乖饿坏了。

　　这时起风了,还下起了大雨,当我拐到梅岭西路上时,雨越下越大,刚跑了没多远,忽然听到一声爆响,同时感到车子有些偏斜,虽然是第一次遇到这样的状况,但是我立马意识到是车胎爆了。我本能地看看右后视镜,踩刹车,往右靠路边停车。车停下后,打开双闪。老公在单位值班,家里又没人,我的眼前一直浮现着我的俩乖乖饿了一天的样子,怎么办呀!

　　时间一分一秒地过去,狂风骤雨丝毫没有要停下的迹象,我一个人在车里无助地坐了一会儿,回过神来立马搜周边的修理厂电话,对方回电说现在大雨,来了也没法修理。十多分钟过去了,我越来越着急,忽然看到有一辆车慢慢地停在了我的车前,巧的是这时大雨也停了。车门打开后,他微笑着朝我走来,招了招手,对我说:"你的车怎么了,是不是爆胎了? 我从对面路过,看到你打着双闪,赶紧掉头过来。我是救援队的,你别着急。"我说:"是呀! 是呀! 第一次遇到这样的情况,我也不知道怎么办。"

他说:"没事,你把后备箱打开,我看看有没有备用轮胎,我帮你换一下,一会儿就修好了。"我听后惊讶和感动地一时没有回过神来。

看着他熟练地搬下轮胎,拿出工具,三下五除二就换好了备胎,然后还嘱咐我:"路上你慢点开,尽早到修理厂把那个轮胎修好。"

那天我激动地发了下面这条朋友圈:

刚刚不到六点的时候,在海安路附近办完事准备回家,没走几分钟,忽然听到一声爆响,车的左后轮爆胎了。我赶快把车停到路边。在非常无助的时候,一辆车突然停在我的车前,下来一位非常干练的陌生人,说自己是青岛995应急救援队的。检查完情况后,他立即非常熟练、认真地帮我换了备胎,分文不取。我真的非常感动。后来知道他也是当过兵的人,2001年的武警战士,和我一个兵种。向青岛交通广播应急车队致敬! 向帮我修车的武警战友致敬! 青岛真美!

困难时刻,青岛995救援队队员及时出现在我身边

那天当第一眼看到他朝我走来的时候,我就感觉他是当过兵的人,没想到我们还是一个兵种。这位战友姓腾,亲爱的战友,向您致敬,敬礼!

2023年3月12日

第四次车损

2022 年 9 月 5 日,星期一,临近中秋节。

2022 年 9 月 5 日,今天周一店休,一早赶往市南区办理军人优待证。在宁夏路青岛大学附近等红灯时,忽然咣当一声闷响,车体震动,我以为是被追尾,结果后车司机来敲车窗,说是我溜车撞了他刚刚买了一周的新车。经过短暂的交流和认定,确实如此。他虽然非常焦急和不悦,但没有任何过激的指责,很快联系了交警和保险公司。后来在吴兴路办理快速理赔手续时互留了电话,在分别时他还嘱咐我注意安全。今天我又一次被感动到了,交谈中得知他曾经也是一名武警战士,2001 年的兵,和我一个兵种,我俩入伍时间相隔 15 年。分别时彼此一个握手、一个军礼,互道再见。缘分就是这么奇妙,这位曾经的武警战士姓闫,姐向您致敬!在此提醒各位好友,节假日前后是事故高发时段,一定要注意行车安全。

以上是 2022 年 9 月 5 日我发的一条朋友圈。没过两天,我和闫战友加了微信,我担心他看到我朋友圈里发了当时现场的照片会感觉不舒服,特意把这条朋友圈设定为仅自己可见了。写这件事就是想以此留下温暖的一瞬间,作为永久的美好回忆。

2023 年 3 月 12 日

我和乖乖们的缘

2018 年 9 月 16 日,星期日。

那时候公公已经越来越糊涂了,也确诊了阿尔兹海默病。

那天天气特别好,我们和姐姐、姐夫约好带着公公一起去潍坊表哥的新家玩。去的时候,是我们一行五人。我当时做梦都没想到,回来的时候又多了两个"小可爱"——大乖和小乖,让我过上了有狗相伴的快乐日子。

潍坊的表哥是我婆婆大哥的二儿子,表嫂和我同龄,比我小两个月,他们的孩子老率比我儿子年龄稍大一点。第一次见到他们的时候是在我婆婆家。老牢那时还在妈妈肚子里,记得那一晚,我是跟第一次见面的表嫂睡的一张床,也就是那一次"同床",使我们成了无话不谈的贴心姐妹。

每当想起他们一家,我就会想起很多过往,除了那些快乐的记忆,还有表嫂曾经说过的那些话。

表嫂是地地道道的潍坊人,一口纯正的潍坊话,个头不高,眼睛不大,说话和笑起来的时候,两个小酒窝特别好看。表嫂永远是挺胸昂头、声音洪亮、面带笑意,眼睛里有明亮的光。

有一段时间,因为表哥工作上遇到一些困难,使如此阳光坚强的表嫂也天天发愁。电话里能听得出她心里的压力有多大,她说:"我现在都不会笑了!"可知那么爱说爱笑的表嫂那段时间过得该有多么压抑和担心。大概过了一年的时间,随着表哥工作上的困难得到解决,后来又被提拔重用,一切都变得越来越好。电话里又听到了表嫂欢快的声音:"现在都变好了,也真的感觉到了生活的不易,我现在内心越来越平和了,非常知足,更没想到现在还住上了带院子的房子。"

表哥看上去文质彬彬、不善言辞,但能喝些酒,我特别喜欢跟表哥一起喝酒的感觉。那天我们一大家子人在他们的新家开心小聚,更开心的是我遇到了大乖和小乖。

表哥家的院子很大,他们已经养了五六只大大小小的狗,其中有两只很小的狗特别招人怜爱,我一看到它俩就有种亲切、疼惜的感觉。表哥说它俩是他刚刚收养的,也不知道是哪天出生的,地地道道的中华田园犬。

它俩实在是太招人稀罕了,从未养过狗的我,忽然有种冲动,就试探着问表哥:"哥哥,能把它俩送给我吗?"没想到表哥爽快地同意了。我紧接着就征询老公的意见,可他立即否定了我的想法,说咱们还没退休,每天得按点上班,谁能天天在家照顾它们。再说咱俩都怕狗,更没有养狗的经验,能养好它们吗?我想他说的也不是没有道理,可我不知为什么就是爱不释手,非常迫切地想要带它俩回家,怎奈老公就是不同意。

失望中我问表哥它俩叫什么名字,没想到表哥说:"刚来咱家的时候,看着它俩特别乖的样子,就把个头大点的叫大乖,个头小点的叫小乖。"我们和哥哥姐姐都流露出惊讶的表情,哈哈!老公那远在美国的弟弟的两个女儿,小名就叫大乖和小乖,我看出这种奇妙的巧合也让老公脸上有了微妙的变化,接着听到姐夫对老公说:"这也太巧了,确实有缘分,你就让岩萍带回去吧。"看着老公的脸,他稍做犹豫,竟点头同意了。

回家的路上,我不时回头张望放在纸箱里的大乖和小乖,没有丝毫的陌生感,就像我的两个孩子一样。到了家,进了院门,我把纸箱放在地上,打开一角,就看到大乖和小乖小心翼翼地东张西望,慢慢试探着一步一步走出纸箱。乖乖,这里以后就是你们的家了,我们会好好爱你们的。

记得当天老公还对我提出个要求,说:"你赶紧给它们买狗窝,它俩就只能在院子里活动,坚决不能进屋。"没过多久,老公比我还要宠爱它俩,不仅让它们进了屋,还上了沙发;不仅让它们在客厅里活动,还教它们学会了爬楼梯,更时不时地跳上床。

冥冥中一切都是那么巧合,我们很幸运有了乖乖们的陪伴,乖乖们也是幸运的。来我们家没多久,我听表嫂说,前几天他俩下班后,发现家里那只体型稍微小点的狗从大院一处松动的围栏缝隙跑出去了,找到它的时候,已经误吃了毒药,被毒死在了小区的一个角落里。我听后,不禁倒吸了一口凉气,还好我们把俩乖乖带回来了,不然后果不堪设想。

乖乖们来我们家已经 4 年多了,真的是不负其名,越来越懂事,越来越乖巧。它们那乖巧的样子和眼神,使我们的心都快要融化了。

大乖和小乖

　　有时候我会想，表哥真棒，不仅解决了自己工作中的困难，还得到重用提拔；不仅让表嫂又回到从前阳光爱笑的样子，而且还有能力、有想法买了一套带院子的房子。如果他们还在市区居住，肯定不能收养那么多只大大小小的狗；如果他们不收养这些狗，我又怎么能有幸遇到和拥有我的大乖和小乖呢。

　　真心感谢我的表哥和表嫂。

2023 年 3 月 16 日

内心随想

婆婆妈妈

昨天是 2023 年 3 月 21 日,星期二。晚上和老公的三个发小,共四个家庭小聚。从小到现在,我们一起经历了近 40 年的漫长岁月,老照片上那一张张稚嫩的、年少的脸,如今都留下了岁月的痕迹,但不变的是亲如家人的温暖、和睦,还有毫无拘束感的放松、快乐。

因为从小一起长大,他们对彼此的父母都非常熟悉和尊重,父母们也见证了我们的成长。"Family"每次小聚,首先都会相互问候各家老人,了解老人们的身体和生活状态。每逢大年初一,亲自登门给彼此父母拜年已经是多年来的习惯。如今那温馨的画面和那慈祥的笑容越来越难看到了,四个家庭中已经走了七位母亲。

昨天晚上谈到母亲的时候,我听到大家说话的语气立刻温柔了起来,从每个人的脸上我都读到了对母亲的尊重、关爱、感恩和那深切的思念。

魏君的妈妈,我见面的次数相对少一些,印象中阿姨是南方人,话语不多,非常娴静,总是面带和善的笑容看着你,静静地听着别人说话。凯利和小哥的母亲是青岛本地人,都是非常有能力的女人,不仅把家里打理得井井有条,工作中也都是单位的中坚力量。我现在还记得小哥母亲做的红烧排骨的味道。记得有一次去拜年,凯利年过 80 的母亲对我和老公说:"人一定要与时俱进。"这位 1928 年出生的老人,经历过许多困难,曾担任过纺织厂的车间主任,即便退休多年依然对生活充满了热情,耄耋之年还在鼓励我们积极向上,不要停下前进的脚步。

　　从最初动笔的时候,大纲里关于母亲的这篇定了是要写的。内容分了几个大的章节,其中又细化了很多小标题,根据每天的心情、内心所想和生活中发生的事情,随时变更小标题。

　　今天阴天,外面凉风伴着小雨,稍感冷清,店里没有客人。从昨天到现在,母亲们的形象总是出现在我的眼前。清明将近,特别想写写我自己的两位好母亲——婆婆和妈妈。

　　我和婆婆做了21年的婆媳,她对我疼爱有加,就像是亲生女儿一般。算起来我和婆婆相处的时间比我和妈妈在一起的时间还要多。

　　婆婆是地道的即墨人,兄妹共七人。我没见过三舅,听婆婆说他很小的时候就夭折了。我进入这个家庭的时候,婆婆排行老四,有两个哥哥、一个姐姐,还有一个妹妹、一个弟弟。婆婆的祖辈在村里小有名气,是当地的文化人,所以受家庭的影响,婆婆从小就喜欢读书,学习成绩特别好。后来,婆婆和公公走到了一起,为了支持考上清华大学的公公而选择了一个人承担起了繁重的家务。婆婆和公公都是即墨农村人,一路从农村打拼到城市定居。公公大学毕业后留在北京工作,婆婆来青岛的第一份工作是在青岛微电机厂做财务会计,一直做到退休。公公很早就没有了父亲,所以他的母亲和妹妹也由婆婆照顾着。随着大姑姐和老公的出生,婆婆还承担着工作和抚养孩子的双重压力,直到1974年比我老公小十岁的弟弟出生,公公调回青岛工作后,一大家子才得以团聚。那时大姑姐12岁,我老公也10岁了,都能帮婆婆干活了,婆婆的压力得到了一些缓解。

　　婆婆个子不高,身材匀称,是一位很知性、很有气质的女性,说起话来总是面带笑容,轻声细语。我和婆婆有缘,名字里都有个"萍"字,她老人家叫袁萍,我叫岩萍。婆婆生活中对人很大方,自己却很节俭,对吃喝从不挑剔,不好茶、不喝酒、不吸烟。写到这里,想起婆婆最爱吃的菜是炸刀鱼。此刻,婆婆一手拿着炸刀鱼,一手拿着热气腾腾的白面馒头,满脸满足和幸福地慢慢品尝的画面又出现在我眼前。

　　每当想起婆婆,内心里就会想起很多过往。

　　婆婆对吃喝不讲究,但是很在意自己和孩子们的衣着穿戴。她是个心灵手巧的女人,会自己剪裁衣服,只要在外面看到好的样式,扯上几尺布,就能做出一样的衣服来。之前家里最值钱的就是一台工农牌缝纫机。生活虽然不富裕,但婆婆通过她那灵巧的双手,总能让孩子和自己穿得干干净净且时尚。婆婆常常引以为傲地说,我老公小时候穿上她做的小衣服,特别可爱。每当有人去单位的托儿所参观,老师都把我老公放在最外面的位置。

婆婆的缝纫机

婆婆的这架老式缝纫机已经成了我们的传家宝。如今它静静地立在我酒咖小店的二楼入口处,很多客人看到它,都会产生亲切感。每当看到它,我都会很自然地想起婆婆,用手触摸它的台面、它的转轮、它的梭芯,好像仍能感受到婆婆的体温,感觉婆婆一直都在我们身边,从未离开。

婆婆心里装着整个大家庭,她对自己的三个孩子都很放心、很满意,却一直关注着家里其他亲戚的生活。婆婆说在她最困难的时候,娘家人对她的帮助和付出太多,现在日子过得好了,有能帮他们的地方就得尽心去做。

婆婆一直牵挂着她的每个兄弟姐妹,把三姨也安排到厂里当了工人,三姨自此也从农村老家来到市区安家。

婆婆最尊敬和心疼的是她的二哥,我们的二舅。当年,大舅在外地求学,年轻的二舅孤身闯东北,吃了不少苦,后来在铁路部门工作,生活才安定下来。后来,婆婆的父亲突然病逝,二舅回来奔丧,由于家里生活困难,于是善良孝顺的二舅无奈回绝了单位的无数个催回电报,毅然留在即墨老家,默默承担起全家人的生活重担,耽误了青春年华,始终未婚。

婆婆心里一直惦念着二舅,她跟我说过:"你们二舅很伟大,那些年大舅在诸城当老师,家里多亏有他顶着。后来我有了两个孩子,还得上班,经常把孩子送回娘家,你们二舅就把他俩当成自己的孩子来疼。你们以后一定要孝敬二舅。"

值得欣慰的是,一大家人都非常孝敬二舅,二舅晚年过得很幸福,90多岁了还常常带着满足的笑容,常常村前村后、田里地里地到处溜达。

婆婆不只牵挂着她的那些兄弟姐妹,她心里还装着他们的孩子和孙辈。

婆婆是个非常善良的人,她对我和老公说过,别人有事找你帮忙的时候,能帮的一定要伸手相助,如果确实帮不了,也要跟别人说明白。

婆婆为了帮我们看孩子,不计个人得失,毅然做出提前两年退休、回归家庭的决定。有一天她下班回来,笑着对我们说她今天办好退休手续了,从明天开始哪里也不去了,让我们把孩子交给她照看,嘱咐我们安心去单位上班。那天婆婆说这些话时的神态我永远记得。

婆婆看上去柔柔弱弱、说话细声慢语的,其实她做事情特别雷厉风行。她特别遵守时间,从来不让别人等她。

2004年,我妈妈查出肺癌的时候,一向节俭的婆婆特意到银行取出厚厚的一摞钱,塞到我的手里。

婆婆不喜欢女人喝酒,但每当看到我直接盛饭准备吃的时候,她总会问我:"岩萍,你怎么不喝一杯了?"

婆婆是2011年因直肠癌去世的。弥留之际,婆婆将房产的分配跟家人交代了,还不忘把她的那几件金首饰"物归原主",谁买给她的,她心里都记得。

有一天,我和老公在她身边陪着她,她迷迷糊糊地睁开眼睛看到我正在流泪,用力握住我的手,对我说:"岩萍,你是我的亲闺女。"

婆婆和我妈妈一样,一生从来不愿意给别人添麻烦。我记得婆婆去世前的那一夜,是由我来陪伴的。想起多年前照顾妈妈时留下的永远的悔,那一夜我没敢合眼,一直关注着婆婆的一举一动,生怕听不到本就虚弱的婆婆需要我时发出的任何一点微弱的声音。第二天上午,老公让我回家休息,那天到家后,我把手机调到了静音,很快就进入了深睡眠,没想到在我熟睡的时候,婆婆走了。

那一天是2011年3月21日。

记得婆婆走后的好几年里,老公偶尔在外面喝了酒,回家后都会抑制不住地号啕大哭,我理解他,那个世界上最疼爱他的人离开了。直到现在,每当去给婆婆扫墓,看到石碑上婆婆的名字,我都会忍不住流下泪来,我的两个妈妈都不在了,在这个世界上,再也没有能够让我叫妈妈的人了。

我的妈妈是独生女,那个时代,独生女的人家不多。

我的姥姥只有她这么一个女儿。妈妈出生在德州市平原县一个叫五杨庄的小村子里,我童年里有一半的时间也是在姥姥家那个小院里度过的。

我直到现在还记得姥姥家堂屋里那个连着风箱的大土灶和那口天天冒着热气的大铁锅。姥姥从年轻时就抽烟、喝高度白酒,姥姥脾气急,爱笑、爱干净,胆子也大,家里、地里的活都难不倒也累不倒她,好像从来没有什么能吓到她。姥姥姓张,叫张凤坤,村民们都叫她"张大胆"。

战争年代,有一次为了躲避侵略者,姥姥用锅底灰把自己和那时只有两三岁的妈妈的脸摸黑,带上一些口粮,跑到村里的坟地里,一躲就是好几天。我的姥姥胆子确实大。

我的姥姥性格豪爽、通情达理,心地非常善良,因此她在村里的威望很高。每当春天跟着姥姥从济南回到村里,村里的叔叔、婶子、大爷们都会拿着家里舍不得吃的东西来姥姥家问候,油灯下挤满了一屋子的人。

妈妈在济南成家后,姥姥跟随妈妈一起到了济南,还在济南火车站摆过水果摊,姥姥是个闲不住的人。

我的姥姥

现在想来,其实我和妈妈都遗传了姥姥身上的很多特质。那时家里穷,可姥姥总是把家里、院里收拾得整洁有序,所以我和妈妈也都养成了爱干净的好习惯;小的时候跟着姥姥坐在土炕上和面,做葱油饼,擀饺子皮,包饺子,所以我和妈妈从小就会做各种面食。

我的妈妈特别爱干净。早上起床后,被子、枕头和床单都得收拾得板板正正,床面总是干干净净。她有个规定,白天除了午睡可以上床,其他时间不允许我们坐在床上。

妈妈的爱好很多,年轻的时候最喜欢喝茶,每天早饭后的一壶茶是她一天快乐的开始。妈妈是个风风火火、吃苦耐劳的人,也是个特别容易满足、特别善良的人。

记得我刚转到铁一小的时候,在济南槐荫区的铁路宿舍住。有一天上学我起晚了,看着早饭却没有食欲,拎起书包就准备出门,妈妈看我不吃早饭就往外走,急得一边大声吆喝着一边忙着给我煎鸡蛋。那时不懂事,我还是一意孤行地下了楼,没想到刚过了楼下一条小马路,身后就传来妈妈的大声呼喊:"三儿,你给我站住。"我看到妈妈手里拿着一小包东西,风风火火地朝我跑来,说:"昨天一夜加上今天一上午,肚子里没点儿东西,那哪行呀!"妈妈把手里的食物硬塞到我的手里,然后急匆匆地转身往家跑,她还要骑自行车赶去上班呢。当我打开小包,里面是一个没完全煎熟的鸡蛋、一片馒头、两三根腌咸菜条。那天的画面现在依然非常清晰,妈妈那小碎步往家跑、左顾右盼后一下子冲过马路的背影又浮现在我的眼前。

妈妈说过,她最大福气就是遇到了我那英俊高大、善良又有包容心的爸爸。刚上小学时的那段时间,我是跟爸爸妈妈住一个房间,我睡在他们大床的尾部和墙之间用木板搭起的一个小床上。依稀记得晚上睡觉前,爸爸妈妈聊天的样子,仿佛就在昨天。

妈妈还是一个有大爱的人。爸爸去世后不久,有一天我回济南,妈妈悄悄地对我说:"三儿,你三叔家的老大爱民最近遇到困难了,听说需要些钱救救急,你看能帮帮他吗?"我知道妈妈也是在为爸爸家的事着急,虽然爸爸已经不在了,但她还牵挂着爸爸的家人。随后,我立刻跑去银行取了 2000 元钱赶回老家,交到弟弟爱民的手里。妈妈的心放下了,看到她脸上的表情也放松了许多。晚上,妈妈忙前忙后地做了好几个我爱吃的小菜。

妈妈是个很有能力的女人,我印象中她在天桥熟肉店工作过,那里的叔叔阿姨对我特别好,经常偷偷地往我手里塞上一块猪头肉。后来又到济南五里沟的一个织布厂做过好多年的采购,经常出差联系货物。

妈妈是个闲不住的人。退休后,她在自家临街的南院搭起了一间小平房,开了一个小卖部,一直经营了好多年。即便是患病后,去医院接受治疗回到家,她依然会带着笑意开门继续营业,一直营业到她需要被别人照顾为止。

我和妈妈一样,都是离开了自己从小长大的地方,到了一个陌生的城市,都有幸找到了那么好的另一半;我和妈妈都喜欢喝啤酒;都喜欢旅行;都开过一个小店;都喜欢背诵诗文;都喜欢写作。记得妈妈在晚年的时候也想写本书,前几天回济南的时候,侄子特意定了大明湖畔的一个酒店招待我们,在饭桌上他还提起,奶奶当年很想写本书呢! 我能理解妈妈,她也是一个非常感恩、非常知足的人,内心深处有很多的感受不便直接表达,也想通过文字抒发感情。

我和妈妈都是急脾气,我风风火火的样子像极了妈妈。今天忽然想到,我和妈妈还都做过同样的工作,都干过采购。妈妈在织布厂的采购岗位工作过近八年时间,我在机场资产部采购专员的岗位上也工作了八年时间,虽然年代不同,工作环境、状态、性质也不同,但都是在同样的岗位上工作过那么多年,说起来,也算是有过一段相同的经历。

我和妈妈就像是一对无话不谈的朋友,无论彼此遇到什么事都喜欢一起聊聊,特别是爸爸走后的那些年,见不到面就在电话里聊。每次见面,两三个简单的小菜,开两瓶啤酒,在哭哭笑笑中,我们的内心得到了尽情的释放。

记得陪妈妈去杭州的时候,我俩游完西湖后在附近找了一家不错的小餐馆,点了两三个合口的小菜和两瓶啤酒。我借着酒劲儿逗妈妈说:"妈,看你把俺哥哥姐姐生得都那么好,怎么把俺生得全身都是毛病。我只有一个卵巢,子宫还缺一个角,有一个肾还到处跑。"妈妈喝了一大口啤酒,放下杯子对我说:"岩萍,我和你爸爸最对不起的就是你,当时有了你哥哥和你姐姐,生活也都不富裕,没打算要你的。但是一犹豫还是把你留下了,你姐姐小时候长得太漂亮了,你爸爸和我都喜欢得不得了。怀你的时候,你姐姐才两岁,为了把她打扮得漂漂亮亮的,我成天坐在小板凳上绣花,一是卖点钱补贴家用,二是在小衣服上绣上花,让她穿上会更漂亮。你在我的肚子里越来越大，我成天做针线活挤压着你，我就寻思肯定是我把你挤成这样的，妈妈对你是有愧的。你爸爸在的时候，我俩常说，多亏我们有了你，跟着你真享福了，飞机也坐过了。你看这次来杭州，我还坐上专车了，太有福了，这些都是想都不敢想的事呀！"。

那天我和妈妈聊了很久，记得邻桌的客人临走时还特意来到我们桌旁，专门送给我们两瓶啤酒，说："看到你们俩聊天的画面太温暖了，很好奇你俩是什么关系呀？"那天我结账的时候，算上邻桌客人送的那两瓶酒，我和妈妈总共喝了九瓶啤酒。

妈妈是 2005 年 12 月 2 日走的，那年我 39 岁。

妈妈去世后很长的一段时间里，我一个人在家十分想念妈妈时，我开上两瓶啤酒，给妈妈也倒上一杯，看着她的照片，跟她说说心里话，喝到微醺的时候常常泪流满面。

如今在我的酒咖小店里，看到货架上摆放着那么多种类的青岛啤酒，我也会时常想起妈妈。妈妈最喜欢喝啤酒，我经常想，如果妈妈在该多好！可妈妈已经离开我近 20 年了。想起和妈妈一起开怀畅饮、无话不说的日子，心里就特别温暖。

婆婆和妈妈年龄只相差 1 岁，两位妈妈虽然不在一个城市，却因为我和老公而相识，有缘成为亲家。虽然她们经历不同、性格不同、爱好不同，但她们的共同之处就是都有纯净的、博大的母爱。

2002 年 10 月，我带着两个妈妈一起去贵州旅行。她们有时一左一右地跟着我，有时肩并肩地走在前面，有时两个人热烈地讨论着，有时又远远地落在我的身后。看着她俩，常常会令我产生一种遐想：和妈妈一起生活24 年之后认识了婆婆，从正式叫婆婆"妈妈"的那天开始

我和婆婆、妈妈

到现在,我始终认为眼前这两位都是我的妈妈,从两位妈妈身上体会到的都是同样真切的母爱,享受到的都是同样淳厚的母女之情。

特别喜欢听一首歌曲——《天之大》:

妈妈,月光之下,

静静地,我想你了。

静静淌在血里的牵挂。

妈妈,你的怀抱,

我一生爱的襁褓,

有你晒过的衣服味道。

妈妈,月亮之下,

有了你,我才有家。

离别虽半步即是天涯。

思念,何必泪眼,

爱长长,长过天年。

幸福生于会痛的心田。

天之大,

唯有你的爱,是完美无瑕。

妈妈,月光之下,静静地,我想你们了。

听着这首不知道听了多少遍的歌,流着泪写完这一篇《婆婆妈妈》,献给一直爱着我们的好妈妈们。

2023 年 3 月 22 日

冯叔一家

今天我要写写冯叔一家,因为自从 2020 年秋天在冯叔二女儿的小院里第一次见到阿姨时,我就感受到了妈妈的味道。从相识到今天,我和阿姨总共没见过几次面,但我越来越尊敬、越来越佩服阿姨,她在我心里是一位刚柔并济、有爱有思想的伟大母亲。

冯叔和阿姨非常恩爱,阿姨是天津人,一口地地道道的天津话。他们有三个女儿,都各自有了自己的家庭和孩子,分别住在不同的城市。三个女儿有不同的生活环境、不同的工作、不同的阅历,但是她们都非常优秀、善良、孝顺。和我同住一个小区的是二女儿小梅,到目前为止,我还没有见过面的是仍在部队服役的三女儿。

去年 7 月 15 日,大女儿和女婿开车陪同冯叔和阿姨来到二女儿家,稍作休整后冯叔和阿姨就让小梅联系我,邀请我和老公去他们家吃晚饭,时间定在了三天后的 7 月 18 日。

来到冯叔家后,我们略作寒暄,就直接去了餐厅。冯叔家是敞开式的厨房,我在外面时就看到阿姨戴着围裙和两个女儿正热火朝天地忙活着,一家人的热情和家的味道扑面而来。我想桌子上这么多精致的家常菜,她们肯定忙了很久,真是太用心了。阿姨还特意包了韭菜馅的饺子,味道好极了。

那天,我们见到了冯叔的大女儿和大女婿。在冯叔一家人亲情的包围中,我和老公就像回到自己家一样放松,都喝了不少酒。

大家聊得非常开心,一直到晚上十点多才结束。回到家后我俩还牵着俩乖乖出去遛了一大圈,然后安排它俩睡觉,一切都井井有条,但第二天醒来后我却不记得了,查了监控才想起来。

冯叔的两个女儿和女婿都那么好,他们一家人和和美美,家的氛围特别浓。

阿姨衣着时尚得体,戴着围裙,脸上带着笑容,在厨房里认真做饭的样子特别动人。

期间,她听到我们学天津话,还时不时地纠正我们的发音。

席间,冯叔坐在我的右边,阿姨坐在我的左边。阿姨不喝酒,虽然每次只抿一小口,但却频频地跟我碰杯,跟阿姨碰杯的感觉特别美好。

记得那次相聚后,有一天我和两个客人正在店里一起聊天,忽然看到阿姨的大女儿、二女儿陪着阿姨一起来到我的酒咖小店,我高兴地跳了起来,赶紧迎出去,相互拥抱,阿姨还给我带来了一包刚收到的南方水果。我们听着背景音乐《今生相爱》，开心地聊天，切磋咖啡拉花的技巧，一起品咖啡的醇香。

在她们离开小店的时候，阿姨的二女儿小梅笑眯眯地对我说："杨姐，刚才那三杯咖啡我结账了，你抽空看一下，是不是到账了？"我说："哎呀！阿姨和你们来，我高兴还来不及呢！你怎么还结账了呢！"她说："妈妈说的，这是做生意，必须结账。"

看着阿姨母女三人渐行渐远的背影，我在心里对阿姨说："阿姨，向您和你们一家人致敬！"我只能以这种方式表达对阿姨的敬佩。

今年五月初，冯叔和阿姨又来到我们小区小住。本来我和老公计划在小店休息的时候邀请冯叔一家来我家做客，可没想到 5 月 6 日小梅就打来电话，说妈妈这次准备做锅贴，请我们明天一起过去尝尝。

记得第二天中午，小店里有客人，我没顾得上吃午饭，心想干脆不吃了，我一直惦记着阿姨的锅贴呢。晚上近六点的时候，我收拾好店里的东西，锁上门后就匆匆往回赶。回到家，老公说他有事要去一趟机场，我俩商量着，冯叔和阿姨刚回来需要休息，到点我俩就一起"撤"。

那天稍做收拾后我们就出了家门，终于见到了我一直惦念的冯叔和阿姨，心里简直乐开了花，互相握手、拥抱后，直接进入了那间敞开式厨房，又看到那张大圆桌上摆满了好吃的菜肴。

阿姨依然在灶前忙活，我对阿姨说："阿姨，我见到您太激动了，想吃您做的锅贴，中午都没吃饭，就盼着享受妈妈的味道了。"那一刻，我流泪了，那是激动和幸福的眼泪。

六个人落座后，我还是坐在冯叔和阿姨的中间，那是最幸福的位置。那天阿姨包的是韭菜、南瓜、肉馅的锅贴，味道美极了。我对阿姨说："阿姨，这锅贴做得太好吃了，我申请走时打包带些回去，好吗？"阿姨用一口标准的天津话对我说："好嘛！没问题啊！"

每当冯叔喝完一杯酒想续杯的时候，都习惯性地看向阿姨，然后阿姨微微点头。我能感受到阿姨对冯叔深深的爱护之情。

席间，还听阿姨讲了家里最近发生的一个小故事。冯叔前段时间突发奇想，想去乳山买套海边的房子，享受面朝大海，春暖花开。家人一开始都不赞同,可看着冯叔的坚持和期待,最终同意并安排去看房,买下了一套冯叔中意的房子。

阿姨看着冯叔,眼里满是理解,她对我俩说道:"你冯叔都这个年纪了,之前经历了很多,吃过不少苦。你看着他坐在这里好好的,前段时间刚刚经历了一个交通事故,受伤了,这才恢复了没几天。既然他那么想要这套房子,我们还有这个能力,为什么不满足他这个梦想呢?再说房子也没有多贵,只要他开心,比什么都重要。"

冯叔接过话来:"人嘛,这一辈子都不容易,就怕没有想法和追求,有条件的话就努力争取,不留遗憾!"

看着冯叔满足和幸福的表情,我从心里体会到了他们一家人的相互理解、包容和发自心底的爱。

幸福的时刻总是过得那么快,不知不觉中我又喝了不少酒。

晚上回到家,我一个人带着俩乖乖沿着小区的主路遛着,依然还陶醉在跟冯叔一家相聚的幸福时光里。

想着和冯叔的初识,想着和阿姨的第一次见面,想着冯叔、阿姨和子女们的优秀品质,想着他们温暖的笑容,想着他们一大家子人在一起其乐融融的家庭氛围。真好!真美!

今天是母亲节,此时此刻,我坐在小店的吧台旁写下这些文字。想起阿姨说着地道的天津话,在厨房里忙活,在花园里品茶,在门口迎接我们,在餐桌旁一起碰杯,在吧台边看我做咖啡拉花……好像时时处处都能看到阿姨的身影,感受到阿姨那温暖的感觉。

阿姨陪伴冯叔,从风华正茂到耄耋之年,期间共同经历了很多。一个善良的、坚强的、内心有大爱的母亲是家庭里最好的精神支柱。

忽然想起唐代大诗人杜甫的这首诗:

春夜喜雨

好雨知时节,当春乃发生。

随风潜入夜,润物细无声。

野径云俱黑,江船火独明。

晓看红湿处,花重锦官城。

家庭是圃,孩子是苗,家风如雨露,随风潜入夜,润物细无声,小苗只有在雨露的滋润下,才能茁壮成长,枝繁叶茂。

此时此刻,我还想起去年阿姨和两个女儿来我小店时播放的《今生相爱》,我感觉这首歌的歌词正表达出了冯叔和阿姨的那份感情。

你的爱隆起连绵的山脉,

陪我走在茫茫的云海,

用真心攒下你给的深情,

把爱绘成最美的风景,

今生相爱,花开不败,

冰雪寒风,早已化作生命的精彩。

爱最美的样子,莫过于相互包容和默默守护。

这两组少年和老人的小摆件,是我特别喜欢的,每天都在我触手可及的地方陪着我。从年轻时一路走来,转眼间就要进入老年人的行列,希望我和老公也能一直互相陪伴,互相爱护,就像冯叔和阿姨那样。

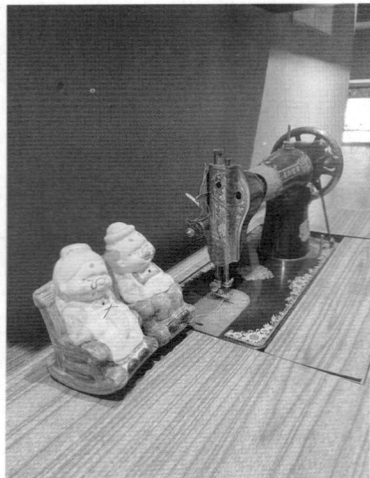

我喜欢的小摆件

2023 年 5 月 14 日

远亲不如近邻

今天是 2023 年 8 月 8 日，周二，立秋。

青岛的气候四季分明，立秋时节，早晚已经能感受到丝丝的凉意，正是秋高气爽的好时节。此时昼夜温差较大，应该是能见到露珠了。我忽然想起唐代著名诗人孟浩然的《初秋》，正好应了当下的时节：

> 不觉初秋夜渐长，清风习习重凄凉。
>
> 炎炎暑退茅斋静，阶下丛莎有露光。

青岛的初秋似乎很短，刚感到凉爽，深秋就会到来。青岛的深秋，特别是风雨后，满地的落叶和干枯的树枝，阵阵凉风袭来，眼前没有了绿色，夹杂着寒意，顿感凄凉一片。每年到这个时候，都能感受到"一场秋雨一场寒"。

在我心情最低落的那几年里，最怕的就是深秋季节，那几年也恰好是老公工作最繁忙的时候，不论是在市区住，还是来城阳住，多半时间都是我一个人，面对满眼的荒凉，我的心一直是往下沉着的，没有生气就像是深秋的风，冰凉凉的。而现在我早已不再在意秋寒，因为我的心已经被我周围的好邻居们焐热了，我现在内心的能量足以应对这瑟瑟秋风。

当下，坐在家里一楼朝南的小房间里写下这些文字的时候，感觉身心是被来自周围的关爱和温暖包围着的。

左前方能看到冯叔家；右边的斜对门是海平和明明家；身后一墙之隔是红红和小林家；右边稍远点的地方有我的小孙老师，而小蕊和顾工就在我左后方的不远处。

这些都是和我没有任何血缘关系的近邻，却在我最需要的时候，给予我陪伴、帮助和力量，让我深刻体会到了"远亲不如近邻"这句话所蕴含的深层含义和巨大能量。

2019 年底是濒死感频频发生的时段，那种感觉一直持续到老公有时间常伴我左右才有所好转。每当那种感觉来临的时候，我非常期待身边有人陪伴，那时心里知道我的周围有好邻居们，心里就有了底气和力量，因为我有依靠，不是一个人在战斗。

上个月 23 日,在"开一局吧"的最后一餐,是与几家好邻居在店里吃的。大家提议先让我说几句,我没做什么准备,但也没推脱,记得当时有感而发地说了心里话:"今天是咱们几家好邻居在'开一局吧'最后一次小聚,我真的是百感交集。回想之前装修这边房子的时候,我是一路晕着、扶着墙装修完的。2018 年来这里入住的时候,也是我情绪非常低落的时候,根本没有心思再交一个新朋友,可令我没想到的是,在这里,我能遇到这么多、这么好的邻居。随着我们的交往,我不仅感受到'远亲不如近邻',更感受到亲人般的体贴和爱护、陪伴和力量。2020 年是那种濒死感频繁发生的时段,后来明明给了我一个建议,让我把老公和你们的电话号码前都加一个字母'A',便于遇到紧急情况时能在最短的时间里找到帮助我的人。记得那段时间,每当那种感觉突然来临的时候,如果看到离我家只有几步之遥的海平家的车不在,家里也没亮灯,我会马上挣扎着走到北间,当看到红红家的灯是亮着的时候,我的内心就踏实下来,恐惧也少了许多。心慌得最厉害的时刻,我会把红红的电话号码调出来,紧紧地握着手机,坚持一会儿,再坚持一会儿,想象着红红就在我家的沙发上坐着,就在我的身边看着我,我就会度过那最难熬的时段。"

"当我想开咖啡店的时候,小孙老师帮我找店,海平和明明帮我开店。开业以后,小蕊又来到我的身边,在我需要帮助的时候,她总会第一时间出手相助,世界有那么多人,遇到你们真好!"

回想起第一次跟我家北邻见面,是先见到的小林和他的妈妈。那时我们都刚刚开始装修,两家的院子之间还是由很矮的简易栅栏相隔。互相自我介绍后,我知道了他姓林,比我小几岁,我们还互加了微信。慈祥、善良的阿姨和带有些许书生气质、阳光帅气的小林,给了我一种特别的亲近感。

小林对我说:"杨姐,我想先把咱们两家的院墙垒起来,要不然你看现在咱们两家的院子都成了公共通道了,不知道你对这个院墙的高度和样式有什么想法?"

"没问题,你根据你家的整体设计垒就行,我这边都可以,垒起来以后,你告诉我一个总价,我和你一起分担费用。"我说。

"姐,那个都好说,这样我就开始垒墙了。"

这是我们的初识。

没过多久,我们两家的院墙建好了。我找小林问他垒这段墙的总价,可是他怎么也不告诉我,说让我别管了。后来,我找了一个附近干活的师傅咨询,师傅帮我估了一个价钱,我给小林转了 2000 多元钱,可他一直没收款。

他说:"姐,如果你现在不在这住,我自己也得垒起来,你真不用管了。"

"小林,话不能这样说呀!墙是咱两家共用的,我就应该分担费用呀。"

他的这一举动直到现在都温暖着我的心。

后来,认识了小林的爱人,红红。红红的婆婆在市区住,妈妈跟着她在这边住,儿子在国外读书。红红的妈妈虽然上了年纪,但我一看到阿姨,就知道她年轻时肯定是位美人。红红个人能力很强,性格也特别豪爽,和我一样都喜欢喝啤酒。我的小店开业之初,红红还特意送来花篮庆祝,并主动充值,成为酒咖小店的第一位会员。在这边居住的五年里,红红一家一直在支持、帮助着我,我真切地感受到了来自他们如亲人般的温暖。

这种温暖使我不由得想念在市区居住时的好邻居了。

那时我家住四楼。记得 2017 年的一天,我在城阳装修新房,忙到很晚才往回赶,刚走到三楼楼梯拐弯处,忽然发现有水从房门下方流出,沿着台阶往下流。我慌忙打开家门进屋查看,客厅和卧室已经灌满了水,我蹚着水跑到卫生间,原来是连接水龙头的管子老化破裂。我先关了水闸,然后立刻给楼下的好邻居赫赫妹妹打电话,他们没在家,但听到这个消息后马上往回赶。

当他们火急火燎地赶回来,打开家门,我们三人惊讶地看到天花板上已经有多处漏点了,墙上、沙发上、床上、地上到处都是被水浸湿的痕迹。赫赫两口子说:"杨姐,先不用管我们这里,咱们先去你家,把水都清干净。"二楼的朱姐两口子听到了我们的声响,弄明白发生的事情后,拿着脸盆立刻加入了我们。这时,老公也下班到家了。

记得那一天,我们三个家庭的六个人一起忙活了很长时间。

后来,赫赫两口子拒绝了我的赔偿,没有一句怨言和责备的话,脸上是一如往常的笑容。

每当想起我们六个人一起清理积水时有说有笑的场景,我的心就觉得温暖。

赫赫比我小两岁,几年前与老公一起跟随女儿去了加拿大,现在有了两个可爱的外孙。前段时间,赫赫两口子回国探亲,她特意从市区乘地铁来到我的小店。我俩不知不觉聊了好几个小时,说的全是掏心窝子的话。我和赫赫做了近20年的邻居,没有任何的血缘关系,但却像亲人一样互相牵挂、互相关爱,不论距离有多遥远,我俩的心始终紧密相连。

元代杂剧家秦简夫在《东堂老》中有曰:"岂不闻远亲呵不似我近邻,我怎

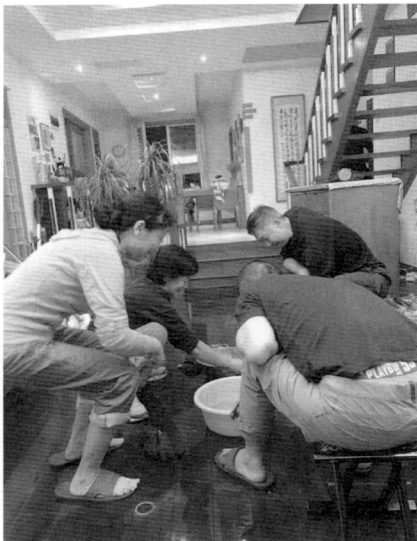

与邻居一起清理家中的积水

敢做的个有口偏无信。"元末明初文学家施耐庵在《水浒传》第二十四回中也写道:"远亲不如近邻,休要失了人情。"

我从中看到了"亲"和"邻"两个字,还看到了"信"和"情"两个字。

我想,有些即便是有血缘关系的亲人,在日常生活中,如果对长者不尊不敬、对同辈不怜不爱,做起事来无情无义、自私自利,定会失信于人,彼此之间的距离就会越来越远,亲人之间的情分也就淡如水了。有些没有血缘关系的近邻,彼此之间心灵相通、惺惺相惜,遇事互相信任、无私相助,通过长时间的相处,建立起深厚的邻里情谊,不是亲人已经胜似亲人了。

一定要好好对待身边的人,一定要好好珍惜身边对你好的人。

2023年8月8日

做自己的英雄

这篇本来要过几天再写的,但是今天发生的一件事使我的关注点又回到身体的疾病上来,不由自主地有了想要立刻完成这一篇的想法,自己给自

己加加油，就当是自我鼓励之作吧。

今天一早，我们就从家里出发赶往齐鲁医院，参加单位的体检。来到体检中心，一项一项的检查有序地进行着。当准备做幽门螺杆菌的检查时，我对护士说道："这一项去年做过了，我不想做了，继续下一项吧。"

"老师，你不做这一项，可以换其他的检查项目，比如……比如……"护士认真地建议着。

当听到"心脏彩超"这几个字时，我想自己好像从未做过这项，立刻对护士说："就改做心脏彩超吧。"

护士回应道："好的，正好过会儿跟妇科B超一起做。"

做完其他的检查，我来到B超室外排队等候。听到叫我的名字后，进入检查室。看到一位女大夫坐在检查床旁边的椅子上，我知道今天是由她来给我做检查。另外还有一位年轻的男大夫坐在她的左手边，是负责做记录的。

女大夫微笑着示意我躺下，按照她的要求，我不断地变换着姿势配合着她的检查。她非常认真地检查着我的心脏，跟那个男大夫交流着一些我听不懂的医学术语。

但是，我能觉察到一些异样，女大夫单单在我心脏区域的检查就耗时很久，而且我感觉她很专注地按压着我心脏的某个点位。

又过了一会儿，我忍不住对女大夫说道："大夫，我的心脏是不是有什么问题呀？您直说就行，我身体上有很多天生的畸形和残缺。比如我只有一个卵巢、子宫缺个角、一个肾是游离肾、颈椎先天畸形，而且我的脑动脉瘤也是天生的。"

我感觉到女大夫手里的探头开始往下移动，过了一会儿，女大夫说："还真是一个卵巢、子宫缺个角，一个游离肾。"

此时那个男大夫说："上次的检查报告显示右边的肾有积水。"

女大夫应道："现在右边的肾没有积水了，生活中千万别憋尿呀。"

女大夫一边好心地嘱咐着我，一边拿出几张纸递给我，让我擦拭一下，示意我可以起来了，同时对我说："你的心脏确实有些问题，这样吧，你先在外面走廊上等等，我请别的大夫再给你做一下检查，好吗？"

我当时非常感动，感动于大夫的认真负责并当场对他们表达了我的谢意。

在走廊的椅子上没等多长时间，隔壁 B 超室的门开了，出来两个人，一个是刚做完检查的人，一个是穿着白大褂的年轻的男大夫。看到这个大夫望向我的眼神，我就知道他是在找我。他问道："是你要再做一次心脏检查吧？"我说："是的。"立刻起身跟他进了检查室。

检查室里也是两位大夫，另外那个负责做记录的是位女大夫。

这位年轻的男大夫非常认真地给我做着检查，过了好一会儿，我忽然听到了之前给我做检查的那个女大夫和这位男大夫一起在探讨我的心脏问题。专业术语我听不懂，但也听出了严重性。

等我起身后，那个女大夫已经离开，检查室里只有我们三个人。这个男大夫问我："你血压高吗？之前心脏有过什么不舒服的感觉吗？"

我说："我的血压一直偏低，之前心脏一直挺好的，但我 50 岁时因为同时查出右眼后面有脑动脉瘤和脊髓变性两个病，又做了脑部手术，随后抑郁了四年多，期间因为过度焦虑造成自主神经功能紊乱而出现濒死感。发作的时候，心跳得很快。"

这位男大夫鼓励我不要着急，非常耐心地听我说着。

等我说完，他解释了我心脏存在的问题。大概意思是心脏里有几扇负责血液流通的"门"，但我的心脏里有一扇"门"是关着的，这样就阻碍了血液的正常流通，流通渠道变少后，就加剧了另外的渠道的血液流通速度。

根据我现在的年龄和平时的感受来看，我的心脏应该是天生畸形。

这件事都来得太突然，等过些天检查报告出来后再仔细咨询吧，一切只能顺其自然。

令我感动的是，通过和这位男大夫的接触，我不仅感受到了他对工作认真负责的态度，更感受到了他发自内心的善良和对自己职业的敬畏之心。

当听说我曾经抑郁了四年多并已经走出来时，他带着赞许的目光对我说："你能走出来真是太不容易了，我理解。"

回家的路上老公开着车，而我的脑海里却一直浮现着 B 超室里那些工作认真负责的大夫们的身影。今天,我在山东大学齐鲁医院(青岛)体检中心遇到的大夫是真正的白衣天使,感谢你们!

回到家后,老公对我更加关照了,还时不时地鼓励我一句:要把心胸打开,要勇敢面对。这些年来老公对我的包容和爱护,我一直心存感激。

每当回想起病后的那段岁月,脑海里都会想起当年陪着我求医咨询的两个姐姐的背影。下面是我在2016年11月发的一条朋友圈:

两个姐姐陪我去医院看病,跟在她俩身后,看着两个姐姐的背影,很是温暖和感动。一个是我大姑姐,一个是我大姑姐的大姑姐,这份对"妹妹"的关爱,在生活中不多见吧!

每当我开始忐忑不安的时候,我都会不由自主地想到我的大姑姐。她比我大4岁,今年61岁。从我24岁认识她开始到现在,我从未听到过她叫我老公的名字,永远是叫"弟弟"。我的大姑姐没有亲口对我说过关爱的话语,但这么多年来她一直就是这么做的,她不仅疼她的弟弟,也真心疼爱我。

大姑姐和姐夫是同班同学,都是高一就考上了大学,直到现在还能看到姐夫对大姑姐那满满的欣赏和爱意。

一直非常庆幸我一个外地人,能在青岛遇到这么好的哥哥姐姐,我真的是有福之人。

姐姐不仅是治病救人的大夫,也是同疾病抗争多年的病人。她30多岁的时候患上了鼻咽癌,经过多次治疗病情得到控制。她还因为身体其他疾病做过多次手术。但是我每次见到姐姐,她都带着平和阳光的笑容。

随着时间的流逝和年龄的增长,已经退休的姐姐因为疾病的影响,慢慢地失聪了。今年2月27日,我和老公陪着姐姐、姐夫一起去山东大学第二医院做了人工耳蜗的手术。

那天,当轮到姐姐手术的时候,我看着姐姐被推着进了手术室,在她回头望向我们的一瞬间,依然是平和的笑容和无所畏惧的眼神。我流泪了,偷偷看了一眼姐夫,看到他也在默默地擦拭泪水。

陪姐姐做手术

上个月初,我去姐姐家探望,门虚掩着,我悄悄地打开姐姐的房门,看到她一个人坐在里面,一边择菜一边认真地跟着手机语音练听力和发音,就像小时候在课堂上跟着老师一字一句地读书一样。人工耳蜗安置后还得需要多次调节才能慢慢地恢复功能。而我看到的,依然是她那一如既往的阳光般的笑容,我永远不会忘记那一刻。

记得在我低落的时候,姐夫曾经开导我:"岩萍,你得多向你姐姐学习,你姐姐在我的眼里,就是个英雄。"

是呀,我的大姑姐在我的眼里也是个英雄。每当我的内心开始有所波动的时候,她的身影就会出现在我的眼前,从她的笑容中我能感受到一种无形的力量。

记得第一次做脑动脉瘤手术时,出院后右眼肿了好多天,随之而来的是视力的变化。

第二次复查时,我被告知是上次手术做得不完美,留了一条缝。就是这条缝使我右眼球的活动范围受到限制,上不去也下不来,只能平视物体。所以我现在双眼同时平视物体时是聚焦的,但往上看和往下看时是不聚焦的。

2022年10月24日,青医附院的李国彬大夫让我住院接受进一步的手术治疗,但那时我已经有了写书的想法,正在兴头上,所以一直坚持着没有手术。今后不知道我的眼睛会发展成什么样子。

今天的体检又使我的关注点回到了身体的各种不适上,虽然我的心态有了很大的改变,但我知道焦虑情绪还会不时来袭,我只能把这种不好的情绪尽量化解。"过好当下,不为未来焦虑"是我时常提醒自己的座右铭。

写书期间,其实也是在各种不适中度过的,但现在我的每一天都是充实快乐的,我想即便哪天自己突然倒下,完成不了出书的梦想,我也认为我的人生是圆满的,我会坦然接受,因为今天我还在做着内心喜欢的事情,没有任何遗憾。

人的生命有短有长,不是自己能够决定的事情。现在的我活得通透、自信、快乐、充实且怀着满满的爱意,我是切切实实地在享受生活。

每个人都是自己人生的设计师。生命的长短自己无法左右,但想以什么样的状态和心情去度过每一天,想要完成什么愿望,想要成为一个什么样的人,是自己能够决定和争取的。

现在的我要继续向姐姐学习,不能让家人过于担心我,因为个人状态会直接影响整个家庭,我也要做老公和儿子眼里的英雄,更要做自己的英雄。

2023 年 8 月 12 日

生死只在一瞬间

年轻的时候,曾经觉得一生很长,有大把的时间挥霍,甚至有时觉得时间怎么静止了,从未想过我会老,更不会想老了以后的事情,觉得那些事情离我真是太遥远了。但现在我发现,从青春年少到花甲之年似白驹过隙,只在转瞬之间。

我小时候也经历过两次生死,但没有真正思考过生死的问题,直到现在马上要 58 岁了,才不由自主地想到生老病死的问题。

小时候第一次经历生死,直到现在我都能想起那一刻的无助。

从我记事开始,就一直在济南槐荫区西市场住,济南西市场那条街的两侧有一排很长的四层楼,每栋楼基本上都是两个单元,每层有四户人家。楼与楼之间都有间隙,有的是可以人车通行的道路,有的是只有人可以通行的小路。我家这栋楼里住的都是铁路职工,所以彼此都非常熟悉。

鸡毛毽子

当时,小女孩都喜欢踢毽子,但家里没钱给我买只像模像样的毽子,我就自己动手做:剪断一截圆珠笔芯,一头插一个图钉,一头插进两三根细细的鸡毛。如果那时的我能拥有一只像现在这样的毽子,那我在小朋友们的眼里不知道得有多神气呢!

我家的楼和西边那栋楼中间就是西市场的主路,过了马路就到了对面楼的楼下,那个楼的东侧有块稍大些的空地,地势也比我们这边稍高一些。

记得有一天晚上,应该是春节期间,有人放烟花,很多人都挤在那块空地上仰望着空中,矮小的我也挤在人群中,右手拿着我的小毽子,把插图钉的那头放在嘴里,一边玩着毽子,一边透过大人们的肩膀空隙找寻着烟花。

正在兴奋中,忽然我感觉有个硬物进入了我的嗓子并卡在里面,我不由得立刻弯下腰剧烈咳嗽起来,说不出话的我虽然能看到身边的人,但已无力呼救。几经挣扎,就在最后一瞬间,我一下子咳出了那颗图钉。顾不上嗓子的疼,我大口大口地喘着粗气,等稍缓过神来就哭着往家里跑去。

那一次让我深深地体会到了恐惧、疼痛、憋气、挣扎和无助。

我小学一年级是在济南铁路第二小学分校上的,我需要经过济南火车站的大广场。班主任杨老师安排我当班里的大组长,放学回家时还让我负责带领一个小队。所以,我每天放学都带队从学校出来,经过火车站的大广场去爸爸单位。

记得一年级下学期的一天,像往常一样,下午放学的时间到了,每个班由班长整好队后,都由各个小队长依次带队走出校门。走着走着,突然身后像是挨了一击,就什么也不知道了,当我醒来的时候,已经躺在医院的病床上了。

那天醒来的场景我至今都记得清清楚楚。当我睁开眼睛的一瞬间,看到好几张近距离俯视我的脸,迷迷糊糊中听到有人一直叫着我的名字,还听到一个挺熟悉的声音在大声地叫着"大夫、大夫"。慢慢清醒后,我看清了,是爸爸、杨老师和我的六叔正焦急地看着我,他们眼里满是泪水。我看到杨老师摘下眼镜,用手绢不断擦拭着眼泪,还有两个穿白大褂的大夫站在我的身边。

两天后我才知道了发生了什么。我领队路过火车站广场时,一辆小货车在超越我的时候撞到了我,好在他刹车及时,但我还是摔倒后头部受伤。后来救护车及时把我送到附近的济南市立二院及时救治,我才又"捡"回这条小命。当时杨老师得到通知后,立刻联系上我的爸爸,爸爸一听我已被送到市立二院了,马上又打电话给我的六叔,因为六叔正巧在这个医院的放射科工作。忘了在医院里住了多少天了,只记得我对大夫说过:"阿姨,我想照照镜子,看看我的脸行吗?"可大夫始终不让我照镜子。快到出院的时候,大夫才拿来一面小镜子递给我,我一看到镜子里的我,真是被吓坏了,整张脸都是紫红紫红的。

2022年1月11日(周二),我一个人在家,中午午休前想先泡个澡。我来到卫生间打开热水,开始清洗我的木制小浴缸,等热水到合适的水位后,进入浴缸开始享受放松时刻。差不多20分钟后,按照往常的习惯,我需要休息一下,然后再泡一会儿。

当我小心翼翼地从浴缸里出来后,突然失去了意识,醒来时已经躺在地上了。当时脑子还算清醒,知道自己是晕过去了,以前可从未出现过这样的情况呀!一边想着一边准备站起来。可再次睁开眼后,我发现自己又躺在地上了,跟上次不同的是,这次我把卫生间的笤帚头压断了,簸箕也侧倒在我的身上,心里很明白我这是又晕倒了。这次我没敢急着起身,缓了一会儿才扶着墙和桌台慢慢地站起来,拿起手机看了下时间,从我出浴缸到现在近50分钟过去了。忽然感觉左脸火辣辣地疼,后来整个左脸瘀青了好多天才恢复。同时,这次休克给我带来的耳石症的晕,折磨了我大半年的时间,多次治疗后才慢慢复位。接连两次的昏迷让我对生死只是一瞬间,有了非常真切的体验。

坦然面对死亡,是为了让自己更加珍惜生命,更加善待自己和他人,全力以赴过好每一天,做自己喜欢做的事,爱自己爱的人,勇敢追求内心的梦想。内心是什么样的,看到的世界就是什么样的,自己心里充满阳光,看到的世界就有太阳。

2023 年 8 月 16 日

要对别人好一点

要对别人好一点,因为你不知道他正在经历着什么? 要对别人好一点,因为你不知道他有多好!

只有自己亲身经历过痛,才知道他也许正像之前的自己一样在强打精神,故作坚强;只有在自己最需要帮助的时候,看到有力的援手和真心关切的目光,才知道他有多好。

要对别人好一点。

从 2016 年生病以后,我经历了四年多的抑郁期。在那四年多的时间里,别人看到的我依然是一个热爱生活的、无忧无虑的人,可谁能想到在那几年里,身体种种的不适、整夜整夜的失眠、内心的焦虑和恐惧折磨得我几乎到了崩溃的边缘。从 2020 年底开始自救到开了我的酒咖小店以后,家人、朋友、客人、邻居看到的我是一个爱学习、求上进的人,潇潇洒洒骑着偏三轮摩托车带着两只狗,在有情调、有音乐、有乒乓球、有咖啡、有啤酒的小店里干着自己喜欢的事情,享受着人生,可又有几个人见到过我在家里、在店里、在遛狗的路上天旋地转,扶着桌子、扶着墙、扶着树,心慌到说不出话的模样?

2022 年 4 月 30 日,老公做胆切除手术,没想到术前检查时才发现,因为工作忙一直拖延,错过了最佳的手术时间,胆结石已经进入了胆管,所以手术复杂了许多,术后腰间还要插两个多月的引流管。我也不得不暂时关了店,在家照顾他。

下面是老公刚出院时我发的一条朋友圈:

各位好友,5 月 20 日之前,我要在家全心照顾老伴儿,小店暂停营业,从"5·20"那天开始,咱们再相约"开一局吧",一起开怀畅饮青岛啤酒,共享开心快乐时光。

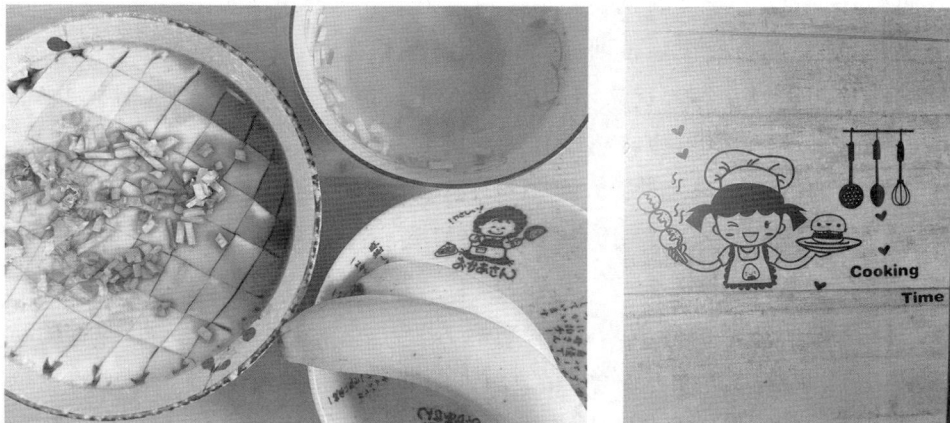

在家照顾老公

那段时间,正好我也不舒服。记得老公出院回家后,能慢慢出门走动了。一天晚上,我俩一起出去遛狗,我让他牵着温顺听话的大乖,我挎着拐牵着调皮捣蛋的小乖,顺着小区的小路慢慢走着,遇到熟悉的邻居还笑着打招呼,闲聊几句。看着老公一手牵着大乖一手捂着肚子,我自己也是一阵阵的眩晕,就对老公调侃道:"别人看到的咱们也许是一对正在边走边说笑、悠闲地遛着狗的恩爱夫妻,可他们不知道咱们现在却是一对病友呀!哈哈!"

老公接过话说道:"是呀,其实人人都不容易呀!"

想起去年我的小店刚开业时,那位穿戴得体、带着和气笑容的张哥,如果他不说,谁能知道他是一位刚刚做过心脏搭桥手术,刚出院没多久的病人呢?

是呀!人人都不容易,各有各的境遇,各有各的难,你不是他,自然不会知道他现在正在经历着什么。

要对家人好一点。有缘能成为一家人十分难得。如果对待他们都不用心，又怎么能对别人付出真心呢？

要对身边的朋友好一点。世界上有那么多人，能彼此相遇，成为真正的朋友，都是莫大的缘分。互相陪伴一生的朋友，必须用心对待。

要对工作中的同事好一点。因为人生大部分时间都是在工作中度过，对同事好一点，工作氛围就会和谐。有了好的工作氛围，才更能享受到工作的快乐，每天都会把快乐带回家，和家人分享快乐。

要对邻居好一点。远亲不如近邻，在我最需要理解和帮助的时候，好邻居们伸出了援助之手，使我感受到满满的安全感、满满的温暖。

教师的职业是教书育人，就要对学生好一点。有时老师一句善意的表扬，有可能让学生一生受用。比如给我留下一生黑板情结的小学老师——杨老师和宋老师。

大夫的职业是治病救人，就要对病人好一点。有时大夫一句善意的玩笑话、一句耐心的劝说，就有可能使病人紧张的心情放松许多。比如曾经向我伸出援手的青医附院的李国彬大夫。

要对需要帮助的人好一点。给生活中擦肩而过的人一个善意的微笑，会带给别人温暖的感动。记得有一次在超市购物，当我推着车子要走出超市大门厚厚的门帘时，一双手及时为我掀开了帘子，我边说着"谢谢"边推着车子走出来，看到两位女士带着一个小孩准备进超市，我向那个为我掀帘子的女士友好地点头致谢。当我归还购物车时，发现之前那两位女士在翻包找硬币，我直接对她俩说："别找了，直接用我的车子就行了。"那个女士看到是我，也感动地对我说："不用了，谢谢你呀！我找到了一枚。"并拿出一枚硬币朝我招了招手，还示意孩子说"谢谢阿姨"。直到今天，我经常想起那双为我掀开帘子的手，每当想起那个瞬间，我的心就会被温暖到。

人的思绪和情绪有时不受个人控制，但我会经常提醒自己，对不好的人、不好的事要尽快远离和忘记。而对好的人和好的事，即便是一句鼓励的话语，我都会记在心里。

我的北邻红红曾经在我们小聚时说过："杨姐满眼里都是好人。"是的，不好的人，我根本不想靠近。

今天是 8 月 25 日星期五,现在已经接近凌晨时分,写完这篇,明天下午两点我就要出发,享受为期 20 多天的"自驾331"旅行了,同行的有六辆车,这是我第一次长途自驾游,非常期待。

这次同行的一个大哥今年 61 岁了,他说:"人呀,就要对别人好一点,因为别人高兴了,自己才能高兴起来。"

我就把好大哥说的这句话作为这篇的结束语。在这次旅途中,我会听大哥的话,"对别人好一点",一起向快乐出发。

自驾331

2023 年 8 月 25 日

我的两个乖乖呀

转眼间,我的两个乖乖五周岁了,想起五年前的今天,那么小的俩乖乖,蜷缩在汽车后备箱的一个小纸箱里,一路颠簸。到家后,它俩战战兢兢、探头探脑地从纸箱里慢慢走出来的样子,可爱极了,我至今难忘。

乖乖们小的时候,我拍了很多照片,可惜因为手机突然出现了故障,2018、2019 年的很多照片都已无法找回,刚才翻看乖乖们来我家后的朋友圈,发现这一条基本能见证乖乖们的成长:

来我家整整五个月的大乖小乖渐渐长大了,第一次过年,第一次听放鞭炮,第一次穿花衣。你对它们好,它们就亲近你。它们非常讲卫生,从不在窝里大小便;它们很聪明,能听懂指令,坐、卧、立一学就会;你陪它们玩,它们会很开心。这就是让我既心疼又喜爱的乖乖。它们的需求很少,早晚两把狗粮,有水就行,我管它们吃住,它们为我看门户,乖乖们等主人回家的样子很温暖。

我的两个乖乖

　　濒死感突然来临的时候，看到俩乖乖也在屋里，我会摸索着走近它俩，不知给了我多少安慰。

　　喜欢啤酒的我每天都想喝一些。一是确实喜欢喝酒的感觉，喜欢看翻腾着的白色啤酒沫，喜欢看盛满冰凉凉啤酒的大酒杯，喜欢端起酒杯时的释然；二是酒可壮胆，每当两杯啤酒下肚，全身上下就舒服多了，焦虑恐慌的情绪也减弱了，心情也愉悦了许多。

　　但每每喝过酒后眩晕加重，看着俩乖乖的小眼神，一种被依赖的责任感促使我下定决心，为了乖乖们，我要戒酒。如此喜欢喝酒的我整整三个月滴酒未沾，我想，戒酒不仅是为了乖乖们，而是乖乖们在以它们的方式帮助、挽救我。

　　它们的时间观念很强，每天早晚两次遛狗也成了我每天的日常。早上不想起床,却听到小乖在楼下呼叫我的声音。它知道我还没起床,不好意思汪汪地大叫,只能压低嗓门叫两声来提醒我。

看上去是我每天都得外出遛狗,实际上是它们促使我每天坚持不懈地运动,既活动了筋骨又放松了心情,跟着它们的脚步,我真是受益太多。

在遛狗中还遇到很多狗主人,有的竟成为一生难得的朋友和知己,我的小孙老师就是遛狗时得以相识。

我的俩乖乖能听懂很多话,只是它们不会说,其实心里都明白,会通过肢体、眼神和叫声来表达。我说取快递,它们会立刻转向快递柜的方向;一听到咱们去姑姑家,它们会欢快地跑到车旁等我为它们打开车门。

俩乖乖真的就像是自己的孩子,特别是它们身体出现不适,需要打针、吃药时,看着它们受罪的小表情,真心疼呀!有一条朋友圈表达了我当时的心情:

我的大乖两个耳朵细菌感染,一开始医生要求带脖套,但我因舍不得看到它带上脖套无助的样子,导致现在它的双耳被挠破,惨不忍睹,我每天都在自责。不得已给它戴上脖套,没两天它很快就接受了,行动自如。希望我的大乖快快回到之前帅帅的模样。

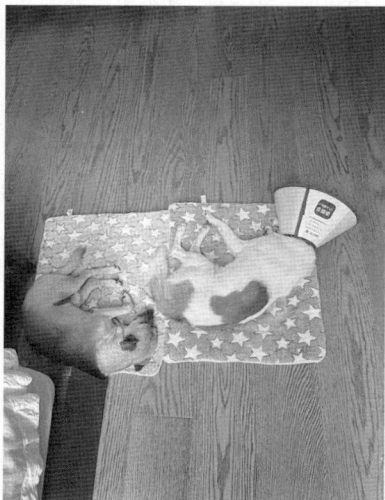

戴脖套、行动不便的大乖

今年六月份，我们应朋友邀请，计划于 8 月 24 日出发，开启 20 天左右的自驾 331 之旅。

之前我跟老公一同外出的时候，姐姐和好邻居们都能帮忙照看乖乖，我们也放心；一旦时间太久，我们会把俩乖乖送去潍坊。可这次潍坊表哥家也有事外出，思前想后，最后老公主动提出，他要在家陪伴乖乖。我当时非常感动，看到乖乖们的小眼神，它俩不知道发生了什么，更不知道主人在说什么。我心里对乖乖俩说："我的乖乖呀，你们可知道，这些天我们一直在为你们俩改变计划，所做的一切都是为了护你们俩周全。"

这次是我关店后的第一次出行，最终出发时间定在了 8 月 26 日，同时收到了车队的领队姐姐用心编写的出行路线，先从烟台坐船到大连。

因为家里有老公，所以我没有任何牵挂，一路上非常放松。行程过半的时候，我开始盘算我的俩乖乖五周岁生日的事，我特别想在 9 月 16 日之前回到乖乖们的身边。

令我没想到的是，我们回家的时间被安排得如此完美。当听到我们 15 日下午就能回青岛的时候，我心里那个美呀！回来的第二天就是乖乖们的生日。

今天除了陪伴乖乖，就是抒发情怀，内心安静、充实、快乐。这是今天晚上发的一条朋友圈：

昨天下午平安到家。此次出行，领队姐姐的时间安排得真好！整整三周的愉快旅行，回来的时间刚刚好。今天是我的俩乖乖五周岁的生日，原计划每五年给我的俩乖乖过一个有蛋糕的生日，希望能给它俩过四个"大"生日。那时 20 岁的乖乖、70 多岁的主人都已不再年轻，不知会变成什么样子，希望彼此都健康快乐。今生有缘遇见彼此，相互陪伴，乖乖们给我带来了太多的快乐和安慰，必须温暖以待。我的大乖、小乖生日快乐！感谢好友闻，亲手制作、亲自送来的狗狗食用蛋糕，两分钟全部吃光光！

俩乖乖在吃它们的专属生日蛋糕

2018年9月16日,我和俩乖乖相见并把它俩带回家,我就把这一天定为它俩的生日。之前从未想过这事,今天给它俩过生日的时候,才忽然意识到,如果按这个时间说来,我的俩乖乖和我还是同一个星座呢。

此时此刻,我在阁楼上自己的小空间里写下这些文字的时候,我的小乖听到楼下有动静,下楼观察去了,它就像是一只训练有素的护卫犬,总是时刻警惕着周边的情况。大乖则一直卧在我的身后,默默地陪伴着我。我的大乖特别温柔,我走到哪,它就跟到哪。

我的两个乖乖呀!如果你们没有主人,就得到处流浪,受尽苦楚。有了主人,你们就有了家,有了爱你们的人,从此再也不惧狂风暴雨、严寒酷暑。我给了你们这么一点温暖,你们却给我带来了如此多的快乐和安慰。

我的两个乖乖呀!我无法用语言来形容你们俩的好,也无法表达我有多爱你们,只能再说一句发自内心的话:"能遇见你们真好!以后的每一天,我都要快快乐乐的,好好爱惜自己的身体,好好爱你们,不让你们受苦!"

作为狗的主人,我也深知自己责任重大,出门遛狗拴绳、及时清理粪便应是每个狗主人的自觉行为。我在酒咖小店的一块黑板上专门写了这几句,为小狗发声:狗狗在破案缉毒、盲人陪伴、心理治愈等方面做出了非常大的贡献,理应被善待。我们可以不爱,但请不要伤害。

我的两个乖乖

地球是所有生灵共享的土壤,尊重生命、关爱弱小是人类的美德,用心对待有缘遇到的"汪星人",是暖、是爱、是包容。

2023 年 9 月 16 日

体会学习的快乐

真正体会到学习的快乐并发自内心感受到收获的喜悦,是我想开店"自救"以后。

年近 60 的我到现在都不敢相信,我能学会制作咖啡并成功开了一家酒咖小店。开店后第一个"六一"儿童节的中午,在我的小店里,又有缘跟着小孙老师享受到学习诗词的快乐。

原计划这篇是要在跟小孙老师学习诗词整一年时完成,我清清楚楚地记得就在那天中午,我和小孙老师相约在了我的小店,简单可口的两个小菜,盛满啤酒花的两个啤酒杯,满心期待的喜悦,满脸笑容的小聚,我想向小孙老师汇报这一年来我学习诗词的成绩和感受。

相聊甚欢之时,来了两拨客人,在我照顾客人的时候,小孙老师知道距离我关店只有两个月的时间了,她立刻转换角色,变成一名摄影师。那天,她给我留下了很多宝贵的照片。

当天下午,我打开电脑准备要起草这篇文章时,忽然感觉目前还有太多东西要去学习。其实写一本书对我来说是想都不敢想的事情,它是一个"大工程"。大到书名、思路、整体框架、想要写的故事、每篇的布局,小到段落、语句、标点符号,都需要静下心来学习和思考。虽然现在已经完成了不少篇章,但我深知自己仍是在摸索和学习的过程中,所以稍作思考后决定,把这一篇放在快要完稿的时候再写。

现在看来,到了完成这篇的时候了。

自驾回来整整一周的时间了,这次途经东北三省、内蒙古大草原、河北承德回青,行程近一万公里。第一次以自驾的方式走了这么远的路,也算得上行过万里路了,收获确实很大。我看到了祖国的大好河山,更看到了战争留下的痕迹,回来后也勾起了我对地理和历史学习的兴趣。展开大大的中国地图,把它放在我一转身就能看到的位置,沿着此次走过的线路,一边看一边回想,在整个旅途中,处处都能体会到学习带给我的快乐。

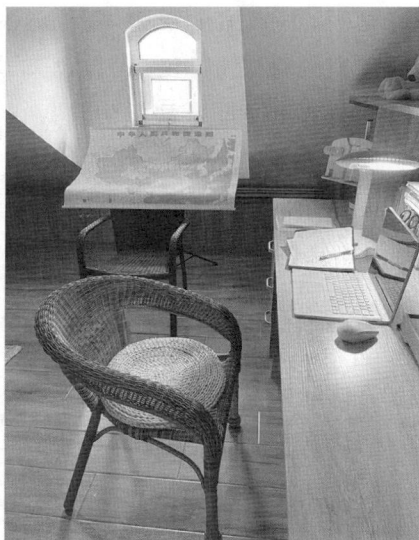

我独处的小空间

这次旅行,我与好大哥两口子坐同一辆车,一路上我自己坐在后排。大哥两口子知道我喜欢喝啤酒,还特意给我带了两箱。坐在车里,看着窗外祖国的壮丽山河,我会开上一罐啤酒,默默复习、背诵所有我学过的诗词。那种充实感、自豪感和感恩之情互相交错,内心的快乐只有自己能体会。老公说过:"我真佩服你,你怎么这么短的时间能背过那么多的诗词?"其实我自己知道,因为年龄的增长和脑部手术,我的记忆力已经非常差了,但我喜欢诗词,不断重复记忆的过程也是快乐的。

记得9月9日中午,在内蒙古额尔古纳国家湿地公园的停车场,同行的朋友突然发现我们这辆车的前右轮鼓起了一个小包,很危险,附近又找不到换轮胎的地方,直到第二天下午到了满洲里,才找到了一家合适的修理厂。

一下车，我就看到一只关在笼子里的小鸟。脑海里不由得跳出欧阳修的一首《画眉鸟》：

百啭千声随意移，山花红紫树高低。

始知锁向金笼听，不及林间自在啼。

看着笼中的小鸟，想着反正也要在这里等，不如拍个视频，配上这首诗，发到我家的微信群里。我自己知道，那个时刻我心里是非常快乐的。

随着学习诗词篇数的增多，我学到了很多知识。

在修理厂遇到的被关在笼子里的小鸟

我学到了，枝上柳绵吹又少，天涯何处无芳草。

学到了，春宵一刻值千金，花有清香月有阴。

学到了，不识庐山真面目，只缘身在此山中。

学到了，山重水复疑无路，柳暗花明又一村。

学到了，忽如一夜春风来，千树万树梨花开。

学到了，洛阳亲友如相问，一片冰心在玉壶。

学到了，商女不知亡国恨，隔江犹唱后庭花。

学到了，远上寒山石径斜，白云生处有人家。

学到了，独在异乡为异客，每逢佳节倍思亲。

学到了，无边落木萧萧下，不尽长江滚滚来。

学到了，此曲只应天上有，人间能得几回闻。

学到了，海内存知己，天涯若比邻。

学到了，千山鸟飞绝，万径人踪灭。

孤舟蓑笠翁，独钓寒江雪。

学到了，生当作人杰，死亦为鬼雄。

至今思项羽，不肯过江东。

学到了，花间一壶酒，独酌无相亲。

举杯邀明月，对影成三人。

学到了,醉里挑灯看剑,梦回吹角连营。八百里分麾下炙,五十弦翻塞外声,沙场秋点兵。

学到了,众里寻他千百度,蓦然回首,那人却在,灯火阑珊处。

学到了,老夫聊发少年狂,左牵黄,右擎苍,锦帽貂裘,千骑卷平冈。为报倾城随太守,亲射虎,看孙郎。

学到了,秦时明月汉时关,万里长征人未还。

　　但使龙城飞将在,不教胡马度阴山。

学到了,死去元知万事空,但悲不见九州同。

　　王师北定中原日,家祭无忘告乃翁。

学到了,青丝白发一瞬间,年华老去向谁言?

　　春风若有怜花意,可否许我再少年?

学到了,咬定青山不放松,立根原在破岩中。

　　千磨万击还坚劲,任尔东西南北风。

学到了,千捶万凿出深山,烈火焚烧若等闲。

　　粉骨碎身浑不怕,要留清白在人间。

看到梅花,我会想起杨炯的《梅花落》:

窗外一株梅,寒花五出开。影随朝日远,香逐便风来。泣对铜钩障,愁看玉镜台。行人断消息,春恨几裴回。

会想起王安石的《梅花/梅》:

墙角数枝梅,凌寒独自开。遥知不是雪,为有暗香来。

还会想起毛主席的《卜算子·咏梅》:

风雨送春归,飞雪迎春到。已是悬崖百丈冰,犹有花枝俏。俏也不争春,只把春来报。待到山花烂漫时,她在丛中笑。

我自己在家喝了几杯小酒微醺的时候,我会想起李清照的那首《如梦令·常记溪亭日暮》:

常记溪亭日暮,沉醉不知归路。兴尽晚回舟,误入藕花深处。争渡,争渡,惊起一滩鸥鹭。

还会想起她的那首《醉花阴·薄雾浓云愁永昼》:

薄雾浓云愁永昼,瑞脑销金兽。佳节又重阳,玉枕纱厨,半夜凉初透。

东篱把酒黄昏后，有暗香盈袖。莫道不销魂，帘卷西风，人比黄花瘦。

她的这两首词让我更加理解了人生不只是花前月下的长相厮守，也有迫不得已的两两相望。

我跟着小孙老师学诗词时，第一首学的便是苏轼的《水调歌头·明月几时有》。小孙老师特别喜爱苏轼的诗词，更折服于苏轼的人格魅力。之前我学习背诵了苏轼的十五首诗词，后来看到苏轼的这首《自题金山画像》：

心似已灰之木，身如不系之舟。

问汝平生功业，黄州惠州儋州。

我十分佩服苏轼。他45岁遭贬谪，先是到了黄州，59岁又去了惠州，62岁竟被贬谪到海南儋州。失意坎坷的日子里，他依然笑对人生，拿起锄头开垦荒地，期间更为世人留下无数佳作。在那些让人绝望的岁月里，他从未自卑自怜，放弃自己。这首诗是他去世前两个月所作，前两句让人看了心疼，后两句则一反忧伤情调，以他特有的旷达之心来取代人生失意的哀愁。失意也罢，坎坷也罢，晚年的苏轼丝毫不减豪放本色。

所以，学习不仅能体会到快乐，还能在快乐中让自己的内心慢慢变得豁达、坚强、理性和浪漫。

通过学习，我还体会到一种快乐，就是"我知道"的快乐。

有一天我看到一个视频，视频中说："如果你不懂中文，你体会不到有一种'愁'是'恰似一江春水向东流'；你体会不到有一种'喜'可以'漫卷诗书喜欲狂'；你也体会不到有一种'悲'叫'十年生死两茫茫'。"看到这个视频的时候，我心里是快乐的，因为我知道这三句诗词的出处，了解作者创作的背景和当时的心境。

还有一个视频，一位盲人女孩和她的搭档在配合朗诵诗词，他们连续朗读了三首，可谓声情并茂，而我不用看字幕也能跟读，那三首诗词我全部学过。我知道，那个时刻我是快乐的。

有一次，我的战友洪磊的朋友张哥看到黑板上的诗词，随口背诵了一段：

弦弦掩抑声声思，似诉平生不得志。

低眉信手续续弹，说尽心中无限事。

轻拢慢捻抹复挑，初为《霓裳》后《六幺》。

我们一起快乐地聊了起来,然后张哥又背诵了一段:

滚滚长江东逝水,浪花淘尽英雄。

是非成败转头空。青山依旧在,几度夕阳红。

我一听,这首我也学过了。我知道,那一天的相聚时刻我很快乐。

有时,一个人闲下来的时候,我也会回顾一下 50 岁之前的日子,想想那时我是否也感受过学习的快乐。人生就是一个轮回的过程,我小的时候一直跟着姥姥在德州农村和济南长大,没进过幼儿园。

回想起那时候,虽然家家基本都有两三个孩子,但家长们还是节衣缩食、尽己之力供孩子们上学。四五年级的时候,我学习十分努力,考上济南三中后,就没再用心学习,稀里糊涂地去了职业高中学服装裁剪,毕业后就正式结束了学生时代,开始了工作旅程。

在济南服装四厂时,为了能上夜大,只要厂里晚上不加班,我都会坚持上夜校,为考试做准备。

儿子三岁时,我考上了青岛市委党校的文秘大专班,经过三年的学习通过考试,取得了大专毕业证书。

从武警黄岛轮训队英语班结业后,我经历了恋爱、结婚、生子等一系列人生阶段后,31 岁报名英语专业自学考试,同时通过了大学语文、政治经济学、基础英语三门考试。

2011 年休假时,我又去潍坊学习了美容和中医拔火罐的技能,整天满脑子的穴位图,现在也记不得几个了。

原本五音不全、不识乐谱的我还学习了几年二胡,2015 年时已经能演奏《赛马》了,却因颈椎疼痛停止了学习,直到今天也没能再重新拿起二胡。

从 50 岁到 54 岁是我受身体疾病和心理疾病同时困扰的四年,只有我自己知道,那段时间自己内心的不堪,白白浪费了四年的时间,但我也知道,那是我的必经之路,这段路也磨炼了我。

从小到现在,我自觉是一个比较好学且兴趣爱好较广泛的人,但大都是半途而废,没有做到持之以恒。但我确信,不论是在哪个人生阶段,学习都是快乐和充实的,对自己也是有益的。

比起之前任何一个阶段,我都更喜欢现在的自己。2020 年慢慢从低谷挣扎着走出来，我找到了自己喜欢做的事情，生活有了方向和目标，特别是开始学习咖啡的制作、诗词和写作以后，我感觉每天都有新的进步、收获和感悟，从中得到了充实、快乐和力量，也从未像现在这样平静、自信和笃定。内心充实后，我已不再在意任何异样的眼光，不再总是关注、焦虑自己身体的不适，每天静静地做好自己的分内事。做自己喜欢的事，读自己喜欢的书，背诵自己喜欢的诗，和自己喜欢的朋友小聚。

学习的快乐要靠个人去寻找，只有真正从自己的内心出发，找到自己所热爱的东西，有了向快乐出发的愿望和行动，坚持下去，久而久之肯定会有所收获。比如，我的咖啡制作技术越来越好，已经能脱口而出上百首诗词，从去年下半年开始到现在已经完成了近17万字的书稿。

不急不躁，静下心来，感受时间一分一秒地流过，内心是喜悦的，这种安静和喜悦仿佛把自己的生命也延长了许多。不论春夏秋冬，不论天气好坏，内心依然要春暖花开，爱己所爱。想学网球、学摄影，那就立刻置办好装备去学习；想学书法绘画，那就马上买好笔墨纸砚练起来；想学着种菜，那就像我老公一样，买种子，上网学习。看到小院里各种成熟待摘的蔬菜，看到他脸上的笑容，足以说明不论是种植的过程还是收获的时刻，他都从中得到了快乐。

活到老学到老，争取在快乐的学习中享受每一天。

人的生命是有限的，学习的时间多了，快乐的时间就多了。

很喜欢一段话，唯有热爱，可抵岁月漫长；唯有热爱，不畏世间无常。唯有情怀，可渡人间薄凉；唯有情怀，不惧岁月流淌。

2023年9月22日

走近父亲

自驾回来后，看到那么多的战争遗迹、纪念堂、边防哨所以及长长的国境线，我深受触动。

回想自己从小有国家保护着，有父母疼爱着，长大离开家、离开父母来到青岛后，这么多年来忙着工作学习，忙着自己的小家和孩子，整天想着自己的理想、自己的爱好、自己的酸甜苦辣、自己的悲欢离愁,从我懂事到父亲离世,我从未拉着爸爸的手,问问他的经历,静静地听他老人家讲讲他的过往。

写父亲的时候,也只是知道他当过兵、上过战场、受过伤,但他具体的经历我却从未深入了解过,我从未真正关心过父亲。

哥哥也是当过兵的人,他比我大八岁,是我们家老大,哥哥了解的父亲是这样的:

"咱爸参加过济南战役、淮海战役、渡江战役,跟着部队南下一直打到厦门,后来从南方又转战东北,参加了抗美援朝战争。抗美援朝战争胜利后,有一部分解放军需要改编成海军,爸爸又成了一名海军,参加过一次海战。"

我记得在西市场铁路宿舍住的时候,墙上一直挂着爸爸当兵时的照片,一张穿着陆军军装,一张穿着海军军装。前些天,姐姐给我发来了爸爸穿陆军军装的照片。

姐姐比我大三岁,她一直跟在爸爸身边,在我急切地询问下,姐姐向我诉说了她眼中的父亲:

"我给你举个例子吧。你和咱哥都当过兵,离开过爸爸,我一直留在爸爸身边。铁路车辆段职工享有一个子女可以进铁路参加工作的机会,但爸爸一直没有让我转正成为正式的铁路工人,有转正的机会,他都先

我的爸爸

让给别人家的孩子。我在铁路车辆段一个小卖部待业了四年多。有一个财务科的阿姨看到我每次报账时,总是把收来的零钱整理得整整齐齐,非常真诚地找过爸爸,她说:'杨部长,我不为您的职位,只为孩子对待工作的认真和严谨态度,我想好好带带她,希望她能来我们科室工作,也算给她一个工作机会。'可爸爸婉言谢绝了那位阿姨,说:'我不能为了自己的孩子去找领导,给领导添麻烦,搞特殊。'所以我一直等到最后一批才转正成为工人,在食堂工作,最后在食堂退休。"

我插话问道："那你不埋怨爸爸吗？"

"当时肯定是不痛快，后来慢慢就理解了。我一直跟咱爸在一个单位，我最了解爸爸。他对我、对他自己的要求都非常严格，从不搞特殊，不愿意求人，也从不张扬和提及他当年参加战争的经历。我想爸爸可能是觉得他们那一代人上战场、保家卫国是应该做的，又或许是他不想再去回忆在战场上牺牲的那些战友，他的心会痛。"

"爸爸退休后，身体一直不太好，有一次我回去看他，一进门就看到他自己在看电视，边看边流着泪，我仔细看了眼电视，明白了，他看的是战争片。我立刻站在他身后，用双手拍打着他的肩膀，问道：'爸爸，您当时在战场上参加战斗，不怕吗？'他擦了把眼泪，说道：'能不怕吗？但是看到身边一个个好兄弟、好战友中枪中弹，满身是血，就什么也不想了，拿着枪往前冲呀！'他说着说着有些激动，身体微微颤抖着，眼泪又流了下来，我也哭了，用力抚摸着老爸的后背。"

后来，姐姐还听爸爸讲过一次，参加抗美援朝战争时，那里的温度极低，战士们饿着肚子在枪林弹雨和暴风雪中行进，帽子上、衣领上、脸和眉毛上都落满了白色的冰雪。

我不知道爸爸在战争年代都经历了什么，但我见过他腿上鼓起的青筋，见过还不到 60 岁的他走路时一步步痛苦不堪的模样，清楚地记得他耳旁那块被弹片划过的疤痕。

跟姐姐交流后，我做了个决定，国庆节后要专门去爸爸的工作单位，看看爸爸的档案，了解爸爸当年的经历，然后再回趟老家，给爸爸和已去世的家人扫墓。

姐姐为我联系了车辆段的人事科，说明了我们的愿望，一切都很顺利。

10 月 7 日，我坐动车赶往济南，第二天便去了爸爸单位。记得那天，当我一走到火车站广场的西头，看到通往爸爸单位的那条小路时，我的心就激动起来，朝爸爸单位的方向越走越激动，那个我小时候进出过无数次的大门离我越来越近，看到了道路左侧的我的小学，又走了几步，出现在我眼前的就是爸爸曾经工作过的地方，不知不觉眼里噙满了泪水。

到了门卫，跟值班师傅说明来由并登记后，开始慢慢往里走去。稍走几步后，就看到爸爸曾经工作过的办公楼，大楼门前原来的篮球场地，刹那间，我好像又看到了爸爸在球场边吹着哨当裁判的样子，那时的爸爸帅极了！

这个小广场就是我小时候为叔叔们翻跟头的地方，一切都是那么亲切、熟悉。

爸爸工作过的地方

我小时候给叔叔们翻跟头的
楼前广场

进入办公楼，一步步拾级而上，好像又听到了走廊那头传来的爸爸的脚步声，听到了他和同事在一起的说话声，看到了他在办公桌前接电话的身影。来到人事科，面对两位年轻、阳光、负责任的年轻人，说起我的心情和感受，我又流泪了。

很顺利地，我看到了父亲的履历表。

履历表上记载的父亲是这样的：1932 年 10 月 18 日出生于济南市历城区孟家庄，初中文化。1948 年 6 月底还不满 16 岁的他被当时驻扎在济南的国民党部队抓到济南历城区的姚家庄修工事。1948 年 9 月济南战役打响后，爸爸立即报名参了军，成为中国人民解放军第 13 纵队（31 军）大部队中的一名战士，直到 1955 年 4 月，不满 23 岁的他从部队复员，被安排到济南铁路局钳工学院学钳工。在部队的七年中，他当过某团炮兵连的战士，当过某团警卫班的警卫员,当过某团某营通讯班的班长,当过某团某连的班长。

1955年4月复原到济南铁路局学钳工后,爸爸做过九龙岗车辆段的钳工,做过张店车辆段的钳工,做过济南车辆段东列检的检车员、钳工,做过济南车辆段西列检的值班员、工长;直到1964年10月,才来到济南车辆段人民武装部做助理员,后来爸爸成为武装部的部长直到退休。在我的记忆里,爸爸一直是在武装部工作,是段上叔叔、阿姨们口中的"杨部长",他为人和善,一直骑着自行车上下班。

从办公楼出来,我想去看看他之前工作过的平房和那个我记忆中的大礼堂,但又担心我一个外来人到处闲逛会被安保人员误会,所以又走到门卫室,看到那个为我登记的门卫师傅,我对他说:"老师您好,我爸爸曾在这里工作过很多年,我也是从小在这里长大的,今天来,很想在附近看看我曾经熟悉的地方,您看可以吗?"

"你爸爸在这里工作过? 是谁呀?"师傅问。

我说了爸爸的名字,令我没想到的是,这位师傅立刻惊讶地满眼放光,说道:"你爸爸就是杨部长呀! 我知道,我知道。"接着转头跟门卫值班室里的师傅说:"老张,你知道这是谁呀! 这是杨部长的小女儿。"那位张师傅也非常兴奋地走过来道:"啊! 你是杨部长的小女儿呀! 我知道你姐姐,你姐姐在段上的人缘可好了。"

吴师傅和张师傅看到我后十分高兴,令我非常感动,我们还互留了电话,吴师傅说:"你去看吧,没问题。"

那天,从爸爸单位出来,一路上抑制不住激动和感动的心情,给姐姐去了电话,我俩在电话里聊了好长时间。

第二天上午,我的高中同学敏敏和兆明陪我一起回到历城县孟家庄老家,爸爸的三弟,也就是我的三叔和他的大儿子爱民在村头已经等了我们很久。爱民比我小一岁,也在青岛当过兵,比我晚一年入伍。我们五个人一起去了墓地,为杨家逝去的亲人们扫了墓。

中午,在早已旧貌换新颜的孟家庄附近的酒店,当了一辈子老师、已经81岁高龄的三叔,耳朵上戴着助听器,高兴地陪我们一起小聚。

三叔印象中的父亲是这样的:

"大哥是家中长子，下面有七个弟妹，从小当兵、上战场，参加过很多战斗。听村里人说，解放济南的时候，在咱村里的西山坡上见到过大哥，后来他去了厦门，从厦门回来的时候，听说要去东北参加抗美援朝战争，本来想能在路过济南时见上一面，但也没能见上！"

"大哥对我们兄妹都非常关心和爱护，父亲去世得早，大哥就是家里的顶梁柱，是咱孟家庄的骄傲。哎！就是走的时候太年轻了。"

我和三叔

每当看到纪录片中稚气未脱却勇敢的战士以血肉之躯迎战飞机大炮的狂轰猛炸时，我的心都会揪得紧紧的。看到镜头里的一张张年轻的脸，我都会想起爸爸的模样。

前些天自驾走到丹东断桥时，手机里一直播放着《中国人民志愿军战歌》，想到一队队中国人民志愿军战士雄赳赳气昂昂、威武霸气地跨过鸭绿江时，我流泪了。那时，我还不知道我的爸爸当年也走在这前进的队伍里，是保家卫国的中国人民志愿军中的一员。

这些天经常流泪，不敢多看影片中战场上那些激战流血和牺牲的场面，看到那些场面，我就会想到我的爸爸也在那里面。

爸爸是幸运的，能从血雨腥风的战场上活着回来，有了家、有了工作、有了我们兄妹仨。他身边有多少战友献出了自己年轻的生命，没有成家生子，没有看到祖国的日益富强。

晚上，我一个人出去遛狗，一路上想的全是爸爸，想着他从未跟我提起他所经历的一切。从16岁参军上战场，经历过那么多的枪林弹雨，但他给我的都是生活上的关心、前途上的关注和笑眯眯的眼神。那天，看着深邃的夜空，感觉爸爸就在不远处看着我，我对他说："爸爸，女儿太对不住您了，这么多年来我只顾着自己的生活，从未真正用心去了解过您，我跟妈妈一起多次推心置腹地谈过，却从未跟您静下来一起好好喝杯酒，说说心里话。"

夜色中,眼泪不断地流淌,对爸爸的记忆又浮现在眼前。

1994 年的夏天,爸爸永远离开了我。那年,爸爸 62 岁,我 28 岁,儿子 2 岁。在他身边时,我年龄小、不懂事;离开他后,我一个人要应对的事情太多,无暇顾及他。从他走后到现在又过去了 30 年,所以爸爸在我的记忆中已渐渐模糊。

刚上小学时,我在同学家做作业,因为调皮捣蛋摔断了尾骨,那段时间,是爸爸每天抱我上下床;爸爸经常用自行车驮着我上学、回家;在爸爸办公室吃午饭,他总是往我的碗里夹肉,他说他太胖,不能吃肉。

有一天,放学后到办公室找爸爸,叔叔说他去铁路局开会了,我正准备自己回家,外面忽然下起了雨,我找出他的雨衣,打开伞朝铁路局跑去。进了铁路局的大门,看到走廊的尽头他正在脱外衣,准备淋雨骑车回家,他见到我非常高兴,嘱咐我自己注意安全。他回家让妈妈给我做了好吃的,还给了我一毛钱,让我买根冰糕吃。我记得那次我买了根最贵的七分钱的冰糕,到家后,妈妈端上热腾腾的饭菜,爸爸笑眯眯地看着我吃。

我还记得,我接到济南三中的录取通知书后回家告诉爸爸时,他一脸惊讶后喜悦的笑容;初中时不愿意学地理,临考试前偷喝姥姥的白酒消愁被爸爸发现后,打我的那两巴掌;高中毕业被分配到服装四厂,报到的那天早上,爸爸用自行车驮着我,一直把我送到厂门口;我想当兵,以绝食施压,爸爸那无奈和心疼的表情;还有那天晚上,爸爸从怀里掏出我的入伍通知书递给我时既高兴又不舍的表情;回家探亲后返程,在火车站临别时爸爸眼里的泪光;电话里,给爸爸报告我被保送去黄岛轮训队上学时,电话那头传来的他那激动的声音;提干回家探亲,见到爸爸给他敬一个标准的军礼时,他满脸幸福的笑容;第一次见到我未来的老公时,爸爸满意、喜悦、放心的表情。

我结婚,爸爸妈妈用省下来的钱给我办嫁妆。

我带着刚刚满月的儿子回济南老家,爸爸第一次见到外孙时高兴、幸福的笑脸。

1993 年,我请探亲假,带着地板回家给爸爸妈妈装修房子,想请身体已经不太好的爸爸先回老家暂住,他坚决不回去,即便吃不好、休息不好,也要和我在一起。

爸爸病重住院期间,我赶回去看望他,看到他单位的一个老同事来到爸爸床边,拉开衣服,从怀里掏出一只热腾腾的扒鸡。

在爸爸的葬礼上,看着孤零零躺在那里的爸爸,我想要挣脱去抱抱爸爸。

爸爸个头很高,很善良,不善言辞,但爱笑也爱哭,我多次见过他流泪。

昨天中午,我整理了一个久封未动的纸箱,忽然从一个夹着许多信封的档案袋里,发现了当年我准备婚礼时,爸爸让姐姐带来的这封他写给我公公婆婆的信。

时隔这么多年后,我双手拿着这封信,好像又触摸到了爸爸的手,感受到了爸爸的体温。说心里话,我对这封信已经没有任何记忆了。怀着自责的心情,哭着读了一遍又一遍,我实在是太对不起爸爸了,爸爸为我做了太多太多,可我对他却做得太少太少,甚至都没有静下心来多了解爸爸。

爸爸,此时此刻,您的女儿流着泪写下这些文字,心里满怀想念和愧疚,想念您那宽厚、温暖的后背,想念您的笑,想念您的哭,您现在要是能在我的身边该有多好!

父爱如山,厚重绵绵。

从济南回来后,我的心情一直不能平复,和海平妹妹通话时说起了这几天的经历和心情,她说了一句话:"姐,如果国家需要我,我肯定会像你的父亲一样上战场,保家卫国。"我说:"我也是!"

朋友相交,源于性情。父女之缘,薪火相传。

本来这篇小文想在 10 月 18 日父亲的生日写成,但是这几天,一直按捺不住想念父亲的心情,几乎彻夜难眠,于是流着泪完成此篇,以表达对父亲无比的怀念和敬意。

爸爸,女儿以您为荣!女儿爱您!

2023 年 10 月 15 日

感恩所有

　　从小到大,面对人生的一次次抉择,感觉自己好多次站在十字路口不知该何去何从,但每一次都好像有股力量推动着我做出了正确的选择。有一天听到《感恩的心》这首歌,我感觉歌词里的每个字都像是我的内心写照:

　　　　　　我来自偶然,

　　　　　　像一颗尘土,

　　　　　　有谁看出我的脆弱。

　　　　　　我来自何方,

　　　　　　我情归何处,

　　　　　　谁在下一刻呼唤我。

　　　　　　天地虽宽,

　　　　　　这条路却难走,

　　　　　　我看遍这人间坎坷辛苦。

　　　　　　我还有多少爱,

　　　　　　我还有多少泪,

　　　　　　要苍天知道,

　　　　　　我不认输。

　　　　　　感恩的心,感谢有你,

　　　　　　伴我一生,

　　　　　　让我有勇气做我自己。

　　　　　　感恩的心,感谢命运,

　　　　　　花开花落,我一样会珍惜。

　　我很幸运,感恩生活在如此和平、进步的时代,感恩有强大的祖国,我们才能有尊严地享受生活。

感恩对我鼓励、爱护有加并给我留下黑板情结的小学老师——杨老师、宋老师。

感恩父亲把我送到了部队,让我实现了自己心中的梦想,也从此改变了我的一生。

感恩青岛机场安检站遇到的良师益友——郝姐。

感恩组织的厚爱,使我能够保送上学、提干、留青岛。

感恩青岛机场——我的福地,给了我一切。我所有的梦想在流亭机场都得以实现,在这里我还遇到了生命中最重要的一个人——我的老公。

感恩老公一家人的包容和关爱。我曾多少次一个人偷偷地窃喜,在一个举目无亲的城市,能遇到老公和他的家人,实属人生一大幸事。

感恩我从小看着长大的侄子翼翼和我的外甥女焱焱,你们都很优秀。谢谢你们对小姑姑、小姨的关心和暖暖的爱。

感恩一身正气、一直保持军人本色的汪大哥帮我介绍的好大夫,您说的那句"天上飘过五个字,那都不是事"至今常常在我耳边响起,鼓励着我乐观对待困难。

感恩在我最难熬的低谷期遇到的那些给我力量、帮助我冲出重围的一双双无形的、温暖的援手,是你们让我又重新振作精神,整装出发。

感恩机场资产部的好同事们,谢谢你们的帮助、包容和一直以来的不离不弃。

感恩生命中出现在我身边的情同姐妹的好邻居们,每当想起你们,心里总是暖暖的感动。

感恩我的俩乖乖,给了我快乐的享受、无助时的安慰和内心的治愈。

感恩曾经给予我真心鼓励、包容和帮助的北宅老尹家的大姐、浦里地铁站对面的黄姐一家、沙子口经营民宿的小宫妹妹。

感恩我的知心朋友,胶州咖啡店的小美女老师潘迪和老公张帆,感谢你们在我的小店开张的前一夜,一直陪我到那么晚,不辞辛苦地为我布置吧台、帮我定价和书写各类价目表,都没顾得上吃口热饭。

感恩在我想学咖啡制作时亲手教我的城阳咖啡店的焦珊老板,在我开业的第一天,亲自来为我站台助阵,协助开业。

感恩支持、助力我开店的家人、好邻居们,"Family"微信群的发小们,我的战友、朋友们。

感恩在我的小店里所有温暖的遇见。

谢谢摩托车手小李送给阿姨的礼物,谢谢排骨米饭店的小李老板和他妈妈送给我的大盆植物。

谢谢有好东西总想着跟我一起分享的甜甜的邻家小女孩。

那些温暖的遇见

感谢老公的一句玩笑话,让我有了写书的想法和冲动。

在我有了写书的想法后,心里却非常没有自信,突然想起之前我在朋友圈发了几篇生活感悟后,微信好友在评论区给我的留言:

张二哥曾留言道:"你每次写的感悟,文采都这么好,有时间写本书吧!"

一位昵称是"风"的好友留言道:"很喜欢姐姐的小作文!"

微信好友的留言真的鼓励到我了。后来完成了一定数量的文字后,我特意给他们打过电话,表达了我内心的谢意。

现在,已经写到这本书的最后一篇了。这一年多来,我的内心很充实,也能静下来梳理和完成我想表达的所有感悟,一步一个脚印地到达了目的地,一切都放下了,轻松了,更释怀了。

感谢微信好友的无声鼓励,这对我真的太重要了。

此时此刻,我的眼前又出现了另外两个人的身影。他们就是我的高中同班同学,敏敏和兆明。从 16 岁相识至今,40 多年过去了,他们在我的生活里一直默默地陪伴着我,从未走远。

前几天他们听说我要回老家扫墓,想一同去看看我的三叔。因为我的腿部有伤,行走不便,从家里出发的时候什么东西也没带。令我没想到的是,他们两个不仅为我准备好了送给三叔的礼品,还准备了扫墓用的鲜花、点心、水果和白酒,甚至小酒盅都想到了。

敏敏和兆明陪我回老家

他们陪我一起站在爸爸、妈妈、姥姥的墓前时,我在心里说:"爸爸、妈妈、姥姥,你们还记得吗？我刚接到入伍通知书的时候,我身边的这两个人还特意来咱们家为我祝贺、送行呢！今天的鲜花、好酒还有这么多好吃的也是他们用心准备的,爸爸、妈妈、姥姥,你们放心,我一切都好着呢！"

扫完墓,弟弟早就订好了酒店,请我们一起吃饭,可敏敏又悄悄地把账都结了。

自从妈妈去世后,我总共也没回几趟济南,但每次回去,不论是去做什么、去见谁,我的身边都会有他俩引导和陪伴的身影。

敏敏、兆明两位老同学,有幸能和你们俩成为同学,这是我的福气。感恩的心,感谢有你!

今天是 2023 年 10 月 18 日,是爸爸的生日,如果他老人家还活着,今天 91 岁了。

此时,我特别想念爸爸妈妈,想念姥姥。

感恩父母给了我生命,感恩我的姥姥用爱把我带大,感恩你们一直视我为宝。

爸爸妈妈,你们在天有灵,定会看到你们的女儿现在一切都好。我觉得现在的我处在这一生中最好的阶段,是我自己最喜欢和最期待成为的样子。现在的我快乐、有爱、内心健康充实、知足、自信、包容,更怀有一颗感恩的心,不再自卑自怜、自怨自艾,也不再患得患失。你们对现在的女儿肯定很满意吧。

说心里话,我也非常满意现在的自己。我知道自己能从那四年焦虑、抑郁的谷底挣扎出来,也不是全靠外力,更多的是靠自己不服输、不放弃的内在力量。

我的好朋友,女作家、诗人高伟老师在她的《生命从来不肯简单》一书中写道:"做人不容易,快乐起来也不容易,因为人成长的营养品是生命的疼痛。没有这样的疼痛,生命是长不结实的。所有人都是这样的。这是一个哲学问题。"想来我也算是受过四年多的疼,更经受住了那么多日日夜夜的煎熬,所以现在才越来越有力量。

冲出重围后,已经 55 岁的我不仅学会了咖啡制作,还开了整整两年的酒咖小店,这本书也已写到了最后一篇。如果不是疾病的折磨,也不会成就现在的我。我要谢谢自己,谢谢自己的勇敢和坚持,谢谢自己能够逐渐接受疾病并慢慢地学习与自己的身体疾病和心理疾病和解。

下面这条朋友圈是在我刚写完开头的《妈妈给我起了个"三疯子"的外号》和《从小的梦想能实现吗?》这两篇文章时发的,彼时还没有十足的信心能坚持写到现在:

大长腿儿子第一次坐我的"跨斗子",这个角度看老妈得仰视了吧,嘿嘿!我在家排行老三,因为从小就风风火火的,我妈送我一个"三疯子"的外号。如今那个常常叫我外号的、亦师亦友的老妈已离开我 17 年了,而我也已年近 60。细想起来,人一生能拼几次?心中美好的理想无论大小,只要敢于拼一把!

第一篇《妈妈给我起了个"三疯子"的外号》是在母亲生日那天写的,最后一篇《感恩所有》是在父亲生日的这天结尾。按照计划,本想在青岛机场转场两周年的纪念日,也就是我开店两周年时完成这最后一篇的,但随着一些新的见识、新的感悟不断出现,内心想要表达的内容多了不少,所以做了些调整,现在看来,时间刚刚好,一切都是最好的安排。

我的偏三轮摩托车

想当年不识字的姥爷和姥姥能把他们唯一的孩子——我的妈妈送去上学,他们真的很棒!妈妈一直有写书的想法和愿望,但没来得及实现,后来这也成为我的愿望。现在看来,已经有点眉目了。

爸爸妈妈,感恩能成为您们的孩子,感恩血液里流淌着您们的善良。

感恩所有曾经给予我温暖和帮助我实现人生梦想的人们。

感恩遇到的所有美好。

我真的很幸运,感恩所有。

这是我非常喜欢的一首歌:

《隐形的翅膀》

每一次,

都在徘徊孤单中坚强;

每一次,

就算很受伤也不闪泪光。

我知道,

我一直有双隐形的翅膀,

带我飞,飞过绝望。

不去想，
他们拥有美丽的太阳，
我看见，
每天的夕阳也会有变化。
我知道，
我一直有双隐形的翅膀，
带我飞，给我希望。
我终于看到所有梦想都开花，
追逐的年轻，
歌声多嘹亮。
我终于翱翔，
用心凝望不害怕，
哪里会有风就飞多远吧。
隐形的翅膀让梦恒久比天长，
留一个愿望让自己想象。

这张照片是 2019 年 6 月份去西班牙旅行时，闻随手给我抓拍的，她知道我喜欢喝啤酒，喜欢温馨的小酒吧，但她也没想到这个小店门前被灯光折射的招牌的阴影部分，刚刚好落在了我的肩膀上，就像给我插上了一双隐形的翅膀一样。

隐形的翅膀，象征一种无形的勇气和动力，它激发人的潜力，表达出了对生命的无限热爱、对理想的无限追求，表达了在困难和挫折面前不退缩、不低头的勇气，表达了对命运不公的抗争以及对世事难料的包容，还有在讥笑和嘲讽面前不沮

我在西班牙的一个小酒吧门前

丧、不颓废的大度。

在这 57 年的岁月里,一路上欢声伴着泪水,磕磕绊绊,生生死死,起起伏伏,高高低低。在未来有限的日子里,我定将以自己特有的节奏和一颗感恩之心,一路向阳争取看到更多的风景,去实现新的梦想。

2023 年 10 月 18 日

后 记

  到现在都不敢相信,我能写出这么多文字,而这些文字还真的印成书了。对于一个从小在村里和小伙伴一起疯跑、散养长大的孩子来说,生命已为我呈现了太多太多的不可思议:济南重点中学、服装厂工人1年、武警7年、警察17年、资产部采购专员8年。特别是2016年病后的这些年,我触底反弹,不仅开了咖啡屋,现在还出书了!

  每个人成功的节奏不同,对成功的界定也不同。

  现在之所以没过上想要的生活,并不是因为自己不好,可能只是时间还没有到而已。人生就像是一场长跑,每个人都有自己的节奏,只要不急不躁、默默地努力,肯定会离你想要到达的目标点越来越近。

  开店和写书只是我在之前那个特定的阶段给自己开的两个"处方"而已。如果说开店起到了转移和缓解不良情绪的作用,那写书就让我更加敢于直面疾病、接受疾病,及时调整状态。如果说开店为我敞开了一扇窗,那么写书就像是为我打开了一扇门,使我眼前的世界变得越来越宽敞,暖暖的阳光照进来,心里越来越明亮。

  我认为我能从抑郁的重围里冲出来,重新回到正常的生活轨道,还能无障碍地、非常阳光地接触那么多的陌生人,和他们开心快乐地交流并成为朋友,这就是成功。

  现在的我,更加珍惜家人和朋友,越来越喜欢读书学习,坚持锻炼,按时吃饭,注重身体保健,能坦然接受自身的缺陷,更敢于面对疾病。我从未感到如此充实、踏实、笃定和淡然,这就是成功。

  在恰当的时机,果断给自己开了两个"处方"并为之默默付出和坚持,这也是成功。

　　这本书，是我自己与自己的对话，是自己写给自己的书，是送给快乐地走在自愈路上的自己，也送给越来越老的自己，希望我能更加无畏、从容、愉悦地过好每一天。

　　我把自己内心最深处很多无法跟别人诉说的话变成文字，如果能对别人有一点点的启发和帮助，那是再好不过的事。

　　每个人的人生都有自己独特的经历和故事，都有自己内心的独特感受，每个人都是一本书，每个人也都是自己这本书的作者。书有厚有薄，人生有长有短，书的内容精彩与否不是由书的厚度决定的，而是由作者自己决定的。